Anne Dorn
Geschichten aus tausendundzwei Jahren

 2003

Allen Verlorenen,
Unauffindbaren zum Andenken,
insbesondere meinem verschwundenen Bruder

ANNE DORN

Geschichten aus tausendundzwei Jahren

FORUM VERLAG LEIPZIG

ISBN 3-86151-031-6

1. Auflage
© 1992 FORUM VERLAG LEIPZIG
Buch-Gesellschaft mbH
Schutzumschlag: Hans Anger
Satz: Maxim Gorki-Druck GmbH, Altenburg
Druck und Binden: Offizin Andersen Nexö GmbH, Leipzig

Es begann im Januar
7
Der schwarze Mann
14
Die erste Not
21
Mein wirklicher Onkel
27
Das Abzeichen
38
Der erste Tag
49
Jesus gleich nebenan
65
Ein Knicks
73
Der Augenblick der Wahrheit
93
Freude, schöner Götterfunken
102
Mein blauer Kittel
123
Tag- und Nachtgedanken
141
Rufe im Dunkel
172
Luftbriefe
176
Nachwort
192

Es begann im Januar

Frühling 1930. Ich bin vier Jahre alt. Milde, süße Luft. Der Kirschbaum blüht. Ich stehe dicht neben der Mutter. Sie hat ein blaues, mit weißen Margeriten übersätes Leinenkleid an, und ich halte mich am weit gebauschten Rock fest. Frieder, mein kleiner Bruder, sitzt auf ihrem Arm. Meine Schwester Hanna, die schon lange Zöpfe trägt, hat — auf der anderen Seite — ihren dünnen Arm in Mutters Arm eingehenkelt. Wir sind fröhlich. Wir Kinder sind auf die Straße gerannt, obwohl wir noch gar nicht fertig angezogen sind. Wir winken dem Vater nach. Der Vater: Das ist eigentlich nur eine gelbe, verwaschene Jacke, die auf dem Fahrrad davonfährt.
Wenn es regnet oder schneit, gehören zu dieser gelben Jacke plötzlich auch Beine, die der Vater vor seiner Abfahrt eins nach dem anderen auf die Fußbank stellt, um die Waden mit grau-grünen Gamaschen zu umwickeln. Solange er wickelt, sehe ich seinen Kopf. Die kurzgeschnittene, ganz schwarze Haarbürste igelt über der blassen Haut, eine Goldrandbrille blitzt auf seiner Nase.
Mutter riecht nach Fliederseife. Ihre Stimme sagt — außer den Worten — unendlich viel Bedeutungsvolles. Allein wie sie meinen Namen ruft, das heißt Süße oder Kühle, Zupacken oder Locken und jeden Tag noch Neues mehr. Der Vater riecht nach Veilchen-Haarpomade.

Im Herbst 1930 wechseln wir die Wohnung und ziehen in das große rote Ziegelhaus auf dem Berg. Es ist eine bessere Unterkunft. Die Eltern schlafen jetzt in einem Zimmer, dessen Decke mit grünblaugoldenen Ranken bemalt wurde. Ich beneide den kleinen Bruder, dessen Bettchen unter dieser Malerei steht. Mit Hanna schlafe ich im Turmzimmer nebenan. Es heißt Turmzimmer, weil das Haus wie eine Burg gebaut ist und der Turm auf dem Teil des Hauses sitzt, der unser Kinderzimmer ausmacht.
Obwohl das Haus auf dem Berg steht, ist die Wohnung düster. Büsche wachsen bis vor die Fensterscheiben. Der Steinfußboden aus grauen und dunkelblauen Fliesen in Küche und Flur ist hart und kalt. Ich höre nun, wenn ich halbwach im Bett liege, die Stimmen meiner Eltern. Langanhaltend und bohrend die Mutter. Der Vater läßt ab und zu ein paar dunkle Worte wie ein Senkblei in Mutters dahinströmende Rede tauchen. Noch immer fährt er an jedem Werktag auf dem Fahrrad davon. Wir können ihm länger nachschaun, weil er jetzt das Fahrrad bergan schieben muß, wenn er loszieht.

Es ist Winter. Die Mutter hackt im Schuppen das Feuerholz klein. Mein kleiner Bruder und ich brechen Reisig, während sie hackt. Dann macht sie im Herd das Feuer an, zieht den schwarzen, gußeisernen Topf auf die Herdplatte und röstet Roggenmehl. Der Duft des gebräunten Mehls zieht durch die Wohnung, ich folge ihm mit der Nase, bis ich neben der Mutter stehe und erlebe, daß kalte Milch aus der Kanne in den Topf stürzt und der Duft erlischt. Wo die Mutter ist, geschieht etwas. Sie hockt sich vor den Herd und legt eine Lockenschere in die Glut: Ich darf das Papier halten, worein die Schere zwickt, damit die erste, brennende Hitze das Haar nicht versengt. Mutter schüttelt singend die Betten auf: Ich darf mitsingen, die Kopfkissen in die Höhe schleudern und wieder zurechtklopfen. Mutter sitzt auf der hölzernen Bank und beugt sich vornüber beim Möhrenschrabben: Ich darf ungeputzte Möhren aus dem Korb suchen und geputzte aus dem Eimer fischen, um zu naschen. Meine Mutter läßt sich gern streicheln, und sie kann wunderbar streicheln.

Den Vater sehe, höre und rieche ich nur am Sonntag. Wenn er die Wurzeln im Schuppen zerhackt, schickt er mich auf den Bleichrasen, damit mir nichts um die Ohren fliegt. Ich darf ihm zuschaun, wenn er eine belichtete Glasplatte über das Fotopapier in den hölzernen Rahmen klemmt. Ich darf am Fenster stehn, wenn er diesen Rahmen ins Sonnenlicht legt, aber ich darf nichts anfassen. Ich fasse auch meinen Vater nur selten an. Manchmal führt er mich an der Hand.

An einem kalten Januartag 1931 kommt der Vater sehr früh von der Arbeit. Die Eltern verschwinden im Wohnzimmer, obwohl das unbeheizt bleibt — bis auf die Sonntage. Mein kleiner Bruder rappelt an der Türklinke, aber sie haben den Riegel vorgeschoben. Sie kommen sehr still wieder in die Küche. Es ist die Zeit, in der ich forttrotte, um Milch zu holen. Mutter bindet sich einen Schal um und geht mit. Wie unheimlich wirkt die schweigsame Mutter! Wir gehen durch verharschten Schnee. Hinterm Berg laufen die Felder eben fort bis zum Gebirgszug am Horizont. Der Gutshof, von dem ich jeden Tag Milch hole, liegt hinter einem Lärchenwäldchen. In diese Richtung zweigt ein Weg ab, und an der Gabelung steht eine große Schleierbirke. Der Wind weht, die Eisknubbel im Geäst der Birke prasseln aneinander und klatschen an den Stamm. Unter der Birke schließt Mutter mich in ihre Arme, drückt mich und weint. Sie sagt mir ins Ohr: »Der Vater hat keine Arbeit mehr!«

Am nächsten Morgen bleibt Vater im Bett. Mutter steht auf wie immer, zündet Feuer an, streicht ein Schulbrot für die Schwester und kocht uns Roggenmehlsuppe. Frieder und ich wollen im Schnee patschen, mit unseren Holzpantoffeln Muster zurechttrampeln. Wir sind auf dem Bleichrasen. Ein Fuhrwerk kommt schlingernd den Berg herab. Der Kutscher schreit den Pferden zu: »Brrr, brrr, brrr!« Die rutschen tänzelnd im Geschirr und dampfen aus ihren Nüstern. Kohlen bringt das Fuhrwerk. Für den Hauswirt. Der steht schon im Hof und ruft: »Hierher! Alles auf einen Berg!« Es sind Steinkohlen ud Briketts. Alle Mieter im Haus holen Kohlen Sack für Sack mit dem Handwagen. Der Hauswirt hängt die Haustürflügel aus und schippt die Steinkohlen direkt in den Verschlag unter der Treppe. Dabei schimpft er aus gar keinem ersichtlichen Grund. Die Eltern sagen, der Hauswirt sei raffiniert, er würde es schaffen, aus Scheiße Gold zu machen.

Frieder und ich wollen zur Mutter, aber der Kohlenberg liegt auf dem Trittstein. Der Hauswirt wendet mir sein bläulich angelaufenes, rotnasiges Gesicht zu und fragt: »Kannst du Briketts aufschichten?« Ich wage gar nicht erst zu antworten, bücke mich gleich und nehme die nächstbesten Briketts in beide Hände, stolpere über den Kohlenberg ins Kellerloch. Da steht säuberlich aufgemauert entlang der Wand noch ein Rest Briketts aus dem Vorjahr. Die zwei aus der neuen Fuhre lege ich in gerader Linie neben die alten. Und nun geht es los: Brikett, Brikett, Brikett ...

Immer lächelt der Hauswirt mir mit Kopfnicken zu. Seine wäßrigen Augen glänzen. Er keucht, legt aber die Schippe nicht aus der Hand. Also gibt es auch für mich keine Pause. Lange halte ich aus. Meine Hände hängen wie fremde, steife Klumpen an meinen Armen. Die letzten Briketts schleudert der hagere, alte Mann mit einem Tritt ins Kellerloch, packt mich an den Schürzenbändern und zieht daran, daß ich ihm folge durch den Hausflur in seine Wohnung und in seine Küche. Dort seufzt er wieder, schließt den Küchenschrank auf und entnimmt einen großen, flachen Teller. Den läßt er leer stehn, verschwindet im Schlafzimmer. Jetzt — er kommt mit dem Stollenbrett. Sein Butterstollen ist immer noch so lang wie das Bänkchen, auf dem die Wassereimer stehn. Von diesem Stollen schneidet er drei Scheiben ab, legt sie auf den flachen Teller und übergibt mir diesen, meinen Lohn. Ganz fest presse ich die Kostbarkeit an meinen Leib, gehe vorsichtig aus seiner Küche über den Flur in unsere Küche. Dort kniet die Mutter auf einem Scheuertuch vor dem Brennholzkorb und putzt Schuhe. Das ist merkwürdig, Schuheputzen ist Aufgabe von uns Kindern. Es ist nicht die liebe, schöne Mutter, der ich stolz meinen Stollen zeigen will — sie beugt sich über den Schmutz und ihr Haar ist strähnig. »... sei leise ...«, ermahnt sie mich, also liegt der Vater noch im Bett? Meine beiden Hände mit dem Stollenteller sinken. Da kommt rasch ihre Hand und hilft. Mutter lächelt: »So viel hat er dir gegeben?« Ich kann nur nicken. Sie steht jetzt auf und stellt meinen Lohn auf den Tisch. Ihre Stimme klingt wieder fröhlich: »Weißt du was, Jule, ich hab eine gute Idee! Morgen hat der Vater Geburtstag ...« Ich hüpfe und tanze durch die Küche, vergessen ist die häßliche Nase des Hauswirts, vergessen seine Spinnenfinger. Obwohl meine Hände noch immer kalt und steif sind, grabsche ich mir einen Eierbecher und einen Löffel. Ich weiß, daß unter dem Lebensbaum auf der Wiese Schneeglöckchen aus der Erde kommen. Eins werde ich ausgraben.

Am nächsten Morgen weckt mich Hanna. Sie hat ihren Ranzen schon auf dem Rücken und heute, zum Geburtstag des Vaters, rote Schleifen in ihren Zöpfen. Auch die Mutter ruft mich, sie hat eine weiße Schürze vorgebunden, den kleinen Frieder trägt sie auf dem Arm. Ich fliege aus dem Bett! Hole den Eierbecher mit dem Schneeglöckchen aus dem Versteck, übergebe ihn dem kleinen Bruder und erhalte von Mutter den Teller mit dem Stollen. Hanna hat ein Gedicht abgeschrieben und den Zettel schön mit Blumen bemalt. Nun singen Mutter und Schwester bereits »Macht hoch die Tür, die Tor macht weit«, obwohl das ein Adventslied ist, aber es paßt so gut, wie mir vorkommt. Ich schreite im Nachthemd mit vorgestreckten Armen durch die Tür ins Elternschlafzimmer. Da liegt der Vater. Er ruckt jetzt hoch auf dem Kopfkissen und wackelt mit dem Mund, als spräche er etwas. Wir singen laut und kommen dem Vater langsam näher, seinem noch vom Schlaf verschlossenen Gesicht. Wie tief hat die Brille ihm in die Nase gekniffen! Ein blauroter Strich geht quer über das Nasenbein. So weit richtet sich Vater auf, daß er die Brille auf dem Nachttisch greifen kann. Schwupp — so kenne ich ihn besser! Die Brillengläser schimmern im Licht der Kerze, die meine Schwester hält. Vater sitzt halb, sein gelbliches Trikothemd kommt zum Vorschein, drauf ein blaugestreiftes Lätzchen, ein Vorhemd, wie man es nennt. Und ganz kleine Perlmuttknöpfchen an dieser Lätzchenbrust, so winzig, daß eigentlich nur Kinderfinger sie auf- und zuknöpfen können. Ich müßte das machen, denn sie stehn offen. Unter dem Hemd wölkt Vaters schwarzes Haar. Er legt eine Hand in den Hemdschlitz, mit dem Zeigefinger der anderen Hand fährt er unter die Brillengläser und wischt die Augen.

Vaters Geburtstage fanden sonst abends statt. Wenn er von der Arbeit nach Hause kam, stand vor seinem Platz am Tisch eine brennende Kerze. Jetzt sitzt er da im Bett und riecht säuerlich, nach gebrauchter Wäsche. Ich sehe ihn mir genau an, weil er ganz still hält. Meine zwei Arme mit dem Stollenteller reichen bis vor seinen Hemdlatz. Achtung — der Teller steht. Und nun schickt mir der Vater aus seinen braunen Augen ein Blinzeln und Zucken und Schmeicheln. Mein Herz pocht, ich krieche zu ihm ins Bett. Er schlingt seinen Arm um mich, wir sehn nun zu, wie der kleine Frieder dem hin- und herbaumelnden Schneeglöckchen die weißen Blütenblätter beleckt. Ich sehe auch die Mutter und die Schwester, wie Vater sie sieht, zwei sanft sich wiegende Gestalten. Die Mutter singt nicht mehr richtig, immer bleiben ihr ein Wort und ein Ton in der Kehle stecken. Sie weint. Aber sie hat sich doch immer gefreut, wenn der Vater nach Hause kam? Wir sind ihm entgegengegangen, wer weiß wie oft, und jetzt wird er immer dasein, wer weiß wie lang.

Der schwarze Mann

Drei Jahre schon hat der Vater keine Arbeit mehr. Jetzt kommt es darauf an, daß wir »durchhalten«, wie er sagt. Im Garten steht ein Holzhäuschen, darin zwölf Bienenvölker, aber das ist ein unsicherer Posten. In einem Jahr schleudern wir sechs Zentner Honig, im anderen nichts. Vater besorgt sich ein gebrauchtes Motorrad, kauft in der Zuckerfabrik irgendwo weiter unten an der Elbe Zuckerrübenkraut und fährt die süße Last in die Oberlausitz. Dort sind die Leute noch ärmer, sie kaufen Sirup löffelweise. Mutter tadelt den Vater: »Wenn du jeder hübschen Frau in die Augen blickst, fährt der Löffel zu tief in den Eimer — was wollen wir da noch verdienen!« Ich weiß, daß wir fünf Mark Arbeitslosenunterstützung bekommen, in der Woche. Ich weiß auch, daß wir vierzehn Mark Miete zahlen müssen, jeden Monat.
Wenn Mutter zum Hauswirt geht, um Miete zu zahlen, nimmt sie das dunkelblaue, kleine Büchlein in die eine Hand und mich an die andere. Es ist ein sehr ernster Augenblick. Der Weg ist nicht weit. Unser Hauswirt wohnt im Erdgeschoß, wie wir. Mutter zwirbelt an der Klingel und öffnet selbst seine Wohnungseingangstür. Der Hauswirt ruft: »Nur herein!« In seiner Küche riecht es stets nach guten Sachen, nach frisch geräuchertem Schinken, frisch geräucherter Wurst, Obst, Kuchen. Ich empfinde, daß der Hauswirt süßlich lacht. Es ist ein großer, hagerer Mann, der seine Beine im Stelzschritt

vorwärts setzt. Er kommt auf uns zu, drängt uns an das kleine Bänkchen, auf dem die Wassereimer stehn, und macht eine abfällige Bemerkung, weil Mutter mich mitgebracht hat: »... Dieses Würstchen, was soll das hier ...« Trotzdem erblüht ein Lächeln auf seinem Gesicht, bis in die Spitzen des grauen Bartes. Die Barthaare beben. Mutter reicht ihm mit weit vorgerecktem Arm das Mietbuch. Er faßt nicht nur das Buch, auch ihre Hand, drückt Mutters Hand und läßt sie dann fallen, um sich rasch umzudrehn, auf dem Küchentisch unser Mietbuch aufzuschlagen, darin zu blättern, schließlich einen Kopierstift aus seiner Westentasche zu ziehn und dieses bedeutsame Wort »quittiert« hinter den Namen des Monats zu setzen.

Ich schaue ihm genau zu, wie er die Seiten unseres Büchleins durchblättert, wie er dabei den Kopf wiegt und leise fauchend, immer noch mit Lächeln, den Mund öffnet. Nun kommt der Augenblick, auf den alles ankommt. Dieses Augenblicks wegen begleite ich die Mutter. Eisenfest umschließt ihre Hand die meine. Das tut weh, aber das muß wohl sein: Vierzehn Mark wandern aus Mutters Rechter in die Rechte des Hauswirts. Der schaut das Geld nicht an, nur die Mutter. Ihr ovales Gesicht, ihr fein gekräuseltes Haar, ihre dunklen, braungrünen Augen, die so geheimnisvoll funkeln wie das Moos im Wald, wenn die Morgensonne darauf scheint. Der alte Mann zuckt mit dem Mund und besieht Mutters glattgespannte, rote Lippen, ihren Hals, der von einer Bluse mit feingefälteter Halskrause umschlossen wird — jede Eigenheit meiner Mutter betrachte ich mit, während der Hauswirt sie mit Blicken abtastet. Manchmal fährt er mit seinen dürren Fingern über Mutters Brust, gleitet an ihrer Schürze abwärts und läßt ein, vielleicht gar zwei oder drei Markstücke in die Schürzentasche gleiten. Dann schnellt Mutters Hand wie der Kopf einer Schlange auf das Mietbuch zu, packt es, packt mich noch fester mit der Linken und wir rennen los. Der Hauswirt ist mit seinen steifen Knochen nicht mehr so fix, seine Küchentür schlägt hinter uns zu, seine Wohnungstür — jetzt sind wir im Hausflur, die Mutter gibt mir diesen freundlichen, kleinen Schubs, wenn sie mich freiläßt: »Geh ein bissel raus, mach —«, und wie schön ist es draußen! Wie verlockend duften die Mirabellen, die gleich hinter der Haustür im blaugrünen Laubdach der alten, verkrüppelten Obstbäume leuchten. Die gehören auch dem Hauswirt — aber wir stehlen welche, alle Kinder im Haus stehlen seine Kirschen, Birnen, Pflaumen und Äpfel.

Der Hauswirt hat einen Sohn. Der wohnt mit Frau und Kindern im ersten Stock. Wie alle Familienväter in unserem Haus hat er keine Arbeit. Bei ihm ist das aber etwas anderes. Nicht nur, daß er keine Miete zahlen muß — er »tut etwas«, wie er selbst sagt. Genauso lang und dünn wie sein Vater stolziert er auf dem Grundstück umher, vom grünen Tor unten am Lauf des Flüßchens bis zur Sandgrube oben auf dem Berg. Er drückt seine Knochen durch. Er ist zackig. Seine Beine stecken in schwarzen Lederstiefeln, er trägt schwarzsamtene Breecheshosen. Immer wie aus dem Ei gepellt. Manchmal sehe ich ihn davonstolzieren, dem unteren Tor an der Straße zu. Er hat dann auch noch eine schwarze Jacke an mit silberglänzenden Knöpfen, und am linken Arm trägt er eine rote Armbinde mit schwarzem Hakenkreuz im weißen Kreis.

Früher spielten meine Eltern und die Familie des Hauswirtssohnes sowie ein älteres Gärtnersehepaar gemeinsam Skat. Ich erinnere mich an Mutters frischen, tänzelnden Schritt, wenn sie das Wohnzimmer für die Gäste mit Blumen schmückte und die weiße Tischdecke auflegte. Jetzt gibt es keine Skatabende mehr. Höchstens tippt der Sohn des Hauswirts mit einem Finger an seine schwarze Schirmmütze, wenn er Vater begegnet, und sagt: »Na, Karl, bist du immer noch so blöd und frißt Dreck?«,

worauf der Vater nichts antwortet, nur mit der Hand abwinkt und seine kurzen Beine gebraucht, um an dem Mann in Schwarz vorbeizugehn.
Der Hauswirtssohn hat keine richtige Arbeit, er hat Dienst auf der Festung Hohnstein. Darüber reden die Eltern. Vater sagt: »Der hat noch nie was Gescheites getan«, und Mutter: »Er kann nur Leute schikanieren.« Der ehemalige Skatbruder will meinen Vater überreden, auch auf der Festung Hohnstein Dienst zu tun. So viel ist mir klar: Die Eltern machen einen deutlichen Strich zwischen sich und ihm: »Mit dem haben wir nichts zu tun!«
Einmal müssen Mutter und ich wieder die Miete bezahlen. Sie knöpft mir die Schürze ab, streicht mein Haar etwas zurecht und los gehts. Wir hören nicht das »nur herein!« Mutter geht — mit mir an der Hand — trotzdem bedenkenlos in die Hauswirtswohnung. Da — in der Küche seines Vaters steht der Sohn. Er trägt seine Uniform. Wie eine riesige schwarze Katze springt er auf uns zu, reißt mich von Mutters Hand, schleudert mich in den Flur zurück und hält Mutter fest. Die Küchentür schlägt zu, ratsch! Der Schlüssel dreht sich im Schloß. Ich brülle. Die Mutter schreit entsetzlich laut, bis ihr der Mund zugehalten wird. Das Gurgeln und Krächzen, was man von ihr hört, wird von Mutters Fußgetrampel übertönt. Im Hausflur kommt wer über die hölzerne Treppe herunter, Türen öffnen sich, Rufe — ratsch! Da dreht sich wieder der Schlüssel im Schloß der Küchentür und Mutter flieht, fliegt mir zu, packt mich wieder, keucht noch, hat wild um den Kopf fliegendes Haar, aber sie lacht triumphierend, hat das Mietbuch noch in der Hand und das Geld. Sie sagt zu den anderen Leuten, die herbeigelaufen sind: »Es ist schon gut —«, und der glatzköpfige Tischler aus dem Dachgeschoß bedauert: »Ich hätt dir gern ein bissel Unterstützung gegeben, schade, daß du allein damit fertig geworden bist!«

Öfters sehe ich den Hauswirtssohn im Ziegenstall. Er melkt so gern die Ziegen. Sonst würde er sich nicht im dunklen Stall auf ein kleines Höckerchen setzen. Wenn ich am Ziegenstall vorbeikomme und er ist dabei zu melken, kommandiert er: »Bleib stehn!« Er meint nicht die Ziege. Ich verstehe nicht, was er eigentlich von mir will, deshalb bleibe ich auch immer wieder stehn und sehe, daß der schwarze Mann der Ziege am Euter reißt und einen Zitzen so hält, daß der Milchstrahl an meine Schürze trifft. »Was, das ist doch was!« ruft er begeistert. Ich sehe nur seine merkwürdig genüßliche Miene, höre das leise Meckern des Tieres und fühle die dunstige Wärme von Dung und Milch.
Es gibt noch einen anderen Berührungspunkt unserer Familie mit der Familie des Hauswirts: die Toilette. Wir befinden uns, wenn wir auf der hölzernen Brille sitzen, sozusagen Rücken an Rücken mit ihnen. Zwischen uns steht nur eine hölzerne Trennwand, die obendrein hoch an der Decke zwei quadratische Löcher aufweist, damit der dem Hausinneren zugewandte Abort auch Licht und Luft hat. Es graust mich immer, auf den Abort zu gehn. Schnell ziehe ich die Hosen runter, bleibe ganz vorn an der äußersten Grenze des schwarzen Loches sitzen und drücke, damit es schnell geht. Ich kann auch den beißenden Geruch, der aus dem Dunkel der Röhre steigt, nicht ertragen und halte, so lange es geht, die Luft an, schnappe eilig neue, wenn es sein muß, und bin niemals richtig ruhig bei dieser Ruhe fordernden Prozedur.
Manchmal geschieht es, daß hinter der Holzwand auch wer sitzt. Dann mache ich nicht nur schnell, sondern auch noch leise. Der Mensch auf der anderen Seite tut auch so. Das wieder ist fast erleichternd. Das schwarze Loch dräut weniger, wenn es nicht mir allein dräut. Alle sind erleichtert, wenn sie wieder herunter können vom Thron. Nur der schwarze Mann nicht. Er schließt sich in seinem Abort ein

und wartet, daß auf der anderen Seite einer kommt. Manchmal, wenn ich das Spiel unterbrechen muß, erst in die Wohnung rennen, den Schlüssel vom Haken nehmen, zurück durch den Hausflur zur Aborttür, das Schlüsselloch suchen — dann ist es verflixt eilig. Ich poltere den hölzernen Deckel beiseite und achte auf sonst nichts. Das kleine Kämmerchen ist dann auch ein Versteck.

Wieder einmal habe ich es gerade noch geschafft, rechtzeitig zu landen, bin noch vom Rennen außer Atem, die Knöpfe meiner Hemdhose lassen sich nur schwer aufknöpfen, ich jammere ein bißchen — und dann — alles ist gut! Da schnarrt eine wohlbekannte Stimme hinter der Wand: »Karl! Hör mal zu!« Ich fahre zusammen: Als könnte der Hauswirtssohn mich sehn, wenn ich mich nur bewege, verhalte ich mich mucksmäuschenstill. Daß er »Karl« zu mir sagt, ist ein Zeichen, daß er über mich herfallen will, denn er weiß sehr gut, daß ich, ein Kind, vor der Trennwand sitze und nicht mein Vater. »Karl! Du bist ein großes Arschloch!« Wie furchtbar ist es, halb ausgezogen dieser Stimme ausgesetzt zu sein. »Du könntest Geld haben wie Heu. Und Spaß macht es auch noch.« Ich balanciere vornübergebeugt auf dem Brillenrand und mühe mich atemlos, daß nicht der kleinste Laut entsteht, auch nicht ein kleines Klopfen mit den nackten Füßen an die Abortbretter. Gerade das will wahrscheinlich der schwarze Mann. Er spricht jetzt überdeutlich und langsam: »Was meinst du, wie schön es ist, wenn dir einer den Arsch leckt! Ja, das kannst du glauben. Vom Obersturmbannführer aufwärts brauchst du kein Klopapier mehr. Wenigstens auf der Festung Hohnstein.« Und nun merke ich, wie ich weiß werde im Gesicht. Ich fühle richtig, wie das Blut aus meinen Adern weicht und ein elendes Schwindelgefühl meinen Verstand auszulöschen droht. Ich sperre den Mund auf und schreie lautlos, lasse meine Furcht aus dem Hals strömen, stelle mich auf meine zwei

Barfüße, versuche rasch, die Knöpfe meiner Hemdhose zu finden — »Karl! Wenn du das mal erlebt hast, schwärmst du nur davon! Du kannst dir aussuchen, ob dir ein Kommunist oder ein Sozi den Arsch lecken soll. Am intelligentesten lecken die Juden.« Furchtbarerweise muß ich jetzt, wenn ich aus unserem Abort stürme, der Mutter zu, in unsere Wohnung, an dem Abort der Hauswirtsfamilie vorbei. Den Riegel erst beiseite — schon das wird er hören! Die Aborttür bleibt offen, ich fange im Hausflur an zu schreien, reiße unsere Wohnungstür auf, finde die Mutter im Wohnzimmer an der Nähmaschine, werfe mich ihr auf den Schoß, weine, weine ...
Sie ist eine liebe, zärtliche Mutter, die vieles errät, mit der ich Gedankenspiele treiben kann, die mit dem Herzen spricht — aber jetzt ist sie erschrocken, legt das Nähzeug weg, nimmt meinen Kopf mit ihren Händen hoch, schaut mir in die Augen: »Was hast du denn, Kind?« Ich kann es nicht sagen.

Die erste Not

Herbst 1934. Mein erstes Schuljahr habe ich in der zweiklassigen Volksschule zu Grona verbracht. Eigentlich gehören wir Kinder nach Holza — der Weg dahin ist weit. Vom zweiten Schuljahr an finden meine Eltern mich kräftig genug, und nun marschiere ich, wie Hanna, morgens über den Berg. Die Holzaer Volksschule ist größer, es gibt darin vier Klassen. Sie liegt am Ortsrand. Wenn ich aus dem Klassenzimmer durchs Fenster sehe, wiegen sich da zwei Fichten, und weiter zurück wackeln die langgestielten Ahornblätter an den Ästen der Bäume jenseits der Schloßparkmauer. Wir singen laut »Vöglein im ho-hen Baum —«, und tatsächlich sitzen sie da. Gerade als ich die neue Schule genügend kenne, um zuversichtlich hinzugehn, muß ich schon wieder wechseln. Diesmal aus höherer Gewalt. Die Mutter ist krank. Sie ist zu zart, sie hat zu schwache Nerven.
Immer schon habe ich einen Bogen geschlagen um die mittagsschlafende Mutter, um dieses mit gelben Vitragen verhängte Elternschlafzimmer, um den Waschtisch mit trübem Wasserrest in der Schüssel, um die mit Klettenwurzelöl verschmierte Marmorplatte und die mit ausgekämmtem Haar verfilzten Kämme. Ich habe mir die Ohren zugehalten, wenn wieder so eine Zeit war, daß der Gesprächston im Elternschlafzimmer zum Jammer anstieg. Ich habe mir mittags, wenn ich aus der Schule kam, kalte Kartoffeln aus der Bratpfanne gepickt und bin

danach in den Wald gerannt. Wo jeden Tag ungeheuer deutlich das Leben summt, saust, rauscht, pfeift, leuchtet und dunkelt und viele unnennbare Gerüche trägt. Und doch gehöre ich zur Familie, »die es schwer hat«, weil eben die Mutter, anders als gewöhnliche Frauen, ihre Familie ab und zu verläßt. Sie kommt dann in die Nervenheilanstalt.

Zuerst holt die Großmutter den kleinen Bruder. Mich bugsiert der Vater auf dem Fahrrad nach Overdingen. Nicht allzuweit — es ist das über-über-nächste Dorf in nördlicher Richtung. Ich komme zu meiner Tante Meta und ihrem Mann, Onkel Herbert. Tante Meta ist Mutters jüngste Schwester. Onkel Herbert ist außer Onkel auch noch mein Pate. Die beiden haben ein kleines Kind, ein Mädchen, das erst nach vielen kinderlosen Ehejahren auf die Welt kam. Deshalb bin ich als Patenkind eigentlich auch »ihr Kind«, sie haben mich so lange dafür angesehn, bis das eigene kam.

Ich bin nicht ungern dort. Tante Meta gleicht in vielem meiner Mutter, kann schöne Lieder singen und viel erzählen. Den Overdingern geht es zudem gut, sie wohnen in ihrem eigenen Haus. Das hat Onkel Herbert errichtet. Die Großmutter sagt: »Herbert ist ein Würger! Der macht und tut, bis er eines Tages tot auf der Stelle umfällt.«

Onkel Herbert steigt frühmorgens auf sein Möppel. Das ist ein Motorrad mit Beifahrersitz und obendrein anhängbarem Beiwagen. Er fährt damit nach Dresden zur Versicherungsgesellschaft. Er gehört zu den Glücklichen, die ihre Arbeit nie verloren haben. Außerdem hat er sich Arbeit in dem kleinen Overdinger Wäldchen gemacht und gebaut. Meine Eltern tun manchmal so, als wäre daran etwas nicht gerecht — aber schließlich liebt meine Mutter ihre Schwester, und Tante Meta liebt ihre Schwester, meine Mutter, auch.

Wenn man zur Tür herein in das Haus des Onkels kommt, riecht es nach Holz. Ich habe es gern, wenn es wo sauber ist und gut riecht. Ich beziehe das Kinderzimmer — die kleine Ursel schläft noch neben ihren Eltern im Gitterbett. Doch wenn es nachts ums Haus weht und die vielen jungen Birken mit ihren dünnen Zweigen dem Wind spitze Töne entlocken, sehne ich mich nach dem unordentlichen Turmzimmer, in dem Hanna nun allein schläft.

In Overdingen muß ich natürlich zur Schule. Meine Tante hat mich auch deshalb gern bei sich, weil ich »weit vornweg« in der Overdinger Schule antrete und Spaß daran hab, das zu zeigen. Die Overdinger Schulkinder arbeiten mit einzelnen Leseblättern, die man jeweils für fünf Pfennig kauft. So erwirbt man nur so viel Lesebuch, wie man tatsächlich braucht. Ich lese gern und einfach alles, was mir gedruckt vor die Augen kommt.

Die Overdinger Schule ist wieder zweiklassig. Ich nehme mir die Schulaufgaben vor, die das vierte Schuljahr lösen muß, und manchmal ruft mich der Lehrer an die Tafel, damit ich für das erste und zweite in Schönschrift einige Worte aufmale.

1935, Frühling. Zum zweiten Mal bin ich — Mutters wegen — bei Tante und Onkel. Diesmal tritt an meinem ersten Overdinger Schultag ein forscher, stimmgewaltiger Lehrer vor die Klasse. Ich sehe sofort, daß er die schwarzen Stiefel und diese Breecheshosen trägt. Der Lehrer gefällt mir nicht. Ich ihm auch nicht. Einmal schaut er auf meinen Zeichenblock und fragt: »Hast du das selbst gemalt?« Das verschlägt mir die Sprache. Wer sonst sollte auf meinen Zeichenblock malen? Des Lehrers flächiges Gesicht hängt wie eine grelle Lampe über meiner Zeichnung. Ah — und er stinkt aus dem Hals! »Naaa-a?« Als ob er mich in die Enge gezerrt hätte und

zuschnappen will. Es ist so anders in der Overdinger Schule mit diesem Lehrer! Ich will ihm ja nicht widersprechen und ihn nicht reizen und sage vorsichtig: »Eigentlich schon.« Er sofort: »Eigentlich?«, und zur Klasse gewandt: »Habt ihr alle gehört?« Wieder zu mir: »Und uneigentlich? Uneigentlich, wie war es da?« Er reißt das Blatt von meinem Block und wedelt es durch den Klassenraum. Wie viele Male hatte ich radiert, damit der Kopf des Holzhackers, der sich nach getaner Arbeit über ein Feuerchen beugt, auch erwachsen aussieht!
Der Lehrer ruft: »Inge!«, und ein ganz blasses, dünnes Mädchen schnellt hoch. »Inge, was siehst du hier?« Inge hat ein leises Stimmchen, ich höre nicht, was sie sagt. Der Lehrer hat es auch nicht gehört. Er donnert nun die Inge an: »Tritt vor, sprich laut, — was siehst du hier?« Inge stolpert im Gang und sagt, nachdem der Lehrer sie vors Pult gezogen hat: »Einen müden Mann.« Gräßlich ungehalten schüttelt der Lehrer den Kopf und die Inge und spricht über das Mädchen hinweg, als wolle er uns einen Sprechchor lehren: »Wir sehen hier einen Betrug!« Die Klasse ist still. Inge bekommt vom Lehrer einen Schubs: »Setz dich!« und antwortet: »Ja, Pappa —«, also das ist sein Kind. Er hält sich mein Zeichenblatt vor die Brust und läuft damit noch einmal durch die ganze Klasse. Am Pult angekommen, läßt er es auf den Fußboden segeln. Seine Stimme wird noch rissiger und böser: »Ich kann euch gleich bei dieser Gelegenheit etwas von falschen Menschen erklären. Wir haben in der Schulbibliothek ein neues Bilderbuch. Es heißt ›Der Giftpilz‹.«
Ich warte jetzt nur darauf, daß es klingelt, daß ich vorspringen kann und mir mein Zeichenblatt holen. Aber der Lehrer hat seinerseits Zeit, das neue Bilderbuch vom Pult zu nehmen und hochzuhalten. Man sieht auf dem Buchdeckel einen großen, leuchtendroten Fliegenpilz. Das soll ein Giftpilz sein? Der Vater sagt immer: »Es gibt

Länder, da essen sie den Fliegenpilz. Und den gelblichen, den Kaiserling, könnten wir auch essen.« Jedes Kind im Dorf geht Pilze sammeln, wenn es welche gibt. In unserem Dorf hat sich noch nie jemand mit Pilzen vergiftet.
Auf dem Buchdeckel steht der Fliegenpilz in einem Grüppchen anderer Pilze. Auch das ist falsch. So dicht nebeneinander wachsen verschiedene Pilze nicht. Nun, es ist ein Bilderbuch. Der Lehrer wandert damit durch den Mittelgang: »Habt ihr gesehn? Alle? Ihr wißt ja, ein einziger Giftpilz genügt, eine ganze Mahlzeit zu vergiften!« Er macht eine kleine Pause, steht am Pult und trommelt mit den Fingern auf die große Tintenflasche. Und läuft nun wieder los und hält uns das Buch schon wieder vor die Augen: »So wie ein Giftpilz das ganze Pilzgericht verdirbt, so verdirbt auch ein Jude das ganze Dorf.« Wie kommt er denn auf so eine Idee? Ist das die Geschichte in diesem neuen Buch? Der Lehrer redet weiter: »Bei uns in Overdingen gibt es keine Juden. Aber Jule — sag du uns mal, wie viele Juden in deinem Heimatdorf wohnen!« Was will er nur, wie viele Juden, wie soll ich das wissen! Keine Juden. Ich weiß keine. Nur die Bibelforscher in dem kleinen Häuschen an der Kreuzung — was sind das für Leute? Ich sage erstens diesem Lehrer sowieso nichts, und zweitens wüßte ich auch nicht was. Jetzt tritt er mit der Stiefelspitze an die Bank, auf der ich sitze, und lacht höhnisch: »Ich denke, du bist so schlau, bist ein helles Köpfchen!« Krrrrrrrrrrrrrrrr — die Schulklingel.
Nach dem Unterricht setze ich mich oberhalb der Schlucht ins Gebüsch, so, daß ich eine kleine Aussicht ins Rödertal behalte, aber kaum wer mich entdeckt. Ich möchte dringend wieder nach Hause. Gleichzeitig weiß ich, daß ich in Overdingen bleiben muß, weil die Mutter

krank ist und mein Teil, bei Tante und Onkel zu sein. Ich warte so lange im Versteck, bis ich erst ruhig und dann auch traurig werde. Nichts kann ich machen, nichts, wenn der Lehrer so ist wie er heute war.

Tante Meta wartet mit der kleinen Ursel auf dem Arm schon am Tor: »Ach Jule, warum kommst du so spät? Du mußtest doch nicht ...« Nein, ich mußte nicht »Dableiben«. »Was war denn?« Sie läßt nicht locker, bis ich aufseufzend erkläre: »Ich habe ein falsches Bild gemalt.« Und das ist nun **mein** Anteil an der durch und durch falschen Geschichte.

Mein wirklicher Onkel

Mutter hat zwei Schwestern, außer Meta noch Elsbeth. Die Großmutter bevorzugt Elsbeth. Meine Mutter trägt Tante Elsbeths abgelegte Kleider, weil die sich fortwährend neue schneidern läßt. Sie hat eine gute Stellung und muß tadellos aussehn. In einer Holzfachhandlung arbeitet sie als Einkäuferin, reist nach Finnland und Polen. Einmal sogar nach Afrika. Man sieht sie auf einem Foto Arm in Arm mit einem Araber, im Hintergrund stehen Palmen und ein Kamel.
Tante Elsbeth hat viele Freunde. Mein Vater behauptet, sie habe eine Kartei, in die sie ihre Männer einsortiert. Außerdem hat sie in Overdingen ein Wochenendhaus, direkt neben dem Haus von Onkel Herbert und Tante Meta.
Ich sause gern schnell mal zu Tante Elsbeth. Sonntags mit dem Fahrrad einfach über drei Hügel. Manchmal teile ich mir das Fahrrad mit Frieder, dem kleinen Bruder. Einer fährt los, bis er, wenn er sich umdreht, den anderen gerade noch sieht. Dann stellt er das Fahrrad an den nächsten Chausseebaum und läuft weiter. Kommt der andere ans Fahrrad, setzt er sich drauf und fährt klingelnd und lachend an dem, der zuerst gefahren ist, vorbei, bis er selbst wieder so viel Vorsprung hat, daß der Überholte gerade eben noch nicht aus dem Auge ist. Schon das macht großen Spaß.
Tante Elsbeth hat in ihrem Wochenendhaus ein Grammophon. Wenn schönes Wetter herrscht, stellt sie das feine

Holzkästchen mit dem weinroten Schalltrichter auf die Veranda. Wir Kinder dürfen, wenn wir uns die Finger vorher waschen, das Laufwerk mit der Kurbel aufdrehn oder sogar die Nadeln im Tonabnehmer wechseln. Und dann dröhnt es durchs Birkenwäldchen:

Steuermann — halt die Wacht,
Steuermann — her zu uns —

Tante Elsbeth ist meist gut gelaunt, allerdings predigt sie gern. Sie hat für alles einen Rat: »Steck dein Taschentuch in den Puffärmel« oder: »Lege das Buch, bevor du anfängst zu blättern, in die Buchhülle.« Für sich selbst hat sie ebenso viele Sprüche parat. Auf das Überhandtuch in ihrem Wochenendhaus hat sie gestickt: »Der Weg zum Herzen des Mannes führt über das kleine Wochenendhaus.«

Ich verstehe nicht, was Vater und Mutter gegen Tante Elsbeths Freunde haben, mir gefallen die meisten. Zum Beispiel der Maler: Ich lerne von ihm, wieviel Wasser ein guter Pinsel aufnimmt und daß man die Fläche, die man bemalen will, vorher ganz und gar mit reinem Wasser tränkt.

Im Sommer 1935 verbringt Tante Elsbeth ihren gesamten Urlaub im Wochenendhaus, mit einem Mann. Der heißt Erhard und kommt aus Westfalen. Er ist der allerbeste und schönste von Tante Elsbeths Freunden. Er kann herzlich lachen. Seine Augenbrauen hüpfen dann leicht in die Höhe und sein Mund bleibt lange Zeit verschmitzt. Erhard wäre für mich eher ein Großvater als ein Onkel, denn er hat schon graues Haar. Besonders begehrenswert ist für mich sein Fernglas. Er läßt mich durchschauen und lehrt mich, den Vogel im Baum auch wirklich mit dem Glas zu erwischen, ihn näher zu holen und zu betrachten. Manchmal fragt er mich, ob ich wüßte, wer dieser oder jener kleine Geselle sei. Meist kann ich ihm Antwort geben. Schon der Großvater hat mir beigebracht, die Melodien der einzelnen Vögel zu unterscheiden. Weiß

Onkel Erhard wirklich nicht, wie die Vögel heißen, und macht sich einen Spaß daraus, mich zu fragen?
Ich könnte mir einbilden, dieser Onkel sei meinetwegen nach Sachsen gekommen, wir verbringen oftmals den ganzen Tag miteinander. Er vertraut mir so sehr, daß ich sein Fernglas für mich haben darf. Nun weiß ich überhaupt nicht mehr, daß ich auch Füße habe, die am Boden über Wurzeln stolpern und in Dornen geraten. Ich hänge sozusagen ganz und gar am Blick nach oben. Der Wald wird zu einem dicht in vielen Mustern geknüpften Teppich, mit dem Gott die Welt ausgekleidet hat. Da — ein tiefes, schwarzes Loch, der Kopf von Frau Grünspecht taucht darin auf, argwöhnisch sperrt sie ihren Schnabel. Und da! Ein Gewimmel von winzigen Birkenreisern auf einem einzigen Flecken, wie eine Gebüschkugel hoch oben am Baum — ein Hexenbesen! Ich entschließe mich, erst in Tantes Wochenendhaus zurückzukehren, als die Dunkelheit wie ein dichter Deckel das Wunderglas verschließt. Und Onkel Erhard ist überhaupt nicht verärgert! Schaut nicht einmal nach, ob das Glas noch heil ist! Zwischen ihm und mir ist ohne ein Wort Freundschaft beschlossen.
Er fährt wieder zurück nach Westfalen. Nach ein paar Wochen erhalte ich von ihm eine Postkarte. Nun habe ich endlich wen, dem ich Briefe schreiben kann. Hin wie her wandern die Nachrichten. Mutter freut sich wie ich, wenn ein Brief kommt, sie liest diese Briefe mit mir und sie streicht mir übers Haar, wenn ich über das Briefpapier gebeugt emsig schreibe. Manchmal fällt mir siedend heiß ein, daß Onkel Erhard doch Tante Elsbeths Freund ist, und beichte das gelegentlich. Die Mutter nimmt mir alle Sorgen und sagt: »Tante Elsbeth hat zu so was keinen Mut!« Braucht man Mut, Onkel Erhard zu lieben?
Im Frühjahr 1936 kommt ein besonders bedeutsamer Brief. Ich werde eingeladen. Meine Schwester ist schon

einmal von der Krankenkasse an die Nordsee verschickt worden, sie ist so entsetzlich dünn. Aber eine Einladung weit weg in eine andere Gegend, ohne daß etwas Amtliches dabei im Spiel wäre, das ist in unserer Familie noch keinem Kind geschehn.
Die Einladung gilt für die großen Ferien. Es wird noch ein anderes Mädchen aus Dresden mitreisen, außerdem werden ein Junge aus Berlin und ein anderer aus Detmold zur gleichen Zeit in Herford bei Onkel Erhard und seiner Schwester, Tante Lotte, zu Besuch sein.
Meine Eltern bereden beim Abendessen, wie das gehn soll, daß ich wirklich dabei bin. Entscheidend ist, ob die eingesparte Kost während meiner Abwesenheit das Fahrgeld wieder wettmacht. Leider esse ich wie ein Spatz, das gibt also eine ungünstige Rechnung. Aber ich merke schon, wie die Mutter den einen und noch einen Grund findet. Schon die Aussicht macht mich glücklich, daß ich hüpfen und tanzen muß, aus der Haustür rennen in den Apfelgarten. Die Amseln zetern und stieben in den Wald.
In diesem Jahr ist es leicht, Hochstimmung zu zeigen: Tag für Tag sprechen im Radio begeisterte Menschen von Schönheit, Kampf, Sieg und Ehre — in Berlin finden die Olympischen Spiele statt. Wir Kinder aus dem roten Haus veranstalten im Hof Staffettenlauf und Weitsprung. Zum Kugelstoßen ballen wir Lehm zusammen und donnern diese Knollen an die hölzernen Schuppen. Die Wäschestützen auf dem Bleichrasen sind unsere Speere. Einmal rennt Frieder ins Wurffeld und fällt, von einem »Speer« getroffen, platt auf den Rasen. Wir streicheln und hätscheln ihn, bis er die Augen wieder aufschlägt und uns verspricht, nichts zu sagen.
Die Mutter ist damit beschäftigt, meine Sachen zu richten, näht mir auch noch ein Kleid: weiß mit blauem Westchen.
Und dann ist der Tag gekommen. Vater gibt mir das Geleit zum Hauptbahnhof in Dresden. Dort treffen wir

»die andere«. Es ist die Tochter des Wasserbaumeisters. Ihre Mutter nennt sie »Häschen«, und tatsächlich stehen dieser Anna-Liesbeth die vorderen Schneidezähne etwas über die Lippen. Mein Vater spricht plötzlich so gewählt. Er horcht mehr, was »Häschens« Mutter von sich gibt, in bestem Hochdeutsch. Sie ist Westfälin, Schulfreundin von Onkel Erhards Schwester Lotte. Also ist für meine Reisekameradin Westfalen kein anderes Land und die Reise nichts Neues? Beiden hängt uns ein Stück Papier an der Schnur um den Hals, darauf in Blockschrift der Name, die Heimatanschrift und das Reiseziel. Ich bin fest entschlossen, diese »Hundemarke« unterm Hemd verschwinden zu lassen, sobald der Zug fährt. Jetzt also — der Schaffner geht noch einmal am Zug entlang, mein Vater weist mit großer Geste auf uns Mädchen, damit der Beamte sein Versprechen hält: Wir sind seine Schützlinge.
Lang dehnt sich die Welt. Gleichzeitig ist es schön, stundenlang aus dem Fenster zu sehn. Anna-Liesbeth ist ein stilles Mädchen, es ist kein schlimmer Gedanke, mit ihr zusammen zu sein. Unsere Neugier auf das, was draußen vorbeizieht, und auch die Neugier auf uns gegenseitig wird nachmittags von Müdigkeit ausgelöscht.
Auf dem Herforder Bahnhof nimmt uns Onkel Erhard an die Hand. Ein Dienstmann karrt unser Gepäck vor uns her, wir trippeln durch die engen Straßen. Bald zieht der Onkel einen Schlüssel aus der Tasche, und Anna-Liesbeth lacht mir zu: »Siehst du, das ist es!« Ich habe noch nie in einem so schönen Haus gewohnt. Es ist alt, schaut aus vielen, gleichmäßig ins Gemäuer verteilten Fenstern auf die Straße, und sein glänzendrotes Ziegeldach reicht, wie eine keck aufgesetzte Mütze, bis kurz über die Fensterreihe im ersten Stock. Genau in der Mitte der Front liegt die Haustür. Ich darf am Klingelzug ziehn, obwohl Onkel

Erhard den Schlüssel ins messingumrahmte Schlüsselloch steckt. Man kommt in einen breiten Flur, eigentlich ein Stück ummauerten Fußwegs, denn die Sandsteinplatten vom Bürgersteig vorm Haus setzen sich im Haus fort. Tick-tack — eine Standuhr im bemalten Holzkasten spricht in die heimelige Stille. Rechts und links Türen mit Porzellanschildern, »Bureau« steht zu lesen. Als Abschluß des Flurs eine Art Fensterwand, wovon sich verschieden große Teile öffnen lassen, je nachdem, ob ein Mensch oder vielleicht ein Fuhrwerk weiter eindringen wollen. Gleich steht man wieder in einem Flur. Noch weiter hinten schimmert Sonne, es riecht nach Gras. Wir aber steigen, nachdem Onkel Erhard eine verglaste Seitentür geöffnet hat, treppauf.
Es dauert einige Tage, bis ich die Herrlichkeit des ganzen Hauses begriffen habe. Überall knarren breite Dielenbretter und überall schlagen, bimmeln und ticken Uhren. Überall warten Überraschungen: Ein Zimmer klebt zwischen zwei Etagen, ich kann mir gar nicht vorstellen, was wohl darüber oder darunter noch ist — ein anderes ist genau dreieckig, weil es eben einen Winkel ausfüllt. Alle Räume sind zugleich dämmrig und hell, man muß nur eine geheime Linie überschreiten, um so oder so umgeben zu sein. Ganz schnell vergesse ich die Straße. Der Hauptanteil der Räume gruppiert sich um einen Innenhof und zum Garten hinaus. Von da her betrachtet ist das Haus ein Anwesen mit verschiedenem Gemäuer: Fachwerk, Feldstein, Holz und Ziegel. Niedere Fenster, hohe Fenster, flache und tiefe Fensterbänke, ein gebauschter, schmiedeeiserner Balkon, ein gerader, hölzerner. Die Mauern sind bewachsen mit Pfeifenstrauch, Efeu, Teufelszwirn oder Rosen. Im Garten schlängeln sich Wege um Lauben und Sitzplätze aus Stein oder einfach nur Moos. Am Ende dieser Welt führt ein Treppchen hinab zum Fluß, zur Werre.

Noch erstaunlicher gestaltet sich für mich das Leben im Haus. Man ißt im Eckzimmer. Hedwig, das Küchenmädchen, schlägt den Gong. Dabei steht noch nichts auf dem Tisch, nur schönes Geschirr. Tante Lotte betet, aber sie senkt dabei nicht den Kopf, sondern schaut geradeaus, als sehe sie da irgendwo Gott, der ihr zustimmt. Die Löffel sind schwer, man kann nicht eilig damit herumfuchteln. Messer und Gabel ruhen neben dem Teller auf einem kleinen, silbernen Bänkchen, bis man sie braucht. Jede Speise wird in Schüsseln auf den Tisch gebracht. Die anderen Kinder nehmen schwuppdiwupp ihre Servietten.
Mir gegenüber sitzt Onkel Erhard. Er macht schon wieder Spaß: Als die Suppe gegessen ist und die nächste Speise noch nicht auf dem Tisch, sagt er, jeder solle sich die Serviette vors Gesicht hängen. Und nun soll ich sagen, wer von uns den Arm ausstreckt. Ich stutze und überlege angestrengt, wie ich das schaffen soll. Ich soll ja nicht r a t e n, sondern s a g e n. Da bleibt mir nichts, als die Serviette am Zipfel beiseite zu ziehn — und nun lachen alle, denn jeder hat die Serviette heruntergezogen und hält den Arm vorgestreckt und zeigt auf sein Gegenüber.
Wir Kinder spielen mit Tante Lotte stets etwas Richtiges. Sie führt uns zum Beispiel in den Garten in eine versteckte Ecke, und dort steht ein Bollerwagen. Nun haben wir selbst sofort die Idee, das Gras, das ein Mann am Morgen gemäht hat, einzuladen. Wir dürfen uns damit die steinerne Bank unter der Esche auspolstern, und die Jungen machen sich »Betten im Dunkeln«, unter den Büschen. Eigentlich spielen wir wie zu Hause, wo man aus dem, was da ist, etwas macht. Gleichzeitig gibt es ganz andersartige Aufgaben: Man wäscht sich die Hände, zieht ein anderes Kleid an und geht ins Mittelzimmer, wo man sich umschaun darf, die Fenster vorsichtig schließen, Stühle hinter dem Tisch vorziehn, für Onkel Erhard einen Notenständer aufbaun, den buntbestickten Seiden-

schal von der Tastatur des Flügels nehmen und über die Sofalehne hängen — Tante Lotte sitzt am Flügel, Onkel Erhard steht mit seiner Geige daneben. Eigentlich kannte ich so schöne Musik nur aus dem Radio oder aus Tante Elsbeths Grammophon. Jetzt bewegen vor meinen Augen zwei Menschen ihre Finger und sind auch selbst ganz bewegt von ihrem Tun, beben oder schwingen mit, recken sich auf oder wiegen sich. Und es sind doch nur wir, die Kinder, die zuhören! Ich kann nicht vollkommen still sein, meine Finger und Zehen zucken, und sicher schaukelt mein Kopf leise, ganz leise. Wie groß wird das Zimmer, wenn die Töne darin schwellen und verklingen! Alles im Zimmer sieht frisch und lebendig aus, die zwei alten Leute auf den Bildern an der Wand lächeln deutlicher: ein Mann mit Zipfelmütze und eine spitzenumkräuselte Frau. Das sind Menschen, die hier im Haus gelebt haben, Onkel Erhard hat es erzählt. Jetzt sagt er vor jedem Stück, das wir hören, wer diese Musik komponiert hat: Schumann, Mozart. Ich nicke glücklich. Onkel Erhard möchte aber doch wissen, ob ich weiß, wer diese Menschen waren. Er spricht davon, daß der kleine Mozart, als er so alt war wie wir jetzt sind, mit seinem Vater durch Europa reiste und selbst schon Stücke komponierte. Und weil ich immer noch im gleichen Eifer nicke, fragt er mich direkt: »Weißt du davon etwas, Jule?« O Gott, jetzt muß ich etwas davon wissen, was geschieht sonst? Die schöne Musik geht nicht weiter, Onkel Erhard packt vielleicht die Geige ein — blitzschnell entziffere ich den Titel auf einem Buchdeckel »Der junge Mozart«. Es fährt mir so aus dem Mund: »Ich habe ein Buch gelesen, es heißt ›Der junge Mozart‹.« O nein, wie entsetzlich tief habe ich damit mich selbst und Onkel Erhard verwundet! Er ist ganz sprachlos vor Schmerz und ich bin es auch. Ebenso Tante Lotte. Da gibt es

nichts zu sagen. Sie schauen sich an und spielen noch ein Stück.
Sie sind weiter ungebrochen freundlich. Ich soll doch mal Kasperletheater spielen. Tante Elsbeth hat damals in ihrem Wochenendhaus Onkel Erhard verraten, daß ich meiner Schwester beim Puppenspiel helfe. Die kann es besser als ich, aber ich kann es immerhin auch. Ich denke mir ein Stück vom Polizisten und dem Seppel aus, aber wie soll ich reden? Ich kann doch nicht einfach »Höhö — der hat mir meine Butterbemme geklaut« sagen. Ich kann überhaupt nicht mehr sprechen wie zu Hause, weil jeder Mensch sofort vergnügt »Sächsisch!« ruft. Rolf, der Berliner Junge, hilft mir weiter. Er wirft dem Polizisten eine Eichel an den Kopf. Tante Lotte steht auf und stellt sich zwischen Rolf und das Theater: »Halt, halt, geschossen wird hier nicht! Das gibt keine guten Geschichten!«
Wir sitzen an einem Samstagnachmittag im Trupp im Garten und singen Kanon. Tante Lotte hat jeden Tag mit uns gesungen. Wir lernen immer verzwicktere Melodien, jetzt sogar einen Kanon mit italienischem Text. Onkel Erhard hat uns dreien die Worte in deutsch aufs Papier tippen lassen, aber ich schaue beim Singen lieber in die Bäume, sonst singt mein Mund deutsch, und das klappt nicht mit den Tönen überein. Am Schluß des Liedes hört — zum Glück — das Latein auf, und es gibt sehr deutliche Worte: »... wenn Sie nicht kommen, hol Sie der Teufel, wenn Sie nicht kommen, hol Sie der Teufel. Hol Sie der Teu-eu-fel!« Das singt jeder so laut er kann. Onkel Erhard hat sich in den Liegestuhl gelegt und schaut durch sein Fernglas zum Haus. Er ruft ganz begeistert: »Die Hausrotschwänzchen sind flügge!« Wir singen immer weiter unseren Kanon, beim »Hol Sie der Teufel« fuchteln wir mit den Armen in der Luft, als müßten wir wen leiblich verwünschen. Es macht großen Spaß.

Hinter uns, hinter dem Garten, am jenseitigen Ufer der Werre, haben sich viele Menschen versammelt. Dort ist ein Kino und ein besonderer Film ist gegeben worden oder wird gegeben. Die Leute drängeln. Ein Mann hält eine Ansprache, seine Stimme kommt wie gleichmäßiges Gebell über den Fluß. Jungen rufen oder brüllen mehr: »Zickezackezickezacke — heu-heu-heu! — Zickezackezickezacke ...« Wir singen einfach lauter. Wir sind jetzt auch so weit, daß der Kanon richtig klappt. Es ist ein schöner richtig orgelnder Gesang. Drüben, vor dem Kino, singen sie jetzt:

Vorwärts, vorwärts,
schmettern die hellen Fanfaren.
Vorwärts, vorwärts,
Jugend kennt keine Gefahren.
Deutschland, du wirst leuchtend stehn,
mögen wir auch untergehn.
Unsre Fahne flattert uns voran.
In die Zukunft ziehn wir Mann für Mann.
Wir marschieren für Hitler
durch Nacht und durch Not
mit der Fahne der Jugend
für Freiheit und Brot —

Tante Lotte ist aufgestanden und geht zu Onkel Erhard. Sie hat ihre Decke schon unterm Arm, und wir gehen jetzt wohl ins Haus. Da —! Klick! Ein Stein prallt vom Stamm der Esche ab. Und zzfff, zzfff, zzzffff — Steine zischen durchs Laub der Schneebeerenhecke. »Rennt, rennt ...!« Alle kommen heil ins Haus.
Ich frage am Abend Anna-Liesbeth, ob die Leute wohl unser Baumhaus kaputtgeworfen haben. Sie sagt lange nichts. Dann kommt sie zu mir ins Bett gekrochen und flüstert: »Tante Lotte darf nämlich nicht mehr arbeiten! Sie war in Weimar und hatte dort ein Kinderheim. Deshalb kann sie auch so schön spielen. Jetzt hat sie uns.

Vielleicht haben die Leute das gemerkt.« Ich denke eine Weile nach: »Aber warum denn, warum hat sie ihr Kinderheim nicht mehr?« Anna-Liesbeth ist erstaunt, daß ich das nicht weiß: »Sie sind doch Halbjuden.«
Als die schöne Zeit zu Ende ist, am Tag, als wir uns verabschieden müssen und Onkel Erhard mit uns vor die Haustür tritt, um unsere Köfferchen in ein Taxi zu verstauen, möchte ich mich an seinen Hals hängen und ihn küssen. Er schaut mir nur so sonderbar feierlich-ernst in die Augen, fährt mir mit der Hand über den Scheitel, wie die Mutter das tut, wenn sie sich über mich freut. Und plötzlich geht richtig ein Ruck durch Onkel Erhards große Gestalt. Er zieht seine Augenbrauen hoch und macht eine Schnute: »Noch eine kleine Prüfung — mal sehn, ob ihr was gelernt habt: Was für ein Instrument ist die Zage?« Hat er uns das erklärt? Hat er mal von einer Zage erzählt? Eine Zage, eine Zaage ... Anna-Liesbeth stubbt mich an. Sie lacht Onkel Erhard zu, weil sie schon weiß, daß er wieder Quatsch macht. Und richtig sagt er jetzt: »Das steht doch in der Bibel. Beim Auszug des Volkes Israel heißt es: ›Mit Zittern und Zagen zogen sie durch die Wüste‹.« Haha! Ich lache ganz laut.
Wir müssen einsteigen. Tante Lotte fährt mit uns zum Bahnhof. Onkel Erhard bleibt stehn und lächelt und winkt. Und neben ihm, an der Tür seines Hauses, ist oberhalb des Schildes »Rechtsanwalt Erhard Brand« ein dunkler Flecken. Ein Schild ist entfernt worden. Da stand also noch etwas anderes ... Onkel Erhard darf irgend etwas auch nicht mehr.

Das Abzeichen

In der Dorfschule zu Holza bin ich in meiner Klasse die Beste. Das ist schön, wenn der Lehrer meinen Aufsatz vorliest und zum Schluß, wenn er das Heft sinken läßt und mir in die Augen schaut, »Eins« sagt. Es ist nicht schön, wenn der Schulleiter von mir verlangt, daß ich »wie eine Eins« grüße.
Wir lernen an einem Vormittag das richtige Grüßen. Der Rektor steht in brauner Uniform im unteren Flur der Schule, neben dem Treppenaufgang. Alle Kinder haben sich draußen klassenweise aufgestellt, betreten in Zweierreihen das Gebäude und ordnen sich vor dem Treppenaufgang zum Gänsemarsch. Dann gehts vorbei am Schulleiter, der prüft, ob wir beim »Heil Hitler« den Kopf nach rechts werfen, ihn, den SA-Mann, anblicken und dabei den Arm ausgestreckt hochreißen, wobei die Hand nicht abknicken darf, sondern »wie die Spitze einer Lanze eins mit dem Schaft« — also mit dem Arm — zu sein hat. Er schickt mich zurück, ich muß wiederholen. Er schickt mich ein zweites Mal zurück. Er behauptet, ich käme aus einer Familie, die so pappig sei wie Apfelmus. Das sagt er laut.
Schön ist mein langer Schulweg. Meine Eltern wohnen mit uns Kindern im Ortsteil Klein-Holza, den nennt man auch Abessinien, was bedeuten soll, daß die wenigen Häuser Klein-Holzas wie eine entfernte Kolonie anzusehn sind. Ich stiefele kurz nach sechs Uhr am frühen Morgen

los. Wenn Frieder, mein kleiner Bruder, wie ich zur ersten Stunde in der Schule sein muß, laufen wir gemeinsam den Berg hoch und dann auf Feldrainen der Ziegelei zu, erreichen dort die Landstraße, gehn bis zur Kreuzung auf Asphalt, halten Ausschau, ob denn kein Pferdefuhrwerk kommen will, dem wir uns heimlich hintenaufschwingen könnten — und auf der Schotterstraße hinter der Kreuzung ist das Mitfahren ein besonderer Genuß! Man drängt sich an die Bretter des Kastenwagens, damit der ganze Körper summt und bebt. Je schneller die Pferde traben, um so fremder fühlt man den eigenen Leib. — Meist kommt kein Fuhrwerk. Dann folgen wir den Wellenschlägen der Straße zu Fuß. Sind wir auf dem zweiten Hügel angelangt, sehen wir die Schule. Die Pausenwiese liegt direkt an der Straße, auf der wir uns nahn.

Meist rennend, denn da haben sich schon alle Kinder zum Frühsport aufgestellt. Der Sportlehrer — auch in Uniformstiefeln — zählt sein »einss — zweiz — dreiz —«, ich höre richtig sein feuchtes Zischen. Die Kinder der »Apfelmusfamilie« kommen zu spät. Gut, wenn auf dem Feld hinter der Schulwiese Getreide steht. Wir ducken uns, huschen durch die Ähren, mischen uns unauffällig in die letzte Reihe. Wenn freilich im Herbst die kleinen Wasserrüben als Stoppelfrucht wachsen ...

Der Turnlehrer erkennt unser Zuspätkommen auch daran, daß wir unsere Ranzen bei uns tragen. Manchmal werfen wir sie in den Graben und holen sie möglichst unauffällig nach dem Antreten und vorm Einmarschieren. Solange der Zeichenlehrer mein Klassenlehrer ist, habe ich keine Not. Er trägt den Spitznamen »Miffi« und gilt für weich. »Ein verkrachtes Genie.« Er ist aus Berlin strafversetzt aufs Dorf. Er singt mit uns mehrstimmige Bachchoräle. Er zeigt mir, wie Wasserfarben aufleuchten,

wenn man sie richtig führt. Miffi besucht meine Eltern. Er kommt, mt Vater Schach zu spielen, und er bleibt, um mit Mutter zu diskutieren. Der Vater sagt dann: »Oh, die beiden, — da haben sich die richtigen Spinner gefunden!«
Hat mein Bruder anderen Unterrichtsbeginn als ich, treffe ich mit Bedacht eine Klassenkameradin. Sie ist Gärtnerstochter. Ich überquere dann die Felder hinter unserem Berg in nördlicher Richtung und erreiche die Schotterstraße noch vor der Kreuzung auf dem Weißen Müllerberg. Meine Freundin und ich kommen erst recht zu spät. Wir haben uns in ungenutzten Ecken nahe der Sandgrube Gärtchen angelegt und sind stets überrascht, wie die Wildpflanzen gedeihn oder nicht gedeihn. Wir wagen viele Experimente, bestäuben die Blüten mit unseren Fingern und hoffen auf erregende, neue Sorten.

1937. Meine Schwester Hanna besucht jetzt in Dresden das Kindergärtnerinnenseminar Fröbelscher Richtung. Sie muß nicht mehr »zum Dienst«, wie man das Zusammentreffen der BDM-Mädel nennt. Dafür werde ich »Jungmädel«. Man hat »Heimnachmittag« in einem Klassenzimmer der Schule, es wird gesungen, es werden Spiele gemacht. Im Winter wird auch gebastelt. Die Tochter unserer Handarbeitslehrerin ist unsere »Führerin«. Sie spricht sehr langsam und langweilig. Diese »Führerin« wird verulkt. Man läßt ihr die Luft aus den Fahrradschläuchen und wirft Kletten von hinten an ihre Jacke. Ich finde sehr schade, daß meine Schulfreundin nicht bei den Jungmädeln ist. Sie sagt: »Meine Eltern erlauben es nicht.«
Ob die Kinder zur Hitlerjugend gehn oder nicht, ist bei uns zu Hause kein Diskussionsgrund. Es kommt von allein, daß wir drei — jedes zu seiner Zeit — eintreten. Mutter sagt: »Samstagnachmittags könnte ich Jule gut

brauchen ...« Ich gehe aber gerade samstagnachmittags pünktlich zum Dienst. Ungern putze ich die Küche oder den kalten, dunklen Hausflur. Vater sagt überhaupt nichts. Die »Uniform«, ein dunkelblauer Rock mit zwei Taschen, eine weiße Bluse und eine braunsamtene Jacke, ist das einzige fertig gekaufte Kleidungsstück, das mir in meiner Kindheit und Jugend zuteil wird. Manchmal verteidigt Mutter unsere Zugehörigkeit zur Hitlerjugend, auch wenn das unnötig ist und ärmlich ausfällt: »Sie singen schön, gehn raus in die Natur, — unser Vati war auch bei den ›Fahrenden Gesellen‹ und hat Fahrten gemacht ...«

Unsere Jungmädelgruppe verwaist, die Tochter der Handarbeitslehrerin beginnt eine Lehre als Verkäuferin. In der Schule hängt ein Zettel am Schwarzen Brett, darauf ist zu lesen, daß die Scharführerin aus Tafelberg zum Heimatabend nach Holza kommt. Wir sind neugierig. Es läuft ab wie eine Schulstunde: Wir sind zurückhaltend, tun nur das, was die Scharführerin vorschlägt, und warten auf etwas Besonderes. Plötzlich fragt sie: »Wer von euch ist die Beste?« Alle rufen: »Die Jule!« Die Scharführerin sagt: »Jule wird eure neue Führerin.« Alle finden das gut. Ich erschrecke.

1938. Ich besuche die höhere Schule in Tafelberg. Dort bin ich nicht mehr die Beste. Meine Eltern sprechen keine Fremdsprachen. Ich quäle mich allein mit dem Französisch, es quält mich, daß Mutter extra leise geht, sobald ich an Vaters Schreibtisch sitze und Schulaufgaben mache. Wenn ich zum »Dienst« ins Dorf radle, bin ich bedrückt, denn es kommt mir so vor, als wäre ich nun unrechtmäßig Führerin der Jungmädel. Schon zu Hause, wenn ich das »Diensteheft« und das Liederbuch »Wir Mädel singen« in die Aktentasche werfe, bin ich völlig leer und sehr müde. Die Mädchen kommen von allein und fast regelmäßig. Was erwarten sie nur? Im Sommer fühle

ich mich noch am wohlsten, wir wandern ins Hermannsdorfer Tal und halten Schnitzeljagden ab. Alle wollen zum Trupp, der ausschwärmt, weil sie mit mir »im Kessel« sitzen wollen und meinen Geschichten lauschen. Ich bin nie vorbereitet und erzähle das, was mein Großvater mir erzählt hat, von seinen Wanderjahren auf der Walze und von seiner Kindheit in der Oberlausitz. Dann erfinde ich auch Geschichten. Oder wir malen uns alle gemeinsam aus, wie es wäre, wenn wir in heißen Ländern lebten. Wir machen zu Ostern, Pfingsten oder in den »Kartoffelferien« auch Fahrten in eine Jugendherberge. Ich frage einmal die Mutter meiner Schulfreundin, warum ihr Kind nicht mitdarf. Sie antwortet: »Wer Klavier spielt, kann nicht herumzigeunern!«
Regelmäßig bekomme ich per Post die »Unterweisungen für Jungmädelführerinnen«. Das sind bedruckte Zettel im DIN A4-Format, sie kommen von der Stammführerin in Dresden. Ich stecke die Zettel in meine Schulmappe, und dort bleiben sie wie die Erdkunde- und Biologie-Bögen, in die ich mich eigentlich vertiefen müßte, wie mein Klassenlehrer in der neuen Schule das nennt.
Ich bin in dieser Zeit oft nicht bei der Sache. In der Schule fällt mein »Wegtreten« nur für mich selbst ins Gewicht, ich schäme mich dessen nicht. Beim Dienst als Jungmädelgruppenführerin warte ich jedoch stündlich darauf, daß die teils jüngeren, teils gleichaltrigen Mädchen dieses Loch in mir entdecken und mich beschimpfen. Ich habe schon auf dem Weg zum Treffpunkt die Gewißheit, daß ich etwas aus der Luft greifen muß. »Was machen wir heute?« Irgend etwas werde ich sagen, — aber was nur? Es kann nie das Eigentliche, Richtige sein, weil ich keine Vorstellung davon habe, was der »Dienst« eigentlich soll.
Wir sind ein kleines Häufchen, hocken auf der Schulwiese. Ich habe mich an ein Sandloch gekniet, als gäbe dieses aus Dürftigkeit entstandene Rund irgendeine Form her. Die Mädchen umgeben den hellen Flecken mit ihren

ebenfalls hellen Gesichtern, ich kniee im Mittelpunkt echter Spannung. Dabei ist Spätsommer. Ich betrachte den trockenen Sand. Eine Maulwurfsgrille fährt aus ihrer Röhre, verharrt einen Moment lang, betrommelt den dicken Kopf mit ihren Fühlern und zieht sich wieder in die Behausung zurück. Das könnte ich jetzt erzählen, wie man Maulwurfsgrillen fängt, aber das wäre wieder kein »Dienst«. Ich taste nach meiner Aktentasche, nehme das Liederbuch heraus und schlage vor: »Wir lernen heute ein neues Lied.«

    Mienerl kann singen
    tanzen und springen ...

Meine Mutter hatte heute gute Laune und spielte auf einer Doppelschnitte vom Sechspfundlaib mit dem Messer Violine.

    Zipfeljörg dulldulljöh —
    du geigst halt gar zu schö ...

Ich bin vollkommen entnervt, weil ich doch nicht fortwährend meine Familie als Schatztruhe für Heimatabende benutzen kann. Also blättere ich im »Wir Mädel singen«. Gleich am Anfang stehen die ernsten Lieder. Jede Melodie singe ich, wenn ich sie irgendwo schon gehört habe — jetzt also laut:

    Nichts kann uns rauben
    Liebe und Glauben
    zu unserem Land.
    Es vor Gefahren
    stets zu bewahren
    sind wir gesandt.
    Mögen wir sterben,
    unseren Erben
    gilt dann die Pflicht,
    es zu erhalten
    und zu gestalten
    Deutschland stirbt nicht.

Der milchige Septemberhimmel ist das Abbild unserer Nichtigkeit. Das Lied wird gelernt, aber es ist in anderer Weise »falsch« als der »Zipfeljörg« gewesen wäre. Ich mache den Mädchen, am Sandloch kniend, im Takt des Liedes hin- und herschwankend, kein »heiliges Gefühl«. Sie singen nur leise, teils falsch, teils überhaupt nicht. Manche schauen den Drachen zu, die über den Stoppelfeldern in der Luft stehn. Es ist so bedrückend und unsinnig, daß ich ihre Führerin bin, jedenfalls für mich.

Ostern 1939. Diesmal gehe ich auf Fahrt ohne das Gefühl des Versagens. Ich bin einberufen auf die Festung Hohnstein. Die ist neuerdings »Schulungsburg«. Viele Jungmädchenführerinnen werden sich treffen. Sammelpunkt ist der Dresdner Hauptbahnhof. Es ist niemand da, den ich kenne. Unsere Scharführerin ist krank. Es fällt mir erst jetzt ein, daß ich nicht weiß, wer in den umliegenden Dörfern wie ich eine Gruppe betreut. Viele der anderen, die sich im Hauptbahnhof treffen, sind einander Freundinnen. Lieder werden angestimmt, die große Halle echot zurück. Es soll fröhlich werden, anscheinend. Man zieht die Treppen hoch, auf den Bahnsteig. Suchend nach irgendwem, zu dem ich gehören könnte, gelange ich ans Ende der Formation, und dann kommt schon der Zug. Ich gerate in ein Abteil, das die anderen meiden. Hier sind Scharführerinnen, Oberscharführerinnen und vielleicht noch solche Mädchen, die besondere Ämter bekleiden. Eins gefällt mir: Alle sind älter als ich. Ich muß nichts sagen, kann zuhören und zusehn. Diese Führerinnen tragen keine Zöpfe mehr, sie haben ihr Haar zum Knoten geschlungen. Mir gegenüber sitzt ein wunderbares, blauäugiges Wesen und spricht mit einem sommersprossigen, rothaarigen. Sie regen sich auf über den Violinsatz einer Sonate, vielmehr darüber, daß irgendwer diesen Satz ausgesucht hat, und nun müssen

die zwei anscheinend üben. Ich habe das Gefühl, gar nicht im Abteil zu sitzen, sondern von weit her aufregenden Ereignissen zuzuhören und zuzuschaun. Die bewunderten Mädchen tragen Uniform und sprechen vom Musizieren. Es geht also doch, daß man beides tut — zum Dienst gehn und ein Instrument spielen! Ich täte das sehr gern. Mein Dorfschul-Klassenlehrer wollte mir Musikunterricht geben, freilich nur in der Gruppe. Von meinem verstorbenen Paten existierte eine halbe Geige. Die war zu klein für mich — oder ich war schon zu groß, um anzufangen. Die ersten Töne, die alle Kinder der Geigengruppe dem Harmonium nachspielen sollten, klangen so quälend falsch! Im Eisenbahnabteil ist es jetzt so, daß mich die übergeordneten Positionen der älteren Mädchen wenig beeindrucken, aber die Selbstverständlichkeit, mit der sie von für mich unerreichbaren Dingen sprechen, bilden wie von selbst einen großen Abstand.
Jenseits des Mittelganges in unserem Abteil wird gelacht. Man macht einen Schauspieler nach. Eine kann das besonders gut. Die anderen klopfen sich vor Begeisterung auf die Oberschenkel und rufen: »Klingenberg! Klingenberg! Ganz genau Heinz Klingenberg! Wenn er mal krank wird, kannst du dich melden!« Das Mädchen deklamiert noch eifriger, sie spricht gleich auch den weiblichen Part der Szene mit:

»Will sich Hektor ewig von mir wenden?

Wo Achill mit den unnahbar'n Händen

dem Patroklus schrecklich Opfer bringt?«

»Teures Weib, gebiete deinen Tränen!

Nach der Feldschlacht geht mein einzig Sehnen ...«

Sie besuchen also das Schauspielhaus. Sie lernen in der Schule nicht nur Französisch und Englisch, sondern vielleicht auch Latein und Griechisch. Sie wissen genau, wer Hektor ist. Ich weiß das nur ungefähr. Zu Weihnachten sollte ich von Vater die »Sagen des klassischen

Altertums« als Geschenk haben, aber der immer noch mit meinen Eltern befreundete Zeichenlehrer aus der Dorfschule riet zu einem Band Tausendundeine Nacht mit Illustrationen von Edmund Dulac. Das ist nun das einzige wirklich schöne Buch, das ich besitze. Ich gelte bei uns zu Hause als Leseratte oder »Schwartenauguste«, wie das auf sächsisch heißt. Man schenkt mir zum Geburtstag oder zu Weihnachten etwas zu lesen. Mein Vater geht dann in die Buchhandlung und sagt: »Ich möchte für meine Jule was Gutes!« Man legt ihm dann nahe, »Barb«, »Volk ohne Raum« oder »Apis und Este« zu kaufen, mühselig zu lesende Geschichten, die mir wie unlösbare Schulaufgaben vorkommen. In unserer Familie gibt es aber doch einen Menschen mit einer richtigen Bibliothek. Das ist die unverheiratete Tante Elsbeth. Bei ihr lese ich manchmal, nehme mir irgend etwas aus dem Bücherschrank, was die Tante mir stets wieder aus der Hand nimmt, freilich zum Umtausch. »Jetzt komm...«, sagt sie dann, und ich lese nach ihrem Willen von Maxim Gorkis Großmutter, die so liebe- und leidvoll gelebt hat. Aber wenn meine Familie aufbricht, muß ich das angelesene Buch in den Bücherschrank zurückstellen. »Bücher sind wertvoll! Ich habe mir das alles selber geschaffen.« Tante Elsbeth ist geizig. Ich möchte so gern richtige Bücher lesen, mich in Geschichten hineinträumen und mich vergessen...
Ich sitze im Abteil zwischen Mädchen, die sich über das Richtige, Eigentliche auch noch lustig machen können, weil sie genug davon haben. Sie sprechen im Grunde genommen auch kein Sächsisch. Das rotblonde Mädchen mir gegenüber breitet eine weiße Serviette über ihren Schoß und ißt vornübergebeugt ein Stück Sandkuchen.
In der Schulungsburg Hohnstein werden aus der großen Meute Gruppen gebildet. Singgruppe, Musiziergruppe, Bastelgruppe, Gymnastikgruppe, — ich verlasse mich am

besten auf meine Hände. Es gibt sehr schönes, wohlriechendes, weiches Lindenholz und richtige Schnitzmesser. Ich greife nach einem kleinen Block, den ich mit der Hand umschließen kann, und denke sofort: Ich mache ein großes, festes Tier, das so ist, wie der Block sowieso schon ist — einen Elefanten. Ich male auf, radiere, male wieder, nehme das Messer. Zum ersten Mal habe ich das Gefühl, daß sie mich bewundern. »Jule hat einen Elefanten gemacht!«
Es ist nicht so ganz wahr, daß ich in der Dorfschule die Beste gewesen bin, denn es stand jeweils am Schluß des Zeugnisses der einschränkende Satz: »Bei körperlicher Ertüchtigung setzt sich Jule nur zögernd ein.« Auf der Burg Hohnstein spielt die körperliche Ertüchtigung eine große Rolle. Man geht im Turnzeug zum Morgenappell. Es ist sieben Uhr. Der Sand im Burg-Vorhof knispelt leise unter den vielen, eilenden Turnschuhen. Es ist schön, früh aufzustehn, ich laufe gern in die Morgenfrische und strecke mich, um richtig gerade zu stehn. Heute sind meine Zöpfe nicht gleichmäßig fest angeflochten, das gibt mir ein einseitiges, beunruhigendes Gefühl. Alle Mädchen bilden ein Karree um die Fahne. Ein leichtes Gedrängel und Geschiebe, damit die Reihen gerade sind. Neben der Fahnenstange stehen auch junge Männer, die eigentlichen Herren von Burg Hohnstein.
Die Stammführerin spricht mit ihnen. Ich sehe, daß sie irgendeiner Mitteilung kopfnickend zustimmt. Die uniformierten, jungen Männer bleiben als Grüppchen für sich, es kommt mir vor, als wären das unsere Schiedsrichter. Das Lied. Die Fahne steigt hoch. Wir senken wieder den Arm. Wir dürfen uns rühren. Wieder das schlurrende Geräusch der Turnschuhe auf dem Sand. Jetzt kommt die Oberscharführerin, die für den Sport zuständig ist. Die Dresdner Mädchen geben ihr »einen Empfang«. Sie rufen im Chor ihren Namen oder Spitznamen: »Luh! Luh! Luh!

Luh!« Also Luh heißt sie. Sie sieht nicht so aus, wie man aussehn soll, denn sie hat schwarzes Haar, dunkelbraune, kleine Augen, eine Hakennase und zigeunerfarbene Haut. »Luh! Luh! Luh!« Sicher freut sie sich. »Luh! Luh!« äfft sie selber die Rufe nach und geht die Reihen ab. Jetzt unsere Reihe. Da wendet sie plötzlich überdeutlich den Kopf in meine Richtung. Verstummt. Erstarrt. Hat zusammengekniffene Lippen. Kommt auf mich zu. Faßt mich an. Zieht mich aus der Reihe: »Kannst du mir sagen, was du dir dabei gedacht hast?« Ich fühle die ungleich geflochtenen Zöpfe. »Bist du Führerin?« Sie hat mich zu sich herangezogen und dreht mich jetzt um. Mein Gesicht ist der Reihe zugewandt. Mein rechter Fuß ist aus dem Turnschuh geschlappt, das Gummiband ist zu locker. »Was ist das für eine Auffassung von vorbildlichem Verhalten?« Ich stehe so gerade, wie es mir möglich ist. Allein jetzt, allen gegenüber. Was will Luh? Sie greift mir an die Brust: »Wenn du schon kein Abzeichen hast, wie sollen dann deine Mädchen ein Abzeichen haben?« O Gott! Ich habe das Abzeichen vergessen. »Warum hast du kein Abzeichen?« Es gibt keinen Grund, weshalb ich mir keins auf das Turnhemd genäht habe. Alle haben eins, ich eben nicht.

Ich werde stehen gelassen. Ich bin es nicht wert, da zu sein. Der Frühsport beginnt. Das Frühstück. Die Schulung im großen Saal. Ich bin es nicht wert, da zu sein. Mittagessen. Ich bin es nicht wert, da zu sein. Bastelstunde. Der Elefant wird fertig. Aber eigentlich ist auch der Elefant nicht da. Ich behalte ihn in der Hand, als die Ergebnisse eingesammelt werden, eine Ausstellung soll stattfinden. Irgendwie möchte ich alles zerbeißen und zerkratzen, aber die Nägel und Zähne sitzen tief in mir drin, ihr Riß und ihr Biß schmerzen nur mich, sonst keinen.

Der erste Tag

Sommer 1939. Seit ich die Oberschule besuche, bin ich längere Zeit unterwegs als vorher. Ich schiebe, gleich dem Vater, mein Fahrrad morgens bergan, um über die Feldwege und die Landstraße — vorbei an einer Ziegelei — nach dem kleinen Städtchen Tafelberg zu gelangen. Feldwege, Landstraße und Ziegelei waren auch Marksteine des alten Schulwegs, jetzt sind es nur andere Wege und es ist eine andere Ziegelei. Ich halte dort nicht an und betrachte niemals die Libellenlarven im Wasser der Lehmgrube, niemals steige ich vom Fahrrad und ziehe Stoppelrüben, um sie mit den Zähnen zu schälen und das feste, glasige Fleisch krachend zu zerkauen. Die Landschaft fließt ungenossen an mir vorbei, immerfort schaue ich auf den Fahrradlenker, — dort liegt mein Vokabelheft. Meine Lektion endet, wenn der Lenker, gestoßen vom Kopfsteinpflaster der Stadtstraße, das Heft ins Rutschen bringt. Dann betrachte ich die großen, zweistöckigen Häuser hinter den Vorgärten. Ich komme nie mehr zu spät, obwohl der Schulunterricht mich wenig verlockt. Ich fahre frühzeitig los, damit ich niemanden treffe, der auch in die Oberschule fährt, denn die dreiviertel Stunde am Morgen ist mein. Ich habe mich von den Eltern entfernt, die mich in etwas hineinschicken, das ihnen selbst unbekannt ist, und von diesem Fremden her gibt es noch keine Fäden, mit Hilfe derer ich »an der Strippe gezogen« gehorche.

Morgens überkommt mich manchmal das Gefühl der Freiheit. Ich nutze mein Aufmichselbstgestelltsein so, daß ich den anderen und teils sehr andersartigen neuen Klassenkameraden vom sicheren Platz aus entgegensehe. Ich würde gern auch im Stoff vorausarbeiten, aber das schaffe ich nicht. Ich bin froh, wenn ich die Schulaufgaben löse. Noch immer schreibe ich gute Aufsätze, aber jetzt wiegt ein Rechtschreibfehler schwer.
Natürlich gibt es auch in der Oberschule Wandertage. Wir zockeln im Klassenverband auf schmalem Wege entlang der Polenz Richtung Stolpen. Da entdecke ich plötzlich ein Goldhähnchen im Fichtengrün, und ohne daß ich es unbedingt will, singe ich das Lied, das meine Mutter so liebt:

> Singt ein klein's Vogerl im Tannenbaum:
> kann nichts als rufen und schrein ...

und alle hören zu, sind ganz still. Als das Lied aus ist, sagt meine Banknachbarin: »Sing noch einmal!« Ich kann nun annehmen, daß ich etwas gefunden habe, was ich wirklich kann. Nicht etwa Singen! Es ist mehr die Tatsache, daß ich einfach so einem Einfall nachgehe. Meine Einfälle liegen außerhalb dessen, was man von mir erwartet.
Meine große Schwester hat eine Anstellung als Kinderpflegerin im Haushalt eines Pfarrers in der Nähe von Potsdam erhalten. Sie schreibt regelmäßig Briefe. Meine Mutter liest die Briefe laut vor und schließt das Vorlesen meist mit eigenen Gedanken: »Ich möchte so gern mal sehn, wie unsere Große das macht ...« Einmal laß auch ich meinen Gedanken freien Lauf: »... In den großen Ferien fahre ich zu Hanna ...« »Mit dem Maul!« sagt der Vater. Und ich: »Nein, mit dem Fahrrad.«
Als wir in der letzten Schulstunde vor den großen Ferien im Physikzimmer sitzen und der Lehrer keine Experimente mehr vorführt, weil wir sowieso alles wieder vergessen bis zur weit entfernten, nächsten Stunde, kommt ein

Gefrage auf, wer was in den Ferien unternimmt. Da reisen welche »in die Sommerfrische« mit ihren Eltern und andere erhalten Besuch oder reisen, um irgendwen zu besuchen. Als der Lehrer mich fragt, warte ich einen Augenblick. Ob er denkt, daß ich ihn veralbere? Er bleibt aber hartnäckig, und als es heraus ist, funkeln seine Augen: »Also weißt du, Jule, d a s Fahrrad muß ich sehn!« Alle lachen laut. Sie rufen mehrstimmig: »Die Jule hat eine alte Klappermühle ...«

Es geht nicht, daß ich einfach losfahre, erst verdiene ich mir mein Reisegeld. Der Vater meiner Schulfreundin hat einen abschätzenden Blick, als ich ihn frage, ob ich bei ihm in der Gärtnerei arbeiten kann: »Was hast du dir nun wieder in den Kopf gesetzt ...« Wir kennen uns seit langem, seit ich mit seiner Tochter über den Weißen Müllerberg in die Dorfschule marschierte und mehr noch, seit ich es bedauerte, daß diese Freundin nicht in der Jungmädelgruppe war, weil sie Klavier spielt. Es ist eine wunderschöne Zeit, in der ich — gemeinsam mit der Freundin — die Erdbeerpflanzen von Ranken befreie, die Rapünzchenbeete jäte und kleine Stiefmütterchenpflanzen aus dem Kasten ins Freiland setze. Ich finde es wahnsinnig spannend, wenn die Gärtnerstochter von gepfropften Pflanzen erzählt, sie ihrerseits bettelt mich, ihr nun auch zu verraten, was ich den anderen beim Heimabend erzählt habe. Was habe ich nur erzählt? Ich fange wieder an, meine Oberlausitzer Familienarmut zu beschreiben und daß meine Großmutter als junges Mädchen ihren Vater suchen ging. Wir knien den ganzen Tag auf der Erde. Goldgelb säumen Studentenröschen die Beete. Ich atme so gern den herben Duft dieser samtigen Blumen und behaupte, die Studentenröschen wären eigentlich Fürstenblumen, weil ihre Form und Beschaffenheit den gepufften Ärmeln des Herzogs Heinrich gleichen, dessen Bild mir der Großvater in der

Dresdner Galerie gezeigt hat. Es ist auch schön, daß wir in Ruhe gelassen werden. Unsere Hände huschen über die Krume, Käfer retten sich eilig, Eintagsfliegen leuchten im Licht der Sonne auf. Es ist so etwas wie beten, wenn wir auf der Erde knien. Immer hatte ich ein widerborstiges Gefühl, wenn wir in der Konfirmandenstunde gemeinsam mit dem Pfarrer das Vaterunser sprachen, aber jetzt habe ich das Bedürfnis, mich unter dem sächsischen Himmel zu verneigen. Ich kann das zwischen den Beeten ohne Scham. Wir zwei Mädchen schweigen auch viel.
Ich bekomme vom Gärtner neunzig Pfennige den Tag. In zwei Wochen habe ich mein Reisegeld beisammen. Aber fast so wichtig wie das Geld war das heimliche Dienen. Der Himmel blau, das Brunnenwasser rein und kühl, die Erde krümelig und würzig — am letzten Tag schickt uns der Vater meiner Freundin in die Kohlbeete. Wir müssen Raupen ablesen. Schaudervoll fett und weich kleben die Tiere an den Blättern. Und nun müssen wir mit den Fingern —
Ich bin doch froh, als ich meinen Lohn in die Schürzentasche stecke. Der Gärtner bindet noch einen großen, märchenhaften Strauß. Er überreicht ihn mir und schaut mich kopfschüttelnd an: »Du Räbchen —« Ein Räbchen ist etwas Keckes, Wildes. Seine Tochter liest morgen wieder Raupen von den Kohlblättern. Mich durcheilt eine Hitzewelle, weil ich daran denke, daß ich wegfahre, nach Berlin.
Dem Vater macht es Freude, mir noch zu zeigen, wie sein alter Wanderspirituskocher funktioniert. Unterwäsche, Strümpfe, Handtuch, Schlafsack sowie ein zweites Kleid sind in einem fellbezogenen Tornister verstaut. Mein Bruder behauptet, den trügen nur Jungen. Ich trage ihn ja nicht, er liegt auf dem Gepäckträger meines Fahrrades. »Paß schön auf dich auf!« »Schreib jeden Tag eine Karte!« »Wenn du den Spiritus nachfüllst, lösche zuerst die

Flamme!« »Fahre nur ja nicht im Dunkeln!« Ach, ich bin selbst ein bißchen erstaunt, daß ich fahre. Der Gedanke, der Wunsch, das ist das eine — das Tun hat eine andere Beschaffenheit.
Meine Beine trampeln ununterbrochen. Alle Berge der Heimat sind mäßig. Ich kenne sie alle, ich verlange von mir, daß ich sie rasch hinter mich bringe, und steige gar nicht erst vom Fahrrad ab. Bis ich die Karte herausnehmen muß. Unbekannte Orte tauchen auf. Mein Fahrradsattel ist sehr hart, ich habe noch niemals einen vollen Tag lang darauf gesessen. Jedes kleine Dorf, das ich durchfahre, ist auch eine Verwirrung: So viele sind es, so weit dehnt sich die Landstraße! Ich beginne, in Kilometern zu denken. Eigentlich bin ich müde. Oder ich bin in einem Rausch. Der Roggen wird gemäht. Überall klappern die Mähmaschinen, und dieser trockene, brennend heiße Staub weht von den Feldern auf die Straße.
Die nächste Jugendherberge steht in Bad Liebenwerda. Ich bin der einzige Gast. Der Herbergsvater wohnt in einem benachbarten Haus. Ich zeige ihm meinen Herbergsausweis, zahle dreißig Pfennig, trage meinen Namen und heimatlichen Wohnort in ein Buch ein. Der Herbergsvater übergibt mir den Schlüssel. Er sagt, daß ich den elektrischen Koch- Automaten benutzen soll, für zehn Pfennig ist die Platte eine halbe Stunde lang heiß. Er fragt auch nach meinem Wohin — ich antworte ihm wie ein erwachsener Mensch. Das fühle ich: Die Worte kommen gültig aus meinem Mund, weil ich mir die Zeit nehme, richtig zu überlegen. Wenn es möglich wäre, würden meine Ohren jetzt noch röter und heißer. Ganz allein in dem kleinen Haus stelle ich mich nackend unter die Dusche. Für zehn Pfennig warmes Wasser. Das Reisen ist eine viel, viel schönere Sache als ich gedacht oder geträumt habe und irgendwer mir je gesagt hat.

Es ist sehr schwer, dem guten Vorsatz treu zu bleiben und früh am Morgen aufzustehn. Wie können zwei Beine nur so schmerzen! Erst einmal stelle ich mich senkrecht. Es gibt niemanden, der mich antreibt, ich könnte im Bett liegen bleiben, aber gerade, weil ich es doch selbst bin, der unterwegs ist, neugierig und auch dickköpfig, mühe ich mich, wieder aufs Fahrrad zu steigen. Die Schatten sind noch lang, die Luft ist kühl. Nach den ersten zehn Kilometern ist der Muskelkater verschwunden. Jetzt sehe ich wieder, was um mich her still gewachsen oder aufgebaut ist, ich sehe die Dinge auf mich zukommen und mit leichtem Schwung an mir vorbeitanzen. Nein, es ist hier nicht mehr »wie zu Hause«! Die sächsischen Bauernhöfe mit ihren hufeisenförmig angeordneten Gebäuden entlang der Dorfstraße sind abgelöst worden von niedrigen, langgestreckten Ziegelbauten, die aus vielen, von Rippen unterteilten Fenstern direkt auf die Straße schaun. Hier liegen die Gärten hinter den Häusern. Eine Baumreihe steht jeweils links und rechts der Straße zwischen mir und den Zwergenhäusern. Denn daß erwachsene Menschen darin hin und her gehn, scheint mir unmöglich. Ich fühle mich beobachtet oder auch nur beachtet von Kindern oder Greisen, die hinter den kleinen Fensterscheiben auf irgend etwas warten. Als habe ein Befehlshaber gehorsame Kolonnen hinter den Linden und Ulmen postiert, so lenken mich die Häuser vom eigentlichen Ortskern ab. Eine Kirche und ein Rittergut — die muß es ja geben! Gänse watscheln im Straßengraben, Hühner retten sich flatternd vor Pferdegeschirren und sogar vor mir. Das letzte Häuschen duckt sich tief ins Grün — und schon baut der Kiefernwald sich auf oder das Dorf verliert sich in einem Feld. Fremde Früchte wachsen da: Spargelkraut. Mohn. Ich bin in Brandenburg, in des Deutschen Reiches Streusandbüchse. Sobald ich nur ein bißchen träume, gerate ich an den Straßenrand und das Vorderrad dreht weg.

Das Fahren wird zur Aufgabe. Heute abend habe ich sicher Muskelkater in den Armen. Eine Mittagsrast am Straßenrand dehne ich etwas aus, koche meine Maggiwürfelsuppe über der Spiritusflamme, suche ein paar Kräuter, damit das Essen auch hübsch aussieht. Jetzt wär es schon gemütlich an Mutters Tisch! Ach, und jetzt ausruhn, hintenüber ins Feld fallen, den weiten, viel größeren Himmel anschaun, über den die Sommerwolken ziehn. Leicht und blendend weiß. Dieses Vorbild habe ich bitter nötig. Ich lerne gerade, daß bei einer Radtour der zweite Tag am mühseligsten ist.

Jüterbog. Eine wundersame Stadt mit Backsteinkirche und Backsteintor. Eine Stadt voller Linden. Ich bin so müde, daß es mir im Kopf summt und dröhnt, als umschwärmten mich Bienen. Gerade jetzt sind die etwas nesseligen Lindenblätter aber staubschwer und dunkelgrün, die Lindenblüte ist lang vorbei. Ich betrachte das mit kleinen Ziegeln ausgesetzte Gefache der alten städtischen Häuser, und doch gelangt kein Bild auf geradem Weg vom Auge ins Herz. So also ist die wirkliche Fremde.

Am nächsten Morgen ist meine anfängliche Fröhlichkeit zurückgekehrt. Das Fahrrad ist mein Freund geworden. Manchmal lenkt es meine Aufmerksamkeit in merkwürdige Richtungen: Schau, was für unterschiedliche Gesteinsarten im Kopfsteinpflaster! Oder: Was meinst du, was das für ein Geruch ist, der an die Weihrauchbüchsen der Heiligen Drei Könige erinnert — die Kiefern schwitzen, aber der Duft ihres Harzes ist schwer, die Duftfahnen wickeln dich ein, paß auf!

Ich gleite, schwebe, schwimme, fliege durch die Welt. Es hat mir wer einen Helm aus Licht und Luft über den Kopf gestülpt.

Summen. Rasseln. Rattern. Es kommt etwas hinter mir her. Nichts zu sehn. Ich schaue wieder geradeaus. Das

Geräusch schwillt an. Schon seit einiger Zeit stehen links und rechts der Straße in kurzen Abständen Hinweisschilder: Truppenübungsplatz. Und nun holt mich eine Lastwagenkolonne ein, die ersten Wagen überholen mich. Soldaten in feldmarschmäßiger Ausrüstung sitzen jeweils entlang den Seitenplanken auf den Ladeflächen. Das kenne ich aus den Manövern. Meine Schwester hat mich oft zu den Manöversoldaten geschickt, wenn die auf dem Weißen Müllerberg ihre Geschütze in Stellung brachten und Platzpatronen verschossen. Sie konnte mich dann »holen kommen« und ein wenig den Geruch von Leder und Männerschweiß aufschnuppern. Obwohl ich nach Meinung meiner Schwester noch eine grüne Gurke bin, obwohl ich weder einen Büstenhalter noch einen Strumpfgürtel trage, winken mir die Soldaten zu. Das macht mich stolz. Manchmal winke ich zurück. Aber es sind viele Soldaten auf vielen Lastwagen. Ich trete in die Pedalen meines Fahrrades. Dadurch, daß ich fortwährend von Militärfahrzeugen überholt werde, habe ich das Gefühl, im Tempo zurückzufallen oder überhaupt auf der Stelle zu stehn.

Die Zusammensetzung der Kolonne ändert sich. Es kommen Kübelwagen, Motorräder, Geschütze auf Lafetten und Sanitätskraftwagen. Ich steige ab, setze mich an den Straßenrand. Mir wird noch immer zugewunken. Ich finde keinen passenden Platz, meinen Spirituskocher aufzustellen, außerdem nehme ich an, die Soldaten würden mich hänseln des winzigen Kochers wegen. Nachdem ich eine kleine Mettwurst langsam zerkaut habe, fluten noch immer Soldaten an mir vorbei. Eine Gruppe von Motorrädern mit Beiwagen: Die Fahrer wie die Beifahrer sehen streng geradeaus, als sei ihnen eine besondere Bedeutung zugemessen — und dann kommt eine Zeit nichts weiter als ein hartes, mahlendes Geräusch. In diese Lücke reihe ich mich ein. Aber ich fahre nicht mehr leicht und frei. Ich bin eingeklemmt in einen Mechanismus, ich werde jetzt verfolgt von Panzern. Und überholt. Die Luken sind offen, der Panzerschütze schaut wie ein Turmwächter geradeaus, es muß schwer sein, mit solch einem Koloß genau hinter dem Vordermann zu bleiben — Ausweichmöglichkeiten gibt es für sie nicht. Kaum für mich! Wie furchtbar mühselig ist es, sich immer am Rand der Straße zu halten. Wie taub sind meine Ohren, wie leer ist mein Kopf. Soldaten. Soldaten. Stundenlang. Es ist eine lange Strecke von Jüterbog über Luckenwalde und Treblin nach Groß-Beeren. Der Augusttag kann den Staub und den Lärm nicht wegschlucken.

In Groß-Beeren verlasse ich die Berliner Straße und biege ab nach Nordwesten. Die Anstrengung hat ein Ende! Die Gemüsebauern, Kohlenhändler, Postautos, Motorradfahrer, Radfahrer, Fußgänger und großen und kleinen Tiere sind etwas sehr Schönes und Ruhiges. Ich grüße nun fast jeden, der sich regt. Wie ein eisenschwerer, schleppender Traum bleibt der militärische Aufmarsch hinter mir. Das Geräusch meines Fahrrades ist wieder da. Ich gebe mir endlich zu, daß meine Kehle trocken ist, und halte an einem Gasthof, setze mich in den Garten an einen Tisch mit rotweißer Karodecke und opfere zwanzig Pfennig für Malzbier.

Von Potsdam nach Wehrland ist es nur noch ein Katzensprung. Ich muß über die Glienicker Brücke — schon bin ich da! Aber ich bin nicht mehr fröhlich. Heimlich hatte ich vor, frisch, mutig und lebendig bei der großen Schwester anzulanden. Vielleicht wartet sie, vielleicht hat sie auch ein bißchen Scham, wenn ihre »grüne Gurke« irgend etwas an sich hat, was die Bescheidenheit der Mittel im Elternhaus verrät. Ich fahre nun erst mal ganz langsam. Und habe ja die Freiheit, mir noch einen Abend und eine Nacht für mich allein zu nehmen.

In der großen, dicht belegten Jugendherberge zu Potsdam ist der Speisesaal so lang und breit wie die Wartehalle im Dresdner Bahnhof. Ich knabbere am hart gewordenen, heimatlichen Brot und wundere mich über die vielen, selbständigen Einzelwanderer. Ich habe eher erwartet, daß nahe der Reichshauptstadt die Uniformträger zunehmen.
Im Mädchenschlafraum 4 ist noch ein Bett frei, ich lege mich gern früh nieder. Die Soldaten haben mich erschreckt, ich bin krank von dem Gedanken, daß die Kolonnen immer noch fahren und alles an den Rand drängen, was außer ihnen auf der Straße ist. Mit dem Fingernagel fahre ich an der hölzernen Bettlade entlang und spiele ganz in Gedanken mit den Bändchen, die meinen Schlafsack am Bettpfosten festhalten. Schlafen kann ich nicht.
Zwei Mädchen und ein Junge betreten den Schlafraum. Sie reden miteinander über einen Jungen, der nicht bei ihnen ist und dem es wohl schlecht geht. Vom Krankenhaus wird gesprochen. Die Mädchen ziehen sich aus und legen sich hin, während der Junge weiter mit ihnen redet. Leiser, seit sie mich bemerkt haben. »Erwins Mutter glaubt es nicht, sie denkt noch, wir wollen die Fahrt nicht abbrechen. Die Aufforderung, sich bereitzuhalten, liegt für Erwin seit Montag da. Ich konnte ihr am Telefon nicht klarmachen, daß er wirklich verletzt ist.« Das Mädchen spricht eindringlich. Und nun der Junge: »Für mich wird auch so ein Schrieb zu Hause liegen. Ich fahre morgen mit der Eisenbahn zurück. Ich gehe bei seiner Mutter vorbei. Werdet ihr mit dem Boot alleine fertig?« Die Mädchen sagen etwas Zustimmendes. Eigentlich darf ich nicht »Mädchen« denken, ich höre ja an der Art, wie sie reden, daß es junge, aber doch erwachsene Menschen sind. Wahrscheinlich war der junge Mann schon beim Militär. Vielleicht sind alle drei Studenten, ebenso der junge

Mann im Krankenhaus. Sie sind bedrückt und zeigen das auch. Aber sie sollen nicht merken, daß ich wach bin. Der junge Mann tritt an mein Bett, gewiß schaut er mich an: »... Die Kleine!« sagt er und: »... sie sieht noch ganz harmlos aus ...« Fast möchte ich mich bei ihm bedanken. Wenn mich andere als Kind sehn, darf ich mich unschuldig fühlen. Das möchte ich schon. Ich kann auch wirklich keine Erklärung finden für die Unruhe und überspitzte Wachsamkeit, in die ich geraten bin. Was geht vor sich? Auf den Straßen? Unter den Menschen? Etwas Besonderes. Das spüre ich, ich bin schon dreizehn Jahre alt.
Die Ankunft in Wehrland ist nun so, wie ich sie mir gewünscht habe: Die Pfarrersfamilie sitzt beim Frühstück. Ida, das Hausmädchen, hat mir die Tür geöffnet. Meine Schwester Hanna sitzt im blau-weißgestreiften Kinderpflegerinnen-Waschkleid neben dem zweijährigen Otto und füttert ihn, vor allem muß sie ihm Tee einflößen, das Kind ist nierenkrank. Sie hat davon in ihren Briefen geschrieben. Ich bleibe an der Tür stehn und lächle meiner Schwester zu. Die Pfarrfrau sagt: »Komm nur herein!« Zum ersten Mal in meinem Leben bin ich Gast. Unter Verwandten macht man sich Besuche — hier besuche ich Hanna. Sie kann mich nur gar nicht einladen, weil sie selbst am Tisch ihrer Brotgeber sitzt. Es bedeutet Billigung, daß der Pfarrer mir einen Stuhl weist. Ja. Er geht schon wieder zur Gewohnheit über und schneidet sich die nächste Schrippe auf.
Es ist ein hübsches Pfarrhaus mit großem Garten, mehreren Nebengebäuden und geräumigem, kastanienbeschattetem Hof. Gleich am ersten Tag sehe ich mir die Kirche an, die Störche auf dem Dach des Gasthofs und den kleinen Uferstreifen vom Wehrländer See, der fast ins Dorf hineinragt. Ich bin noch gar nicht richtig angekommen, immer noch bin ich aufgeregt und ruhelos. Endlich, abends, nachdem die Glocken geläutet haben, bleibe ich

neben meiner Schwester, singe die kleinen Kinder mit in den Schlaf und umarme und küsse Hanna. Man hat mir neben ihrem Bett eine Liege aufgebaut. Wir halten uns im Dunkeln an der Hand und ich erzähle von dem endlosen, wirklich unüberschaubaren Aufmarsch der Soldaten zwischen Jüterbog und Berlin. Hanna zieht mich in ihr Bett. Sie weiß etwas Besonderes: Der erwachsene Sohn des Pfarrers, ein Leutnant, hält sich für drei Tage in Berlin auf. Er heißt Erich und will vorbeikommen, um seinen Vater zu sehn. Die Nacht ist warm. Wir zwei kuscheln uns trotzdem eng aneinander.

In aller Morgenfrühe steht ein blonder, junger Mann in graublauer Uniform vor der Tür. Er verschwindet mit dem Pfarrer in irgendwelche oberen Räume. Ida singt an diesem Tag viel und laut. Die Pfarrfrau hält sich fast den ganzen Tag bei den Kindern auf, tätschelt den kranken Otto und redet auf die kleine Tochter ein. Für meine Schwester und auch mich ist das etwas komisch. Gegen Abend holen wir — mitsamt den Kindern — bei einer Bäuerin Milch. Auf dem Heimweg erzählt mir Hanna, Ida habe von dieser Bauersfrau, bei der wir eben waren, erfahren, daß die jetzige Pfarrfrau schuld sei am Tod der ersten — und nun habe der Sohn, der eben jetzt im Haus ist und ein lieber Mensch, kein echtes Zuhause mehr. »Sie freut sich, wenn er jetzt weg muß...« Ich frage rasch: »Weg, wohin? Und warum denn jetzt?« Hanna sagt, als wäre es das Selbstverständlichste der Welt: »Sie sammeln sich.«

Am nächsten Morgen sind Vater und Sohn verschwunden. Der Vater kommt am Abend zurück. Die Eheleute essen für sich, oben.

Es gefällt mir in Wehrland. An Hannas freiem Nachmittag laufen wir rasch zum See, holen das Boot der Pfarrersfamilie aus dem Bootshaus und rudern los. Der See ist riesig. Meine Schwester steuert quer darüber hin in die blendende Ferne. Zu Hause war ich, die kleine Schwester, ihr manchmal lästig. Hier erzählt sie mir von zwei Soldaten, die ihr die Ehre gerettet haben. Sie war nämlich zu lange in Potsdam und wäre mit dem letzten Bus zu spät zurückgekommen, die Soldaten aber nahmen sie im Beiwagen mit, der Beiwagenfahrer hat sie auf den Schoß genommen, bis vor das Pfarrhaus haben die beiden sie gebracht. Wie Hanna das erzählt, muß ich lachen. Soldaten sind schon auch lustig. Sie erzählt noch mehr, und ich rudere feste, das wunderbare Reisegefühl ist wieder da! Übermütig stehen wir beide gleichzeitig auf und tauschen unsere Plätze. Es geht auch gut, aber beim Tausch haben wir etwas die Richtung verloren und entdecken nach einem Blick rundum die Gewitterwand im Westen. »Nicht aufs Wasser raus!« Ein Schilfgürtel ist nahe. Wir sind gerade darin verschwunden, als der Regen herunterdrischt. Erst halten wir uns die Jacken über die Köpfe, aber das ist sinnlos. In Minutenschnelle sind wir durchnäßt. Blitze zucken, der Donner rollt. Neben uns wispern die Kleinen einer Bläßhuhnfamilie. Das Gewitter ist wie bei uns zu Hause, rasch zieht es herauf und weiter. Der Donner säumt schon dreißig, vierzig Sekunden nach dem Blitz, der Regen fällt gerader, leidenschaftsloser. Ich bin glücklich über dieses gemeinsame Abenteuer, Hanna und ich in einem Boot, das ist eine Aufwertung meiner Person, vielleicht sogar die Abschaffung des Begriffs »grüne Gurke«. Uns kleben die Kleider am Leibe. Meine Schwester sagt: »Heh, du hast ja schon ganz kleine Brüstchen...« Ich ziehe mit den Fingerspitzen jeweils vor dem winzigen Brustknopf das Kleid nach vorn, der nasse Stoff bleibt wie eine spitze Tüte stehn. Hanna lacht laut. Es regnet noch immer, ich finde es nun ganz lustig im Schilf, stelle mich aufrecht und beginne zu tanzen. Hanna schreit: »Bist du ver-

rückt?«, aber es kann nicht viel passieren, die Bootsspitze sitzt schon auf Grund. Ich singe:
 Ich bin die Lilli, die Lilli von Bajanka
 und bade jeden Morgen splitternackt im Tanga.
 Wenn einer käme,
 sich schlecht benähme,
 fletsch ich die Zähne und huschhusch
 ist er im Busch...
Wir sind nun nicht nur naß, sondern auch schlammverschmiert. Am besten hüpfen wir so wie wir sind ins Wasser. Dann schieben wir das Boot aus dem Schilf und machen, daß wir zurückkommen. In der folgenden Nacht schlafen wir gut. Es ist die Nacht vom 31. August zum 1. September 1939.

Ida schreit durchs Haus: »Es ist Krieg! Es ist Krieg!« Sie hat es in der Küche über den Volksempfänger gehört. Wir rennen zu ihr. Es ist kurz nach sieben. »Der Krieg ist da!« Idas Wangen glühen, als ginge sie zum Tanzen. Der Ton des Empfängers wird lauter gedreht. Wir hören Fanfaren. Und dann immer wieder diese langen, getragenen Sätze, eine feierliche Stimmlage, vielleicht ein bißchen zu hoch im Ton für den Sprecher. »Seit heute morgen...« Marschmusik. Ich weiß gar nicht, was ich tun und denken soll. Der Pfarrer, die Pfarrfrau, das Hausmädchen, meine Schwester — alle gehen einen Schritt schneller, eilen aneinander vorbei, sehn sich nicht an, eher in sich hinein, sagen alte Geschichten her, die allein in der Luft stehn wie Luftblasen im Teich: »Mein Vater sagte...« »Meine Eltern haben...« »...die Deutschen...« — selbst Hanna hat so anders gefärbte Worte im Mund: »Eine Bewährung.«
An diesem Tag wollte ich mit meiner Schwester und den Kindern nach Motzkorn. Dort steht eine Windmühle, die wir schon kennen. Der Müller ist ein freundlicher Mann.

Er zieht tagsüber sein Bett mit einem Flaschenzug in die Höhe, damit er im Mahlraum Platz hat. Heute wollten wir nicht den Müller besuchen. Die Ufa dreht in Motzkorn einen Film. Die Pfarrfrau erlaubt nicht, daß Hanna mit den Kindern auf die Straße geht. Meine Schwester ist mir nicht böse, wenn ich allein losziehe. Ich setze mich auf mein Fahrrad und schaue nur auf die schon wieder staubige Dorfstraße oder in den lichtblauen Himmel. Septemberhimmel. Hoch oben zieht eine Formation Flugzeuge ostwärts.

Inmitten eines kleinen Pulks zusammengelaufener Menschen warte ich an der Kanalbrücke nahe der Mühle. Die Kamera ist am diesseitigen Ufer aufgebaut. Eine hübsche, junge Filmschauspielerin kommt — auch mit dem Fahrrad — auf die Brücke gefahren, in deren Mitte steht Rudolf Platte. Er hält sie an, sagt etwas Freundliches oder Neckisches, sie schüttelt den Lockenkopf und lacht, steigt wieder auf und fährt weiter. Die Szene wird mehrmals »trocken« geübt, dann gehen die Schauspieler in die Mühle. Sie dient heute als Schminkraum. Die Leute rings um mich her warten. Auch ich bleibe stehn. Einige gehn beiseite und reden leise. Auf der jenseitigen Uferstraße kommt eine schwarze Limousine und verlangsamt das Tempo, ein SA-Mann sitzt im Fond, kurbelt das Seitenfenster runter, einige auf der anderen Straße grüßen. Es ist vermutlich kein gewöhnlicher Brauner. Er winkt seinem Fahrer, die Limousine verschwindet. Der Kameramann schreitet auf die Brücke. Er mißt das Licht über dem Wasser, geht zur Kamera zurück und setzt eine weiße Schirmmütze auf. Der Regisseur erklärt dem Skriptgirl irgendeine Wichtigkeit. Die Klappe wird geschlagen. Landschaft leer. Der Wind kräuselt ein zartes Muster ins Wasser des Kanals. Die geschminkten Schauspieler kommen. Alle Zuschauer staunen flüsternd. Zum ersten. Die junge Frau fährt auf die Brücke. Sofort Abbruch und zum zweiten. Wieder

Abbruch. Der Regisseur geht an die Stelle, an der sich die zwei auf der Brücke treffen. Er redet mit beiden. Zum dritten. Die Klappe schnappt laut. Der Regisseur ist pausenlos unzufrieden. Wir sehen die dreiundzwanzigste Klappe.

Eine kurze Pause hat stattgefunden, der Regisseur macht nun eine bittende Handbewegung. Das Lockenköpfchen fährt los, Rudolf Platte wartet. Er hält sie an. Sie sehn sich in die Augen. Sie fallen sich in die Arme. Das Fahrrad stürzt um, das Vorderrad hängt zwischen zwei Geländerstützen und rädert blödsinnig leer. Keine Reaktion vom Regisseur. Das Lockenköpfchen und Rudolf Platte halten sich fest umklammert... Dem Regisseur sinken die Arme. Er geht zum Kameramann, der winkt dem Assistenten. Der wieder winkt dem Toningenieur.

Ein paar Jungen, die sich bislang hinter den Pappeln versteckt gehalten haben, stürmen mit Zweigen in den Händen auf die Brücke, schwingen ihre »Fahnen« wild und rufen: »Krieg! Krieg! Krieg!«

Jesus gleich nebenan

In unserer Familie geht trotz Krieg das gewöhnliche Leben vorerst seinen Gang. Vater ist Kriegsversehrter aus dem Ersten Weltkrieg und wird nicht einberufen, der kleine Bruder ist gerade erst zehn Jahre alt. Mutter sagt: »Ehe sie den mal holen ...«
Mich beschäftigt mein erstes, persönliches Fest: Im nächsten Frühjahr soll ich konfirmiert werden. Jeden Freitagnachmittag sitze ich auf einer der langen Holzbänke im Katechismuszimmer des Pfarrhauses. Ein breiter Gang trennt die Jungen von uns Mädchen, aber wir brauchen die Jungen nicht, um den Pastor zu necken. Über das Brett, welches eigentlich Gesangbuch, Katechismus und Neues Testament in Augenhöhe halten soll, rollt ein Kohlrabi von rechts außen zur Konfirmandin in der Bankmitte, ein Fünf-Pfennig-Bonbon rollt zurück. Unser Pastor erduldet viel, er ist schon froh, wenn wir ihm Antworten geben, die zu seinen Fragen passen.
Ich besuche den Konfirmandenunterricht mit zwiespältigen Gefühlen. Unter dem Schulungsmaterial, welches ich als Jungmädelführerin erhielt, befand sich einmal ein Büchlein mit dem Titel »Glaube und Volk«. Darin stand viel vom Glauben an das heilige Vaterland, aber wenig von Gott. Im Konfirmandenunterricht höre ich viel von Gott, aber glauben kann ich eher etwas Drittes, von dem niemand etwas sagt und worüber ich nichts geschrieben finde. Es hat etwas mit der Befreiung zu tun, welche ich

empfinde, sobald ich abends aus dem dunklen Wald auf das freie Feld oder die Wiese trete und über mir die Nacht glänzt mit unzählbar vielen Sternen. Der Unterricht im Pfarrhaus ist mir zuwider, weil ich die Zehn Gebote mitsamt den lutherischen Erklärungen hersagen soll wie ein Dorfkind, und daraus folgt, daß ich noch immer ein Dorfkind bin. Im Gegensatz zu meiner Schwester habe ich niemals dem Pfarrer gedient und als Kurrendekind gesungen. Auch wenn mich die Mutter ermahnt, verbummle ich oft den Sonntagsgottesdienst. Ihre Ermahnungen sind wenig überzeugend, die Eltern gehen selbst nicht zur Kirche.
Dennoch halte ich meine Mutter für fromm und gut. Sie hat eine Art und Weise, von sich selbst Wahrhaftigkeit und Geduld zu fordern, daß uns Kindern Lügen und Ungeduld wie von selbst versagt sind. Wenn die Mutter auch nicht zur Kirche geht, hat sie doch Verbindung zu einer kirchlichen Institution. Das ist die Heilanstalt für Menschen, welche an Epilepsie leiden. Der Wald, der zu den Häusern der Inneren Mission gehört, ist von einem Staketenzaun umgeben. Dieser Zaun beginnt direkt hinter unserem Schuppen und läuft neben dem Weg her. Jeden Morgen schiebe ich mein Fahrrad da entlang. Wenn wir Kinder mit der Mutter einen Abendspaziergang unternehmen, laufen wir gewöhnlich auf demselben Weg bis zur Anhöhe, sehen dann einerseits zum Dorf hinüber und andererseits auf die großen, roten Ziegeldächer in der kleinen Talmulde. Auf dem höchsten Dachfirst steht ein Glockenturm, um sechs Uhr bimmelt die Feierabendglocke. Ist das Wetter schön und geht es der Mutter gut, setzen wir uns auf die Anhöhe und singen. Meine Mutter kann sehr viele Lieder singen, vertonte Balladen oder auch Wechselgesänge. Wir Kinder können inzwischen bei all diesen Liedern mithalten. Vielleicht ist unser Rastplatz am Feldrain auch akustisch günstig, jedenfalls kommen von der Anstalt her jedes Mal die

Kranken langsam näher, bleiben stehn, hören uns zu, nicken mit den Köpfen, wenn ein Lied zu Ende ist, und getrauen sich wieder einige Schritte heran. Meist sind es Männer in blauem Drillichzeug, welche solchen Alleingang wagen. Ein Kranker mit blondem, seidenfeinem Haar und tiefer Stimme — die gar nicht zu seinem melancholischen Gesicht passen will — wagt sich auch tagsüber bis in den Hof des Hauses, in dem wir wohnen. Er klopft an unser Küchenfenster, meine Mutter öffnet — und dann reden die zwei eine Weile.
Mein Vater macht meist nur spitze Bemerkungen, wenn von der Anstalt die Rede ist. Er macht sich lustig über die »Betschwestern«. Ich habe noch nie eine dieser Schwestern beten sehn. Sie arbeiten entweder mit den erwachsenen Kranken auf den Feldern und im Garten oder sie ziehn mit den kranken Kindern innerhalb des Anstaltsgeländes vom Haupthaus zum Speisesaal zum Kinderhaus und vom Kinderhaus zum Spielplatz. Ich grüße die Schwestern und sie grüßen mich. Immer kommt es mir so vor, als wären sie auf ihre kranken, teils durch blöde Gesichter entstellten Kinder auch noch stolz. Ich habe schon gesehn, wie solch ein Kind vom Anfall heimgesucht wird und auf den Boden fällt. Immer beugt sich sofort eine der Schwestern über das hilflose Wesen, und die anderen, ebenfalls kranken Kinder umringen wartend die helfende Schwester und das gefallene Kind. Oftmals schleppen die Schwestern den in Krämpfen zuckenden, kleinen Körper ins nächste Gebäude. Dann bleiben die übrigen Schützlinge eine kleine Zeit lang still stehn. Wenn sie sich dessen bewußt werden, daß sie allein sind, laufen sie, soweit ihnen ihre Beine gehorchen, in alle Richtungen und haben mir schon lachend zugewinkt.
Der Hauptweg quer durchs Anstaltsgebäude ist ein öffentlicher Weg. Wenn Mutter mich in die Gärtnerei schickt, Gemüse einzukaufen, fahre ich mit quietschenden Fahrradbremsen vom Wegkreuz oben auf dem Berg steil abwärts direkt zwischen den Gebäuden der Inneren

Mission hindurch bis zum Grund des Tales. Meine Mutter ermahnt uns regelmäßig, nur ja achtzugeben auf die Kranken.

Ich hatte auch schon Anlaß, persönlich die Anstaltsgebäude zu betreten: Solange ich die Dorfschule in Wachau besuchte, gehörte ich automatisch zur »getreuen Schar des Führers«, welche in jedem Winter Abzeichen verkaufen mußte für das Winterhilfswerk. Jedem Kind wurden fünfzehn oder gar zwanzig Abzeichen und eine Sammelbüchse in die Hand gedrückt, nun hatte es die Spenden einzutreiben. Immer herrschte betretene Stille, wenn die Abzeichen und Büchsen ausgeteilt wurden. Wem sollten die Dorfkinder etwas verkaufen?

Der Pfarrer, die Leute im Schloß, die Gastwirte, die Lebensmittelhändler waren in festen Bettel-Händen. Dann blieben nur noch die Eltern und Verwandten, die jeweils von mehreren Kindern gebeten wurden, diese verflixten Abzeichen abzunehmen — denn wehe dem, der sie zurückbrachte! Ihm drohte ein Strafgericht und die nochmalige Aufforderung, dem Führer zu helfen und zu dienen. Ich war auf die Idee gekommen, die Schwestern in der Inneren Missionsanstalt aufzufordern zu spenden. Das klappte hervorragend. Meist waren die Abzeichen aus Holz gefertigt, Blümchen oder Sternen oder winzigem Spielzeug ähnlich. Die Schwestern hatten Freude an den bunten Dingern. Sie ließen sich erst jedes Modell zeigen und zeigten sich ein jedes wieder gegenseitig. Es kam mir so vor, als freuten sie sich über die Berechtigung, selbst ein bißchen zu spielen. Zu Weihnachten hingen dann diese für je zwanzig Pfennige erworbenen Abzeichen als Schmuck in den Weihnachtsbäumen, und die waren in der Anstalt riesig: Direkt vor dem Podium im Haupthaus reichten sie vom Fußboden bis zur Decke. Meine Schulkameraden beneideten mich um meinen Kontakt zu den Schwestern und den Blitzverkauf der Winterhilfsabzeichen.

Manchmal sehe ich in der Anstalt auch unseren Pastor. Ich grüße ihn, wie ich die Schwestern grüße, und er beantwortet meinen Gruß in Gegenwart der Schwestern mit freundlichem Lächeln. Ich gehöre ja auch der Familie an, die »etwas mit den Kranken zu tun hat«. Die Schwestern billigen den kleinen Ausflug des blonden Patienten, der an meiner Mutter Küchenfenster klopft. Sie kennen meine Mutter und uns Kinder vom Abendsingen auf der Anhöhe. Wir laufen auch ruhigen Schrittes durch die Anstalt und rennen nicht weg, wenn die Patienten in teilweise kuriosen Körperhaltungen unsere Wege kreuzen. Die Mutter erklärt sogar unseren Verwandten, wenn sie uns besuchen, daß das seltsame Aussehen der Patienten bedingt ist durch teilweise Lähmung.

Als meine Schwester zum Konfirmandenunterricht ging, kam der Pastor zu den Eltern. Ich habe ihn zufrieden lächelnd auf seinem Leichtmotorrad wieder davonfahren sehn. Jetzt bin ich selbst Konfirmandin. Beim Unterricht erfahre ich immer, bei welchen Eltern der Pastor schon vorgesprochen hat. Trotz meiner zwiespältigen Ansicht über den Wert des Unterrichts bin ich doch gekränkt, daß der Pastor keinen Wert darauf legt, meine Eltern zu sprechen.

Freitagnachmittag. Wieder eile ich über die Felder der Kirche zu. Mit Absicht gehe ich zu Fuß, denn meine alte Schulfreundin, die Gärtnerstochter, kommt auch zu Fuß. Wir nutzen allwöchentlich den Heimweg, uns viel zu erzählen. Heute treten wir ihn an, ohne zuvor auf den Bänken Platz genommen zu haben. Der Konfirmandenunterricht fällt aus, der Pastor befindet sich seit dem frühen Morgen in der Heilanstalt. Ilse und ich haben genügend Zeit, im Wald auf dem Weißen Müllerberg unsere »Schützlinge« aufzusuchen. Als wir noch Tag für Tag gemeinsam nach Hause liefen, haben wir kümmernde

Bäumchen an lichte Stellen versetzt, damit sie besser gedeihn. Manche haben diesen Schock überstanden, und obwohl wir Mädchen aus dem Alter heraus sind, daß wir uns im Spiel vergessen, freut uns doch beide, wenn wir »unsere« Bäumchen wachsen sehn.

Wenn sich die Straße verzweigt und die Gewächshäuser durchs Gebüsch blinken, ist Ilse zu Hause. Ich steige dann wieder bergan, laufe durch die Gebäude der Inneren Mission und wundere mich, daß heute nirgendwo in Feld oder Garten die blauen Leinenkittel leuchten. Hinter dem kleinen Birkenhain liegt der Spielplatz, der ist ebenfalls leer. Heute stehn drei Busse vorm Haupthaus. Die kranken Kinder sind in Zweierreihen aufgestellt, als wollten sie wandern. Sie warten hinter dem Tor, welches den öffentlichen Weg und die Anstaltswege voneinander trennt. Mehrere Schwestern reden auf die Kinder ein. Jedes Kind trägt einen Mantel, obwohl die Luft doch milde weht. Die Spottdrossel singt laut. Die Kinder stehn wie benommen. Immer wieder drückt und küßt eine Schwester das eine oder andere. Da steht auch das kleine Mädchen, das seine Augen verschmitzt zusammenkneift, wenn es mich sieht. Ich sehe den großen, schlanken Jungen, der vornübergebeugt läuft und immer leise singt.

Unser Pastor naht vom Haupthaus, mit ihm die Oberschwester. Ich grüße, sie nehmen mich nicht wahr. Das Tor wird ihnen geöffnet, sie gehen zu den Kindern. Durch den Wald klingt vielstimmig der Choral:

> Auf Gottes, nicht auf meinen Rat
> will ich meine Glücke bauen
> und dem, der mich erschaffen hat,
> von ganzer Seele trauen.
> Der, der die Welt
> in Händen hält,
> wird mich in meinen Tagen
> als Gott und Vater tragen.

Nun wandern die Kinder, begleitet von den Schwestern und dem Pastor, zum Tor hinaus, überqueren meinen Weg, laufen auf die Busse zu. Plötzlich erinnere ich, daß die Mutter gestern davon geredet hat, der blonde Kranke habe sich von ihr verabschiedet. »Anderswo ist es auch schön.« Die Mutter hat das mit genau dem verlorenen Gesichtsausdruck und der leisen Stimme des Kranken wiederholt, als gäbe sie eine Botschaft weiter.
Ich laufe aufgeregt nach Hause. Ich sage der Mutter, daß die Kinder verreisen. Sie antwortet: »Das geht schon seit vorgestern so.« »Aber wo fahren sie denn hin?« »Ich weiß es nicht.«
Spät, schon in der Dunkelheit, klopft der Pastor an unsere Tür. Wir sitzen beim Abendessen. Die Mutter bietet dem Pastor einen Stuhl an und schickt uns Kinder fort. Der Pastor setzt sich nicht. Er behauptet, er sei nur auf dem Sprung vorbeigekommen. Vater bleibt wie immer bei allen Sachen, die ihm unangenehm sind, stumm. Frieder und ich sitzen in der Küche. Das also ist »das Konfirmationsgespräch«, das der Pastor mit den Eltern führt. Ich schäme mich plötzlich für all die patzigen Antworten, die ich dem alten Mann im Unterricht gegeben habe. Er redet in unserem Wohnzimmer sehr laut, wie ich es von ihm nicht kenne: »... wer gute Gaben hat ...« und »... die, die ihren Verstand gebrauchen können ...« Dann öffnet sich die Wohnzimmertür. Das kann unmöglich »das Gespräch« gewesen sein! Er ist doch gerade erst gekommen! Und doch — er geht.
Mutters Stimme im Flur: »... ich habe mich doch bemüht ...« Der Pastor tritt im Hof bereits sein Leichtmotorrad an. Ich argwöhne plötzlich: Er will mich nicht konfirmieren.
Die Mutter sagt, als ich sie vorsichtig frage: »Man muß den Mann auch verstehn — er ist doch nicht der liebe Gott!« Nein, das ist er nicht. Aber nun sehe ich wieder vor

mir, wie er heute nachmittag mit den kranken Kindern und den Schwestern hinter dem Tor stand und laut und deutlich mit dem Herrn im Himmel sprach: »Schaffe uns, Gott, ein reines Herz ...«

Ich frage die Mutter, ob ich konfirmiert werde, sie nennt mich eine alberne, dumme Gans.

Palmsonntag stehe ich in der Reihe der festlich gekleideten ehemaligen Schulkameradinnen in der Dorfkirche, genau unter der Taube, die im Strahlenkranz an der Decke schwebt. Einziger Gast auf meinem Fest ist die Großmutter. Sie berät beim Kaffeetrinken mit der Mutter, ob es wohl gut ist, daß meine Schwester einen Kindergarten als Leiterin übernimmt. Der kleine Bruder treibt mich an die frische Luft, er will mich mit seiner Box am Waldrand fotografieren. »Du mußt doch wenigstens wissen, wie du als Konfirmandin ausgesehn hast!« Ich mache sicher ein verkniffenes Gesicht.

Ich rede mir ein, die Konfirmation sei so etwas wie eine Theatervorstellung, und weiß zugleich, daß es an mir liegt, dieses Spiel zu beenden und hinzuhören, wovon eigentlich die Rede ist.

Ein Knicks

Täglich unterbricht ein schneidender, heller Ton die Unterhaltungsmusik im Radio — Fanfarenklänge! Selbst die Mutter hält inne, reckt sich gerade und bedeutet mit einer Handbewegung, jeder möge einen Augenblick lang zuhören: Unsere Soldaten haben wieder einen Sieg errungen.
Auch bei mir erreichen die Fanfaren, was meinem Lehrer vorschwebte, wenn er androhte: »Dir müßte man einen Knüppel ins Kreuz binden, damit du gerade gehst!« Der Krieg hat einen Makel von mir genommen, vergessen ist, daß ich ein Kind der »Apfelmusfamilie« bin, in der ein jeder weich und »ohne Mark in den Knochen« lebt.
Die Fanfaren verursachen nicht direkt meine neue, stolze Haltung, es ist ein kleiner Umweg zu denken. Der führt über den Einsatz eines Soldaten zu meinem Einsatz: Ich bin betraut mit der Arbeit eines erwachsenen Menschen.
Der Vater meiner Freundin aus der Oberschule ist Soldat. Er betrieb einen Zeitschriftenhandel. Jetzt kauft Ingeborgs Mutter die Zeitschriften ein, führt die Buchhaltung und teilt den Kundenbereich von mehreren Dörfern in einzelne Touren. Ingeborg und ich liefern Zeitschriften aus. Donnerstags nach dem Schulunterricht hole ich die abgezählten Illustrierten, Rundfunkzeitschriften, Wochenblätter und Modehefte, wickle den Stapel in Segeltuch, schnalle ihn auf den Gepäckträger

meines Fahrrades und eile mich, nach Hause zu kommen. Mutter freut sich. Sie durchblättert jede Zeitschrift mit Neugier. Auch ich werfe einen Blick auf die teils bunten Bilder, wenn ich meine Tour entsprechend den handtellergroßen Pappkärtchen der Abonnentenkartei zurechtlege. Freitags, gleich nach der Schule, trage ich aus.

In allen Zeitschriften lautet das Hauptthema »Unsere Truppen«. Soldaten verschiedener Waffengattungen kämpfen und siegen, wenn auch mit ernstem Gesicht. Ich sehe deutlich, wie angestrengt, verschwitzt, schmutzig und müde sie sind, gleichzeitig lese ich in den Bildunterschriften, daß das Schlimme, Anstrengende und auch Mörderische bereits überstanden ist. Stets ist das Foto kurz vor oder kurz nach der gelungenen Schlacht, einem großen oder kleinen Sieg aufgenommen.

In meinem Kopf hausen bereits Bilder vom Krieg. Mein Vater war im Ersten Weltkrieg an der Somme. Da sehe ich ihn, wie er als Essenträger an einen Baum gelehnt löffelt. Er will sich einmal satt essen, deshalb hat er sich gemeldet und den stets unter Beschuß liegenden Frontabschnitt im Auf und Nieder glücklich überquert. Da zerfetzt eine Granate die Gulaschkanone, den Koch und selbst die schon mit Essen angefüllten Kochgeschirre der Kameraden. Vaters Brille klebt voll Dreck und Blut — aber er löffelt den Napf leer. Dann kommt Verdun: Vater stürmt aus dem Graben vorwärts in den feindlichen Graben — und fällt einem toten Franzosen vor die Füße. Der Gegenangriff folgt auf dem Fuß, Vater rettet sich zurück in den eigenen alten Unterstand. Am nächsten Tag stürmt Vater wieder. Und nun hält der tote Franzose schon die Arme ausgebreitet. Die feindlichen Granatwerfer spucken, Vater muß sich ducken, es bleibt ihm keine andere Wahl, als Schutz in dem Schoß des Toten zu suchen. Dann kommt Vater zur Erholung an die ruhige

Ostfront. Dort herrscht Frühlingswetter. Vater kriecht aus dem verschlammten Graben, um die ewig feuchte Uniform am Leib zu trocknen. Da fliegt die Kugel eines russischen Scharfschützen erst durch den Oberarm eines Kameraden, dann an die Kniescheibe eines zweiten und endlich mit aufgebogenem Geschoßmantel als Dumdum-Geschoß in Vaters Bauch. Ich sehe, wie man Vater zum sechsten Male operiert, ein Fetzchen vom Wollpullover wird gefunden, das war die Ursache von Vaters eierkuchengelber Bauchdecke. Vater hat sich gegen die Narkose gewehrt, man sollte ihm nicht zum sechsten Mal den Verstand auslöschen. Als Operationstisch dient eine ausgehangene Hühnerstalltür. Jetzt fährt der Feldarzt mit der Suppenkelle eines litauischen Gutsherren in Vaters Bauchhöhle und hebt die kaputten Därme auf eine Silberplatte. Hinter Vater steht ein Sanitäter und kühlt ihm den Kopf mit Eiswasser. Ein Grammophon spielt zur Ablenkung des Verwundeten »Puppchen, du bist mein Augenstern —«.

An jedem Donnerstagabend sehe ich jetzt, wie der Vater die Illustrierten durchsucht. Manchmal blättert er immer dieselben Seiten vor und zurück. Dann zeigt er mir irgend etwas Kleines, eine durchstochene Haustür oder auch nur Pfützen auf der Straße. Irgend etwas daran macht ihn aufgeregt. Fast so, als sei er glücklich, an seine schlimme Zeit erinnert zu sein.

Ich durchblättere die Hefte mit großer Vorsicht. Es sind bestellte Exemplare, ich muß Geld dafür kassieren. Ich wehre mich aber auch gegen so viel Heldentum allein am Donnerstag.

Viele Wohnungstüren öffnen sich vor mir. Ich sehe — meist in der Nähe des Rundfunkempfängers — die kleinen Bilderrahmen mit Fotografien der ins Feld gezogenen Männer. Ein paar Blumen schmücken den Ehrenplatz, Feldpostbriefe sind fächerartig hinter die

Bilderrahmen gesteckt. Eine junge Frau mit Zwillingen im Laufställchen trägt schwarze Kleidung, an dem Foto neben ihrem Radio hängt eine schwarze Schluppe.
Wenn ich an der Tür unseres Tischlers klingle, stürzt seine Mutter herbei und sagt dann enttäuscht: »Ach, du bist es, Jule, — ich dachte, es wäre die Post ...« Sie weiß aber genau, in unserem Dorf kommt der Briefträger nur am Vormittag. Die Frau des Dorfmüllers sagt mir an jedem Freitag, sie müsse die Zeitung abbestellen. Ich sehe auch, wie sich in ihrem Wohnzimmer die Illustrierten glatt und unberührt auf dem Wäschekorb stapeln. Wenn ich den Laden betrete, schüttelt sie schon den Kopf, als wäre mein Erscheinen eine Zumutung. Oder gilt ihr Kopfschütteln dem Gequengel der kleinen Kinder? Eines hat sich über die Brötchen hergemacht, beleckt die Zeilensemmeln. Ein anderes hopst auf dem Sack mit der Gerstengrütze auf und nieder. Auch aus dem Mahlraum ertönt Kindergeschrei, der Großvater wettert, ein fünf- und ein sechsjähriges Jüngchen wehen durch den Türspalt, hinterlassen eine weiße Spur, verschwinden durch den Laden in die Küche. Hinter den quadratischen, teils bunten Glasscheiben in der oberen Hälfte der rasch zugeworfenen Tür sehe ich ihre von Mehl gepuderten Lockenköpfe. Leider bin ich nicht befugt, die Abbestellung der Müllerin niederzuschreiben. Das wäre Urkundenfälschung. Manchmal schaut die geplagte Frau mich auch an und fragt ruhig: »Wie geht es deiner Mutter, Jule?« und ich antworte, der ginge es ganz gut. In solch einem Augenblick nimmt mich die Müllersfrau mit in die Wohnstube und setzt sich selbst auf einen Stuhl. Sie erzählt mir plötzlich von ihren Sorgen, daß der Roggen muffig wird, weil keiner ihn regelmäßig wendet, und daß das Gefache im Mühlrad verschlammt. Ich denke mir dann, daß sie darum das Zeitungsabonnement behält,

damit sie freitags zwei Minuten lang auf dem Stuhl sitzen kann.

In dem Haus, in dem meine Eltern mit uns Kindern wohnen, verursacht der Krieg eine widersprüchliche Unruhe. Im Hausflur treffe ich gelegentlich Herrn oder Frau Hamann. Sie leben mit ihren Kindern in den ausgebauten Bodenkammern des Hauses. Theo, Hamanns Ältester, hatte ein Auge auf meine große Schwester geworfen. Aber auch dann, wenn Hanna noch zu Hause wäre, müßten weder die Hamann-Eltern noch unsere Eltern ihr großes Kind ermahnen, anständig zu bleiben, — Hamanns Theo ist gesunken. Er war auf einem U-Boot. Frau Hamann predigt nun nicht mehr laut die Güte Gottes, schweigsam wandert sie sonntags zur Kirche, läuft viele Male tagsüber treppab und wieder treppauf. Überall im Haus und in der Nähe des Hauses kann es geschehn, daß die kleine, in sich gesunkene Frau aufseufzend vorbeihuscht.

Noch kommt es vor, daß Herr Hamann mit dem Vater Schach spielt. Sie sitzen dann im Hof und überlegen ihre Züge. Ich sehe Herrn Hamanns Unruhe an seinen Beinen. Da schlängeln und zucken bleistiftdicke, tintenblaue Krampfadern. Früher hat Herr Hamann gern davon gesprochen, daß er verschüttet war, im Ersten Weltkrieg. Seit Theo gesunken ist, liegt auf seines Vaters Gesicht ein unbeholfenes, blödes Lächeln.

In der Schule bewirkt der Krieg, daß wir ernsthafter lernen. Das Herumkalbern und gegenseitige Necken wird schon deshalb schwer, weil zwei erwachsene Männer mit auf den Schulbänken sitzen. Es sind verwundete Soldaten, die freilich niemals auch nur ein Wort von ihrem Soldatsein erzählen. Der eine hat nur noch einen Arm, der andere trägt eine ungewöhnlich dicke Brille. Die Haut auf seiner Nase glänzt und ist einseitig in Falten festgezurrt. Der Einarmige trägt im Knopfloch ein schwarzweißrotes

Band, zum Zeichen, daß man ihm das Eiserne Kreuz verliehen hat. Abzeichen tragen auch meine Klassenkameraden: das der Segelfliegerjugend oder das des Kraftfahrzeugkorps. Vor allem gibt es nun keinen Lehrer mehr ohne »Bonbon«. Dieses runde Parteiabzeichen trägt man gut sichtbar auf dem linken Revers. Mein Englischlehrer geht seither gebückt, hält den Kopf schräg wie ein Huhn, das nach dem Habicht schaut. Wir haben periodischen Unterricht. Ist der Mathematiklehrer gerade beurlaubt für den Einsatz an der Heimatfront, so ackern wir täglich Algebra oder Geometrie. Hat man den Geografielehrer zurück an die Front beordert, lassen wir die Atlanten zu Hause. Unser Rektor stellt uns die Aufgabe, auf der Landkarte von Europa die Bewegungen der deutschen Truppen zu verfolgen: »So erfahrt ihr genügend von der Welt.«

Noch immer trage ich Zeitschriften aus. Alle besseren Leute — der Dorfschullehrer, der Herr Baron, eine Familie, die aus Argentinien zurückgekehrt ist, und der Rittergutsbesitzer — beziehen »Das Reich«. Es muß eine besondere Zeitung sein. Ich überfliege jede Woche die Textspalten, um innezuhalten bei den Fotografien. Was für Landschaften sind zu sehn! Über eine halbe Zeitungsseite läuft eine Straße, verliert sich in leicht gewelltem Gras, und diese Straße entlang fährt ein Melder auf seinem Kraftrad. Nirgendwo im Deutschen Reich reicht eine Grasfläche von Horizont zu Horizont. Wie machtvoll wölbt sich der Himmel, wenn die Erde ruhig ausgebreitet liegt. Wie hell ist es dort, wo der Melder unterwegs ist. Mein Gott, wenn ihm da die Reifen platzen oder das Benzin zu Ende geht. — Ich bin von mir selbst enttäuscht, daß ich beim Anblick der traumhaften Steppe doch zuallermeist den Kraftradfahrer sehe und gar eine Panne ausdenke. Ich wünsche mir, der Soldat möge aus

dem Foto verschwinden. Was hat er in der russischen Weite zu suchen? Was auch sucht der Verlobte meiner Schwester in Nordafrika?
An jenem Tag, als der Rußlandfeldzug begann, stand ich mit Mutter am Wohnzimmerfenster. Wir schauten gemeinsam in unseren ziemlich verwilderten Garten. Aus dem Radio ertönte immer wieder eine männliche Stimme und wies auf die historische Stunde. Mutter weinte lautlos. Ihre Angst war so groß, ich stand an ihre weiche, rundliche Gestalt gelehnt, und die Angst wanderte von ihrem Körper in den meinen. Immer wiederholend, wie der Sprecher im Radio, flüsterte die Mutter: »Das ist unser Ende.« Seither vertraue ich ihr, auch wenn es etwas Schreckliches ist, was sie prophezeit.
Der Vater arbeitet als Angestellter im Finanzamt. Am liebsten möchte er Beamter werden. Deshalb nimmt er von Zeit zu Zeit an Lehrgängen teil. Während er im schönen, böhmischen Bodenbach lernt, versorge ich unsere Bienen. Mutter hilft, die Juni-Schwärme aus der Linde zu holen. Wir zwei schleudern gemeinsam die Frühjahrstracht aus. Wir sind eine gute Kumpanei. Als Vater vom Lehrgang zurückkommt, teilt er feierlich mit, er habe etwas »für die Jule« gefunden. Ich will gar nicht belohnt werden. Der Vater präsentiert mir eine Lehrstelle. Die Gelegenheit hat es so ergeben. Die Lehrgangsteilnehmer auf der Reichsfinanzschule erhielten auch weltanschaulichen Unterricht. Der Dozent in diesem Fach entpuppte sich als ehemaliger Regimentskamerad aus jener Zeit, als Vater an der Somme lag. Er heißt Kurt Meinhold und hat Prokura im Verlag der »Dresdner Nachrichten«. Ich soll zur Zeitung. Mutter nickt: »Ja, die Jule schreibt so schön ...«
Vater fährt mit mir nach Dresden und stellt mich vor. Wir laufen vom Wettiner Bahnhof über den Postplatz in die Marienstraße. Noch nie bin ich allein neben dem Vater

hergelaufen. Ich bin für ihn »Bibsi«, das kleine Püppchen. Die große Schwester hat er ernst genommen. Auch jetzt fragt er nur, ob ich ein Eis haben möchte, in der Annenstraße gibt es ein echt italienisches Eiscafé. Unser Ziel bleibt dennoch ein langgestrecktes Gebäude, das einer etwas verwahrlosten Villa gleicht. Die handgeschmiedeten, angerosteten Eisengitter beschützen den Vorgarten vor Eindringlingen, und Vater und ich bleiben stehn, um das Haus zu betrachten. Mir gefällt es. Zwischen zwei Balkonen in der ersten Etage steht in besonders schlanken, dichtgedrängten Buchstaben »Liepsch und Reichardt — Verlag der Dresdner Nachrichten«. Mein Herz pocht munter. Kein Magendrücken. Kein Knoten im Hals. Zu Hause halten wir die »Dresdner Neuesten Nachrichten«. Auch wenn keiner Zeit findet, die Zeitung zu lesen, braucht man ein Abonnement, um aus alten Exemplaren Toilettenpapier zu schneiden. Vater möchte mir diese, uns beiden fremde Zeitung etwas näherbringen und sagt: »Die Dresdner nennen die ›Dresdner Nachrichten‹ ›alte Tante‹!« Das ist mir sympathisch. Als gäbe es plötzlich ein bislang unentdecktes listig-gescheites Mitglied in unserer Familie.

Vater und ich machen uns auf die Suche nach Herrn Meinhold. Der hat wenig Zeit. Mit festem Schritt stiefelt er in den Empfangsraum. Er trägt Breecheshosen und das Bonbon. Mein letztes Schulzeugnis überfliegt er und meint, zwei Jahre Lehrzeit würden dann genügen. Vater trägt eilig noch vor, daß ich gern lese, daß ich schon im Kindesalter einen Schreibwettbewerb der »Grünen Post« gewonnen habe. Er knetet weiter an irgendwelchen Worten, die ihm nicht aus dem Mund wollen — und dann ist es heraus: »Kurt, — wann kann die Jule anfangen?« Dieser Hüpfer in eine vorgespielte Vertrautheit zwischen den ehemaligen Frontkämpfern ist vielleicht frech, Herrn Meinholds Augenbrauen zucken nervös, aber er antwor-

tet dem Vater laut und deutlich: »... meinetwegen sofort.« Dann geht er. Kein Gruß. Kein Händedruck. Die Tür schlägt hinter ihm zu.
Es wäre mir lieber, ich hätte eine Lehrstelle, die ich selbst, ohne Einsatz der Eltern, gefunden hätte. Viel lieber noch ginge ich weiter zur Schule. Darauf anzuspielen wage ich nicht. Der Vater zahlt für mich in jedem Monat dreißig Mark Schulgeld. An jedem Ersten des Monats habe ich den Schalterraum des Finanzamtes zu betreten. Vater nimmt dann vor all seinen Kollegen die dreißig Mark aus der Lohntüte, ich kann während seines Gefingers ablesen, daß er hundertachtzig Mark Monatslohn erhält. Dann begebe ich mich eilends ins Sekretariat der Schule und zahle das Schulgeld ein. Schnell, wie ich gekommen bin, gehe ich zurück ins Finanzamt und unterbreite dem Vater die Quittung. Es ist mir bewußt, daß meine Eltern ein regelrechtes Opfer bringen.
Ich habe eine Art Weihnachtsgefühl, als ich der Mutter zum ersten Mal dreißig Mark ü b e r g e b e. Sie breitet die Scheine nebeneinander auf dem Eßtisch aus. Ich küsse sie, sie küßt mich. Fünf Mark brauche ich für die Monatskarte der Deutschen Reichsbahn, eine Mark für die alte Frau, bei der ich täglich — in der Nähe des Bahnhofs — mein Fahrrad unterstelle, und vier Mark bleiben mir für eigene Bedürfnisse wie Mittagessen, Fahrradflickzeug, Schnürsenkel, Bleistifte — es fragt keiner, was ich mit dem Geld mache.
Die Arbeit im Zeitungsverlag enttäuscht. Ich sitze in der Anzeigenabteilung und zähle Silben, wobei es etwas ausmacht, ob sie Nonpareille, Petit oder Cicero gesetzt sind. Man schickt mich mit Zetteln los, ich gerate in die Buchhaltung, den Vertriebssaal, den Rotationsraum, den Maschinensatz und die Handsatzabteilung. Ich sehe Drucker, Maschinensetzer, Handsetzer, Korrektoren, Metteure und einmal auch einen Schriftleiter. Das ist

unser Herr Doktor Frank. Er hinkt. Seine breite Figur schaukelt beim Gehen. Sein Haar deckt dünn und strähnig einen runden Schädel. Schön ist unser Doktor Frank nicht — aber seine Augen! Wie blitzt und funkelt es, wenn er in die Runde schaut! Die Räume der Schriftleitung liegen versteckt hinter der Hauptbuchhaltung. Diese Abgeschiedenheit der Schreiber heißt auch, daß es hier nicht von Bedeutung ist, ob ich schön schreibe oder nicht. Ungern sehe ich das ein. Ein Klumpen Trotz bildet sich in meinem Herzen. In den Mittagspausen mache ich mich auf und davon.
Ich war oft mit den Großeltern in diesem und jenem Teil der Stadt Dresden, aber da war ich nicht wirklich selbst unterwegs. Jetzt, allein, suche ich nach dem hinreißend Anderen, das eine große Stadt auszeichnet vor dem Dorf. In den Gassen ist die Luft warm und dicht. In der Breiten Gasse, in der Webergasse, der Scheffelgasse, der Frohngasse, der Waisenhausgasse oder der Kreuzgasse streife ich umher gleich einem Jäger. Die gleichmäßig sechs Stockwerk hohen Häuser leben auf großen Quaderfüßen, und in der Dunkelheit ihres vom Alter geschwärzten Sandsteins blühen Kolonialwarenläden. Das Wort »Kolonialwaren« oder auch »Delikatessen« ist auf dem Aushängeschild mit einer Palme geschmückt oder auch mit dem Abbild exotischer Früchte. Ohne besondere Eile erreiche ich in meiner Mittagspause die Prager Straße. Dort kann ich in einem Schaufenster ein vollständiges Schwanenservice der Meißner Manufaktur betrachten. Kürschner zeigen kostbare Pelze und verteidigen diese Wunderwerke gleichzeitig mit dem Schildchen »Unverkäuflich«. Goldschmiede präsentieren gefaßte und rohe, unbearbeitete Edelsteine, damit ein jeder erstaunt sein kann, was die Goldschmiedekunst zuwege bringt. Ich stehe und staune, es ist ja auch für mich ausgestellt, was da liegt, hängt und steht. In der Prager Straße

verstecken sich die Kolonialwarenläden im Kellergeschoß. Es ist sehr leicht zu machen, daß ich die zwei, drei Stufen abwärts in den Bauch der Häuser gleite. Da drinnen ist eine andere Welt. Zumindest riecht sie anders als die übliche Welt draußen. Wie zaubrisch mischen sich die Düfte von Zimt und gesalzenem Stör! Freilich befinden sich auch diese Händler mit ihren Läden im dritten Kriegsjahr, der Prager Schinken ist ein Modell aus Gips, die Fasanenhennen im getupften Federkleid baumeln gewiß nicht lange am Strick — so sie echt sind. Unzählige Dosen, Töpfe, Töpfchen und Schachteln mit irgend etwas darin oder auch nichts darin fesseln mit leuchtenden Bildern, Papiermustern oder geschnörkelten Schriften. Ich finde das schön. Das wiederum sehn mir die Händler an. Sie geben mir Zeit. Wenn ich endlich einen Wunsch formuliere, nach Rosinen oder Datteln frage, kann es sein, daß ich eine kleine Tüte voll von diesen Früchten erwische. Meist setze ich mich im traulich dunklen Laden auf einen Stuhl und bin dann überrascht, wie schnell die Mittagspause vorübergeht.
Warum verlange ich von meiner Seele diese Verbeugung? Diesen Umweg über Rosinen und den Geruch des getrockneten Lavendels? In den Kolonialwarenläden übe ich, dazustehn und gar nicht zu wissen, was ich haben will. Ich übe mich in der Kunst des Verlangens. Ich bereite mich vor. Worauf? Ach, daß ich ein Ziel erreiche und selbstverständlich eine Buchhandlung betrete! Sooft ich an den Schaufenstern einer Buchhandlung vorübergehe, rieselt ein Schauer über meinen Körper. Ich will, ich will — ich weiß schon, was ich will: All das, was meine Tante Elsbeth mir immer wieder aus der Hand nimmt! Ich will das haben, was den jungen Mann mit dem steifen Bein, der bei schlechtem Wetter wie ich im Bus von Grona zur Bahnstation schaukelt, so glücklich macht: Immer hält er ein Buch vor die Augen, immer lächelt er. Ich möchte

das haben, was mir versprochen wird, wenn ich eingeladen bin zu einer Dichterlesung. Als ich noch Jungmädelführerin war, gab es solche Einladungen, aber noch nie hat wer, der seine Sache vorgelesen hat, das Versprechen von »dichten«, ich denke mir vergleichsweise: goldenen Gedanken, erfüllt. Nur im Schauspielhaus habe ich das gehört, was ich meine. Ich war einmal gemeinsam mit anderen Lehrlingen in einer Vorstellung ausschließlich für die Betriebsjugend. Ich sah »Prinz Friedrich von Homburg«. Fünfmal hintereinander könnte ich im oberen Rang stehn und zuhören und zusehn, das wäre noch immer nicht genug. Krümel von dem, was ich in einer Buchhandlung zu finden hoffe, gibt es auch bei uns zu Hause. In der Nachttischschublade neben Mutters Bett liegt ein zerschlissenes Buch mit Gedichten und Sinnsprüchen. Als ich noch Schulkind war, durfte ich, sooft ich Fieber hatte, in Mutters Bett liegen und heimlich in ihrem Buch lesen:

    Hier lieg ich auf dem Frühlingshügel
    die Wolke wird mein Flügel
    ein Vogel fliegt mir voraus —

Ich könnte die Mutter um dieses Buch bitten, aber dann wäre ihre Nachttischschublade leer. Außerdem gibt Mutters Buch nur die Richtung an, zeigt mir einen anderen Weg, als die Lehrer mir gewiesen haben mit Josef Ponten und Hans Friedrich Blunk. Auch das ist ein Grund, daß ich zögere, in eine Buchhandlung zu gehn: Die Buchhändler könnten reagieren wie bei meinem Vater und mir wieder das geben, was ich nicht haben will.

In der Schloßstraße, der Waisenhausgasse und der Kleinen Brüdergasse entdecke ich Antiquariate. Zerlesene Bücher liegen in den Fenstern und schöne, sorgfältig gebundene. Ich stehe vor dem Antiquariat in der Kleinen Brüdergasse — und steige zwei Stufen hoch. Die Ladenklingel bimmelt. Der Buchhändler sieht mich einen

Moment lang an — und dann bin ich nur noch ich, allein inmitten von unzählbaren Möglichkeiten.

Ich habe dreierlei Probleme: Erstens habe ich wenig Geld, zweitens sehe ich sofort ein, daß ich unendlich viel lesen muß, wenn ich auch nur eine kleine Ahnung davon bekommen will, was ich wo suchen und finden kann. Und drittens will ich nicht, daß ein anderer Mensch merkt, was Wunderbares sich für mich hinter Büchern verbirgt. Zum Beispiel meine Mutter. Hätte ich ein wirkliches Buch, sie würde meine Freude daran spüren und mich auffordern: »Zeig mal her, Jule! Ja, das ist hübsch —«, und dann würde sie anfangen, in dem Buch zu lesen. Und nun wäre etwas kaputt zwischen dem Buch und mir. Es könnte nicht mehr so ganz besonders zu mir sprechen, mir nicht mehr ins Herz gehn wie ein schönes Wetter oder ein Sturm. Ich könnte mich dem Buch gegenüber auch nicht zögernd verhalten — das aber ist gut und notwendig, wenn sich eine lange Liebe gründen soll. Ich würde vor allem erschrecken, wenn meine Mutter oder irgendwer anderes entdeckte, daß Bücher mich verwandeln. Wenn ich empfinde, daß eine Geschichte in mein Leben hineinspricht, wird mir feierlich und ich bekomme rote Ohren.

Der Antiquar in der Kleinen Brüdergasse läßt mich suchen. Ich beäuge die vielen Buchrücken und betaste alles, was aufgestapelt in Reichweite liegt. Zögernd gehe ich Schritt vor Schritt. Die schmale Gasse zwischen den Tischen führt im großen Bogen zurück zum Ausgang. Ich habe noch keine Lust zu gehn. Noch einmal dieselbe Runde? Nein — da steht noch ein kleiner Kasten. Ich habe ihn anfangs übersehn. Er »fällt mir in die Hände«, wie man so sagt. Ein größerer Pappkarton, angefüllt mit »Münchner Lesebogen«. Das sind kleine, schmiegsame Heftchen, man soll sie ins Feld schicken. Sie haben das

Format eines gewöhnlichen Briefumschlages. Ich aber werde keinen einzigen ins Feld schicken! Es werden meine Lesebogen sein!
Den allerersten Bogen, den ich in die Hand nehme, lese ich sofort. Die erste, die zweite Seite — Matthias Claudius: »Vermächtnis an meinen Sohn Johannes«, 1799. Ich stehe mit dem Bogen in der Hand und bin vollkommen glücklich. Mittagsstille auch im Antiquariat. Aber auch diese Zeilen, die ich hingegeben lese, haben ein letztes Wort. Der Antiquar hat mir zugesehn und ermuntert mich: »Ein Bogen kostet zwanzig Pfennig.« Im Glücksrausch kaufe ich deren fünf. Und muß rennen, zurück in den Verlag. Der alte Mann, der gleich hinter der Garderobentür an der Adressenmaschine sitzt, zieht seine Nase kraus und tippt mit dem Zeigefinger auf seine Armbanduhr. Er lacht schäbig. Wenn ich an ihm vorbeikomme, versucht er stets, mich zu zwicken. Er meint jetzt wohl, mich erwischt zu haben, daß ich gebummelt hätte und Soldaten nachgeschaut.
Es ist sehr schwer für mich, mit Lesebögen in der Tasche ruhig zu arbeiten. Am liebsten würde ich sie herausholen und nacheinander lesen. Während der Heimfahrt im Eisenbahnabteil hätte ich wieder große Lust zu lesen, aber wer schaut mir da über die Schulter, und was wäre, wenn von den Leuten, die ich flüchtig kenne, einer meine Bögen anfaßt: »Zeig her, was hast du da …«
Ich lese ausgestreckt auf meinem Bett, obwohl ich das Zimmer aufräumen müßte. Und bin verwirrt. Nicht alle fünf Münchner Lesebogen sind richtig und wahr wie der erste. Die anstrengenden, schwatzhaften und klingelnden Bücher, die der Vater mir ab und zu geschenkt hat, haben ihre Ableger in den kleinen Heften. Ich stütze mich allein auf meinen Sinn für etwas Kostbares und Schönes, die eigene, erhoffte Zwergbibliothek soll ein Fundament aus

Fels haben. Ich beginne also, auszuwählen. »Schatz« nennt die Mutter den Vater, wenn sie ihm freundlich tut. Meine Schwester hat inzwischen einen Schatz, einen Leutnant, der in Afrika kämpft. Im Verlag wird darüber gewispert, wer einen Schatz hat und wer keinen. Mein kleiner Bruder sorgt sich, sooft ich das von uns gemeinsam bewohnte Turmzimmer putze, um alle möglichen Motorenteile unter seinem Bett und bettelt: »Bibsi, sei mein Schätzchen und rühre meinen hochwertigen Ersatzschrott nicht an!« Ich bin niemandes Schatz, aber ich habe jetzt einen »Schatz«, der aller Liebe wert ist. Ich bin damit wahnsinnig glücklich — eigentlich wie eine Braut.

Ich gewöhne mir an, während meiner Mittagspause den Zwinger aufzusuchen. Dort befindet sich auch die Dresdner Gemäldegalerie mit den schönsten Gemälden der Welt. Meiner Welt. An Großvaters Hand habe ich sie bestaunt von Kindheit an. In den Ausstellungsräumen des Zwingers warten auch Sternengloben, Spieluhren, Porzellane, silberbeschlagene Waffen und goldene Rüstungen, ja sogar Schmetterlinge und seltene Steine. Sie warten darauf, daß jemand sie besucht.

Für diese Art von Begegnungen ist meine Mittagspause zu kurz. Aber über den langgestreckten Ausstellungsräumen befinden sich Dachterrassen, man erreicht sie über den Wallpavillon. Das verwinkelte Terrain in luftiger Höhe zwischen Kronentor und Französischem Pavillon betrachte ich bald als mein Gebiet. Viele steinerne Abbilder menschlicher Gestalten leisten mir da oben Gesellschaft. Wie ungehemmt lachen, weinen, singen, klagen, sinnen und träumen meine Sandsteinfreunde! Niemand außer mir scheint die teilweise entnasten und entohrten, arm- oder beinamputierten, vom Zahn der Zeit benagten Schönen zu mögen. Aber sie mögen mich. Wenn ich mich zwischen ihnen hinhocke oder sogar ausstrecke, um zu lesen, geben sie mir das Gefühl, daß ich nur hier, unter ihnen, das Gelesene richtig verstehe.

Immer deutlicher stelle ich mir auch lebendige Menschen unter den Namen derer vor, die meine Lesebogen geschrieben haben. Ich brauche genau gesagt nur ein Menschenbild als eine Art Freund. Dieses ganz von selbst entstehende Gegenüber ist seltsamerweise ohne Alter. Auf keinen Fall jung. Es hat die blitzenden Augen von unserem Schriftleiter, Herrn Doktor Frank, und die kräftige Nase von dem Mann mit dem abenteuerlich großen Hut auf dem Gemälde von Albrecht Dürer. Auch das fast versteckte Lächeln um den genau gezogenen Mund entleihe ich diesem Albrecht-Dürer-Bild aus der Dresdner Galerie. Der Mensch, den ich meine, geht schwerelos und gerade wie unser Erich Ponto im Schauspielhaus. Er hat auch etwas Leidenschaftliches an sich, ganz wie meine Mutter. Dafür, daß ich mich selbst — über eine Eigenschaft der Mutter — dem wundervollen Gegenüber nähere, vertritt es auch Mutters Anspruch von Moral: Ich darf nicht lügen — mein erträumter Mensch belügt weder sich noch andere.
Ich habe meinen Baby-Speck verloren, weil ich tagsüber kaum etwas esse. Im Verlag bekomme ich den Spitznamen »Pferdchen«. Das bedeutet etwas Ungezügeltes, Unkontrollierbares. Morgens, wenn ich mit dem Fahrrad zur Bahnstation radle, steige ich ab und pflücke im Straßengraben Blumen. Überhaupt erlaube ich mir, mir selbst zuliebe Zeit zu haben. Nach der Arbeit laufe ich nicht direkt Richtung Wettiner Bahnhof, sondern über den Postplatz. Und von da in Richtung Brühlsche Terrasse. Aus der Sophienkirche kommt ein Sausen und Brausen, Walther Collum spielt auf der Silbermannorgel. Ich setze mich mitunter in die hintere Bankreihe und verliere mich in das perlende, wiegende oder donnernde

Steigen und Fallen der Töne, und etwas Mächtiges lockt mich immer tiefer hinein in diesen Wald aus Musik. Wenn mich zu Hause etwas beunruhigt oder ängstet, laufe ich in den Wald. Er und nun auch die Orgelmusik haben unerklärliche Kräfte. Gestärkt verlasse ich die Sophienkirche, gehe am Coselschen Palais vorbei und überquere die Schloßstraße, weil mich der Stallhof lockt. Seine Mauerbögen wölben sich so keck — kaum erreicht einer die Säule, schon schwingt er sich wieder in die Höhe, um auszuholen für die Landung auf der nächsten. Beim Betrachten dieser eleganten Sprünge gerate ich selbst ins Hüpfen und behalte diese kindliche Gangart, solange das Halbdunkel des Georgentors mich schützt. Draußen, vor dem Tor in der Augustusstraße, drängeln sich sächsische Fürsten. Sie ziehn pausenlos über eine lange Mauer, in Prachtgewändern und mit Fahnen. Ich lasse den »Fürstenzug« rechts liegen und steige die breite, lichtgraue Treppe aus sächsischem Sandstein hoch hinauf. Eine schöne Treppe! Die Stufen folgen wie Schaumkränze auf Wellenschlägen eine der anderen in maßvollem Abstand. Oben, auf der Brühlschen Terrasse, bewegt der Elbwind die Ulmen. Ja, ich weiß, es ist Krieg. Ich muß an jedem Tag mindestens zehn Anzeigen gefallener Soldaten ausmessen und auszählen, aber trotzdem stehe ich hier in einer schönen Welt!

Seit ich mich jeden Tag in Dresden aufhalte, zähle ich zu den bevorzugten Menschen. Meine Großeltern wohnen auch in dieser besonderen Stadt, aber von eh und je in den äußeren Stadtteilen Cotta und Strießen. Manchmal sage ich der Mutter, ich wolle die Großeltern besuchen, aber dann laufe ich doch aus Lust und Liebe nur über die Brühlsche Terrasse. Da komme ich an der Kunstakademie und am Albertinum vorbei, durch dessen hohe Fenster auch von außen einzelne Stücke der Skulpturensammlung zu sehn sind. Da zweigt die Münzgasse ab in die Tiefen der Altstadt, und ich sehe, wie sich am Ende der Gasse die Frauenkirche rund und bestimmend in die Quere stellt. Von der Brühlschen Terrasse kann ich zum jenseitigen Elbufer sehn, zu den Rosengärten und dem Neustädter Palais. Drüben steht auch der Goldene Reiter und gibt seinem Pferd die Sporen. Ich fühle mich auf der Terrasse leicht und frei und bin dort ein ganz anderes Mädchen als beispielsweise in Mutters Küche. Nicht, daß ich in der schönen Umgebung erwachsener wäre, ich treibe auf der Brühlschen Terrasse manche Spielerei. Zum Beispiel fühle ich mit meinem Daumen nach, wie stark und breit der Daumen von August dem Starken war. Er hat — so sagt man — mit eigener Kraft eine Delle in den Handlauf des eisernen Geländers gedrückt. Es macht mir ein gutes Gefühl, ganz selbstverständlich meinen Daumen in die blankgegriffene Mulde gleiten zu lassen und dann das Geländer fest zu packen — als gäbe ich einem die Hand.

An dieser Stelle führen die Wege und Treppen hinab in ein parkähnliches Gelände. Alte Bäume und Büsche versöhnen hier mit der Tatsache, daß auch der »Balkon von Dresden« ein Ende hat. Bewege ich mich erst in diesen Tiefen, denke ich auch wieder an die Eisenbahn und daran, daß ich nach Hause fahren muß. Es dauert noch eineinhalb Stunden, bis ich Mutters Bratkartoffeln rieche. Ob sie heute Salzgurken aus dem Faß holt?

Spätsommer. Wieder einmal gehe ich über die Brühlsche Terrasse. Heute geht es mir besonders gut. In der Meyerschen, antiquarischen Buchhandlung habe ich mir ein Buch gekauft. Zwei Bände! »Krieg und Frieden« von Leo Graf Tolstoi. Der Buchhändler hat sie mir gut eingepackt, etwas Geheimnisvolles war dabei. Er schaute mehrmals zur Ladentür und hätte — fast — etwas gesagt. Hat vorgezogen, zu schweigen. Hat es nun dem Buch überlassen, die besonderen Worte zu finden und zu haben.

In meiner Freude sage ich immerfort den Namen dessen, der mein Buch geschrieben hat: »Graf Leo Tolstoi«, »Leo Graf Tolstoi«, »Leo Tolstoi — ein russischer Graf«. Beflügelt von meiner Freude bin ich schon am Ende der Terrasse angelangt, schwungvoll will ich noch meinen Daumen in den großmächtigen Abdruck gleiten lassen — da kommt, von der schmalen Treppe her, ein Mann auf mich zu. Er trägt einen schwarzen Hut, schreitet fest, schaut mir ins Gesicht — und er hat die hellen, blitzenden Augen! Die sind überwölbt von buschigen Brauen, welche über der geraden, schmalen Nase zusammenwachsen. Was für große, mandelförmige Nasenlöcher. Und was für ein Mund — genauso kräftige, klar umzogene Lippen mit genau dem leisen Lächeln ... Hallo — Sie — Mann —! Mein Herz stürmt auf diesen Menschen zu — und meine Augen starren auf den gelben Stern. Er trägt den gelben Stern! Ich weiß, was der Stern bedeutet, aber ich sehe mit eigenen Augen den von mir ausgedachten Menschen, der klug ist, treu ist, weder lügt noch höhnt.

Ich spüre, wie meine Lippen zittern, denn jetzt muß ich grüßen. Diesen Menschen muß ich grüßen. Fast schnellt mein Arm schon in die Höhe — halt — halt —, meine Knie wissen noch etwas anderes. Etwas aus der allerersten Zeit, als die Menschen sich zu mir herunterbücken mußten, wenn ich ihnen die Hand entgegenstreckte: Ich mache einen Knicks. Einen Knicks? Obwohl ich sechzehn Jahre alt bin? Aber wie denn, wie hätte ich diesen Mann grüßen sollen?

Er geht an mir vorbei. Ich bleibe stehn. Ich höre, wie auch er stehen bleibt und sich auf dem knirschenden Kies umdreht. Ich wende mich um, ihm zu. Jetzt wird mir erst bewußt, daß ich die alte Jungmädelführerinnen-Jacke trage. Es ist meine einzige, warme, wetterfeste Jacke, sie hält schon viele Jahre. Wie erstaunt hebt der

Mann seine Augenbrauen, wie bebt ihm der schön geschnittene Mund! Und wie durchdringend schaut er, sieht mich noch einmal fragend an, während er — eine kleine Schwankung mit festem Tritt abfangend — schon weiterläuft. Von mir fort. Noch viel aufrechter und gerader als Erich Ponto.

Der Augenblick der Wahrheit

Januar 1943. Fast ein Jahr schon bin ich Lehrling der Firma Liepsch und Reichardt, Verlag der »Dresdner Nachrichten«. Es kränkt mich nicht mehr, daß meine Vorstellung von etwas schön Geschriebenem nicht gefragt ist. Auch daß die Leute unsere Zeitung »alte Tante« nennen, macht mir nichts mehr aus. Ich habe meinen Stolz darin untergebracht, daß »wir« pünktlich erscheinen. Ich selbst bin außerordentlich pünktlich. Winters ist das schwer. Der Bus fährt mit Holzgas. Wenn ich in Liegau einsteige, wühlt der Schaffner zunächst mit einer Eisenstange im Bottich, in dem das Holz glimmt, sonst schaffen wir die drei Hügel nicht, die zwischen dem Dorf und dem Bahnhof liegen. Und dann ist noch die Frage, ob die Strecke für den Personenzug freigegeben wird. An den Güterzügen steht »Alle Räder rollen für den Sieg«. Trotzdem bin ich meist die erste, die im Vertriebssaal eintrifft.

Mein Lehrplatz im Vertrieb ist das erste Pult neben dem Eingang zur Hauptbuchhaltung. Sechs Arbeitsplätze sind besetzt, zwei stehen verwaist. Wenn ich morgens komme, riecht es nach geölten Sägespänen. Damit fegt man das Parkett. Der warme, fettige Dunst macht zugleich satt. Zur Zeit brauche ich Kraft. Die metallbeschlagenen sogenannten Tagebücher haben doppeltes Zeitungsformat. Für jeden Austräger und jede Austrägerin wird jeden Monat ein Bogen ins Tagebuch geheftet. Auf dem Bogen sind jeweils so viele Linien, wie der Monat Tage zählt. Andererseits gibt es von jedem Zeitungsabonnenten ein Karteiblatt. An

meinem Arbeitsplatz treffen die Nachrichten ein, die Veränderungen in der Zustellung bedeuten — Postkarten der Abonnenten und Notizzettel der Träger: »Verreise vom 2.2. bis 16. 2. nach Glauchau, Roßweg 17« oder »Briefkasten am Hause Marschallstraße 9 wird nicht mehr geleert, Abonnent Fabrizius entweder nach unbekannt verzogen oder eingezogen«. Es ist alles ganz einfach: Mit schwarzer Tusche müssen die jeweils gültigen Abonnentenzahlen für jeden Austragebereich unter dem Datum des nächsten Tages eingetragen werden. Das ist schon die Schlußarbeit zwischen vier und fünf. Zuvor werden die Veränderungen gesammelt, auf den Karteiblättern vermerkt, Karteiblätter werden gelöscht oder eröffnet. Schließlich trägt ein Hausbote punkt fünf Uhr die schweren Tagebücher in den Rotationsraum, eins nach dem andern. Dort werden die frischen, herb duftenden Zeitungen entsprechend den Eintragungen in den Tagebüchern gebündelt, und der Packer übergibt sie in aller Herrgottsfrühe den Trägerinnen und Trägern.
Ich lerne neben Alfons Schuster. Das ist ein unruhiger, bebrillter, gesprächiger Mensch, etwa so alt wie mein Vater. Er leidet an Gallenkoliken und ist sehr mager. Im Vertriebssaal ist Alfons Schuster der einzige Mann. Er hat einen Schreibtisch für sich, ich auch einen. Wenn ich mich über meine Arbeit beuge, kann es sein, daß Alfons Schuster sich hinter mich stellt, als wolle er prüfen, was ich da tue, aber er beugt sich tiefer und tiefer, bis sein Stoppelkinn mein Haar berührt. Und dann umschließen plötzlich seine graubekittelten Arme meinen über den Karteikasten geneigten Oberkörper. Die ältere Dame vom dritten Schreibtisch, die stets einen schwarzglänzenden Sergekittel trägt, trippelt dann vor zum ersten und sagt: »Fonsel — laß das Kind in Ruhe!« Fonsel schnellt augenblicklich wieder in die Höhe, wirbelt mit seinen

raschen Bewegungen Staub auf, funkelt mit braunen Augen durch seine Brillengläser und singt:
> Tilitte, tilitti, die Helga kriegt ein Titti —
> von einem Flaksoldaten,
> ich hab es ja erraten —

Das wieder mag ich an Fonsel, daß er sich gar nicht erst verteidigt, sondern lustig seine Frechheiten gleichsam zugibt und sofort etwas anderes, Keckes im Sinn hat. Helga ist unsere Schreibtischnachbarin. Sie ist evakuiert aus dem Rheinland und regelt in der »alten Tante« die Reiseabonnements. Sie trägt ihr Haar glatt, mit einem Haarreif. Das macht ihr Gesicht groß und traurig. Sie hat auch einen dicken Bauch, den alle übersehn. Vielleicht meinetwegen. Sie wissen nichts davon, daß ich mit Bauer Missbachs Liese allein auf der Weide stand, als das Kälbchen kam, — der Hütejunge hatte mich beschworen, dort auszuhalten, bis er den Bauern geholt hatte.
Auch Fräulein Lord sorgt sich um mich. Das ist eine semmelblonde Frau Mitte dreißig, die etwas vornübergebeugt geht, als liefe sie in einem fort Ski oder suche etwas auf dem Erdboden. Sie heißt Suza. Das ist kein Spitzname wie »Fonsel«, nur ein seltener Name. Fonsel sagt oftmals laut und überdeutlich »Sssssuzzza!« und hängt damit dem blonden Fräulein etwas Hündisches an, aber es ist nicht bös gemeint. Suza hat eine flache Stimme. Es klingt milde, wenn sie den Fonsel »alter Bock« nennt.
Es gibt auch ein Fräulein Wind, ein puppiges Wesen Anfang zwanzig. Sie rupft sich ihre Augenbrauen aus und zieht statt dessen einen Strich mit braunem Stift. Immerfort ist sie geschmückt mit Kettchen, Ohrringen und Armbändern. Wofür? Weshalb? Niemand sagt darüber etwas. Sie heißt nicht nur Wind, sie tut auch so, als ob wir Luft für sie wären. Das ist dann umgekehrt genauso.

Im Vertrieb sitzt auch noch Marianne. Das ist ein hochhackiges Mädchen mit flott gewelltem dunklem Haar. Ich lerne sehr rasch, daß man schweigt, wenn Mariannes Absätze über das Parkett hämmern. Sie trägt mit Vorliebe rote Blusen und redet auffällig laut. Ihre Arbeit muß im Zusammenhang mit der Buchhaltung stehn, jedenfalls ersteigt Marianne mehrmals am Tag die Treppenempore, die hinter meinem Schreibtisch in den Nachbarsaal überleitet.
Wer in die Buchhaltung geht, muß vorbei am Prokuristen Meinold. Der kommt ab und an aus seinem Glaskasten, stellt sich auf die Empore und überschaut unsere Schreibtische und niedergebeugten Köpfe. Immer setzt sich kurz darauf Marianne in Bewegung. Jedes Mal schließt sich die Tür zur Buchhaltung nicht ganz so rasch, wie Marianne das gern hätte: Wir sehen, daß sie im Glaskasten von Herrn Meinold verschwindet.
Unser Prokurist trägt das runde Bonbon mit dem Hakenkreuz am Jackettaufschlag. Über sein Gesicht flammt ungesunde Röte und seine Haut ist großporig wie bei unserem Nachbarn zu Hause. Der säuft.
Niemand hat mir mitgeteilt, daß unser Chef, Herr Doktor Schettler, Herrn Meinold nicht mag. Aber das ist vollkommen klar. Ein einziges Mal sehe ich den alten Herrn, der ein bißchen englisch aussieht, wie er an der Stirnseite der Buchhalterei aus seinem Zimmter tritt. Lange denke ich darüber nach, wieso ich sein Aussehn »englisch« finde, denn eigentlich habe ich noch nie einen lebenden Engländer gesehn. Seit vier Jahren herrscht Krieg, die Engländer sind unsere Feinde, und Herr Doktor Schettler ist ein feiner, besonderer Mann, dem ich gern zeigen würde, wie sympathisch er mir ist. Von Suza weiß ich, er hatte einen einzigen Sohn. Der ist abgestürzt, als Nachtflieger. Darüber hinaus hat unser Chef noch einen anderen Grund, traurig zu sein: Der Verlag der

»Dresdner Nachrichten« wird laut Führerbeschluß im NS-Gauverlag aufgehn. Spurlos und bald.
Im Februar, als draußen starker Frost wütet und die Dampfheizungswärme im Vertriebssaal wie eine besondere Vergütung anzusehn ist, sitzen wir noch am alten Arbeitsplatz. Da die »alte Tante« aufhören wird zu existieren, gibt es unter uns so etwas wie gegenseitiges Bedauern und überhaupt familiäre Regungen. Man interessiert sich dafür, wo Helgas Kind auf die Welt kommen wird und wer Feldpost erhalten hat oder nicht.
Heute morgen hat Fonsel seine Aluminiumbutterbrotdose noch nicht über den Schreibtisch schlittern lassen — er fehlt. Wie gewohnt habe ich schon angefangen, die Änderungszettel aus dem Holzkästchen zu fischen und korrigiere die Kartei. Es ist dabei ganz ungewohnt still in unserem Saal, jeder arbeitet mit großer Genauigkeit. Suza zum Beispiel hat sich so weit vornübergebückt, als wolle sie nun auch im Sitzen ihre demütige Haltung einnehmen. Die alte Dame im schwarzen Sergekittel stützt ihren Kopf mit dem linken Arm, als habe sie schwer zu denken. Ich bin noch immer allein an Platz eins und ein bißchen stolz, daß Verantwortung auf mir ruht. Fonsel wird sich gewiß freun, wenn er kommt, und einen Witz oder eine dumme Bemerkung machen, woraus ich schnell erkennen kann, daß er etwas von mir hält.
Nach dem Frühstück tritt die alte Dame an unseren — Fonsels und meinen — Schreibtisch, nimmt mir die Tuschfeder aus der Hand und gibt mir dafür einen Bleistift. Das empört mich, denn Fonsel hat mir erlaubt, die Zahlen gültig zu schreiben. Ich werde ihn bitten, der alten Dame Bescheid zu sagen. Als die Post vom Boten gebracht wird, kommt Suza, klopft den kleinen Stoß Postkarten und Briefe zurecht, der auf dem ersten Schreibtisch gelandet ist, und blättert mit dem Daumen

darin, als wolle sie fühlen, wieviel Arbeit darin steckt.
Fonsel ist immer noch nicht da.
Helga wandert heute besonders oft mit weit vorgerecktem Bauch zur Toilette. Marianne tackert nicht ein einziges Mal an mir vorbei. Sie war heute morgen schon vor mir im Vertrieb. Das ist seltsam. Wenn ich wüßte, wann Fonsel kommt, brauchte ich mich nicht so anzustrengen. Mir ist nicht gut heute morgen. Draußen war es so sehr kalt und hier überfällt mich die trockene Luft, — zu Hause heizen wir mit dem Ofen. Zu Hause kann ich besser atmen.
Was ist los heute? Warum frage ich nicht, was los ist? Niemand flüstert einen Scherz, niemand macht eine bissige Bemerkung, niemand seufzt.
Hinter meinem Rücken tut sich was. Die Tür zur Buchhaltung hat sich geöffnet, und nun steht wer auf der Treppenempore. Ich wage einen raschen Blick: Meinold steht da, die Parkettäfelchen quietschen unter seiner Last. Und wie lange bleibt er stehn! Gewöhnlich schaut er kurz rein, nickt in Mariannes Richtung und verschwindet wieder. Diesmal — ich schaue nun auch in die Ecke, die Herrn Meinold so interessiert. Der Vertriebssaal ufert rechts etwas aus, hat da als Anhängsel die Garderobe und weiter noch die Treppe. Von dort her kommt langsam, übernatürlich langsam eine graubraun gekleidete kleine Frau. Ihre Hände umklammern einen Regenschirmgriff, ihre Füße tappen eng aneinandergedrängt vorwärts, wie die Füße von Blinden. Ein grauweißes Kopftuch zipfelt der Frau bis tief in den Nacken. Ich weiß es sofort — das ist Alfons Schusters Frau.
Sie kommt näher und ich erhebe mich vom Stuhl. Leise, aber immerhin so, daß sie mich versteht, sage ich: »Guten Tag, Frau Schuster...« Sie hat keine Zeit oder keine Kraft, ein Wort zu sagen. Auch die anderen bleiben still. Nur die alte Dame im Sergekittel neigt wippend-grüßend

ihren Kopf. Jetzt knarren die Stufen der Empore, Herr Meinold kommt herunter und tritt an unseren Schreibtisch. Frau Schuster geht grußlos an ihm vorbei und setzt sich einfach auf Fonsels Stuhl. Sie rüttelt an der Schreibtischschublade, holt einen kleinen Schlüssel aus ihrem Portemonnaie und steckt ihn ins Schloß. Herr Meinold greift Frau Schuster vor und zerrt die Schublade so weit heraus, daß der Schubladenrand in ihre Brust drückt. Ihre Hände fahren rasch in dem fast leeren Fach umher und landen auf dem kleinen roten Gummischwamm, mit dem die Aufkleber und Briefmarken befeuchtet werden. Herr Meinold — in sprachloser Anspannung — verfolgt jede Bewegung. Dann neigt er seinen roten Kopf noch tiefer und rüttelt an der Verschlußjalousie des Seitenteils vom Schreibtisch. Frau Schuster schließt auf, rasselnd fällt der Rolladen herab. Herr Meinold zieht eine Schublade nach der anderen heraus, und Frau Schusters Hände berühren die Lebkuchendose, in der Fonsel die Büroklammern aufbewahrt, und das Fläschchen mit der Stempelfarbe. Ihr Finger rasten auf den verschiedenfarbigen Formularen, und sie zittern — fast wie scheue Tiere, die man in einen fremden Stall treibt.

Man hat nichts aus dem Schreibtisch hervorgeholt. Umsonst reckt sich Herr Meinold und wippt in den Zehen. Er wendet sich, nimmt sprungartig die Treppenempore und wartet, bis Frau Schuster sich vom Stuhl erhebt. Alle Frauen aus der Vertriebsabteilung schauen sie an. Auch ich. Eigentlich hat sie — über Fonsel — schon immer zu uns gehört. Jetzt folgt sie dem Prokuristen. Man sieht nur noch ihren Rücken und das zipfelige Kopftuch, unter dem sich ein dünner Zopf gelöst hat und nun auf ihre rechte Schulter fällt. Manchmal, wenn es der Mutter nicht gut geht, fallen ihr die Haare ähnlich auseinander. Ich halte dieses Stumm- und Starrsein nicht mehr aus und rufe: »Frau Schuster — wo ist denn der ...«,

und scheue mich plötzlich, den Spitznamen ihres Mannes auszusprechen. Sie entgleitet ohne sich umzusehn in die Glaskabine. Nein! Sie dreht sich, fast feierlich, doch um und richtet den Blick aus ihren umrandeten, ohnehin dunklen Augen auf mich. Ich stehe auf und will — Herr Meinold tritt dazwischen und kommandiert: »Loslos!« Das gilt dem ganzen Betriebssaal. Ich schaue aber noch immer zur Empore. Man hat die Tür zur Buchhaltung festgeklemmt, und auch die Glaskastentür steht offen. Prokurist Meinold geht voran, Frau Schuster folgt. Sie zittert noch immer. Und jetzt — tritt sie entschlossen vor den Prokuristen: Ihre Arme flügeln durch die Luft und ihre Fäuste trommeln auf seine Brust, dahin, wo das Parteiabzeichen steckt. Sie rupft es von seinem Jackett und schmettert es durch die Luft in den Betriebssaal hinein. Herrn Meinolds Kopf läuft bläulichrot an. Er steht wie vom Donner gerührt. Frau Schuster tritt jetzt auch noch gegen seine Beine, ihre Schläge und Tritte verursachen ein dumpfes Geräusch. Da gibt auch er ihr einen Stoß und sie stürzt rückwärts in die Buchhalterei. Schnapp — die Tür zum Glaskasten fällt ins Schloß.
Ich stehe sprachlos und sehe, daß auch alle anderen aufgestanden sind. Frau Schuster rappelt sich hoch, der Hauptbuchhalter reicht ihr seine Hand. Sie nimmt niemanden wahr. Zielsicher durchquert sie die gesamte Buchhalterei und geht auf jene Tür zu, die sich so selten öffnet, hinter der unser Chef, Herr Doktor Schettler, zu finden ist. Ohne weiteres drückt sie auf die Klinke und verschwindet. Die alte Dame in unserem Vertriebssaal rührt sich als erste und ruft laut: »O Gott!« Jeder sinkt auf seinen Stuhl. Suza pirscht sich vor zu mir und rüttelt mich am Arm: »... vergiß das lieber, Kleine ...«
Wie im Traum fange ich an zu arbeiten. Um vier Uhr nachmittags übertrage ich gemeinsam mit Suza die gültigen Ziffern von den Laufzetteln in die Listen. Dabei

schwenken unsere Köpfe hin und her. Plötzlich — bei
unseren raschen Bewegungen — fällt mir Fonsels Lied
ein, das er meist beim Endspurt summte:
 Der schicke Goldfasan
 zieht rote Handschuh an —
Sie haben Alfons Schuster abgeholt. Wohin? Niemand
sagt es mir. Ich frage niemanden.
Als ich der Mutter am Abend berichte, Fonsel Schuster sei
fort, setzt sie sich mir gegenüber an den Tisch, nimmt
meine Hände in ihre und schaut mir genau in die Augen:
»Was ist passiert?« Es ist mir selbst unglaubwürdig, was
ich da erzähle. Mutters Hände drücken meine immer
fester, sie beißt sich auf die Unterlippe und schüttelt den
Kopf.

Freude, schöner Götterfunken

März 1943. Ein Führerbefehl löst den Zeitungsverlag »Dresdner Nachrichten« in Luft auf. Der NS-Gauverlag schluckt meine alte Lehrmeisterin, als sei sie wirklich nichts anderes als eine »alte Tante«. Irgendwo in seinem Bauch rumoren nun Reste der Verschwundenen. Auch ich. Der parteieigene Verlag muß mich weiter ausbilden, es bestand für mich ein Lehrvertrag.
Wenn ich jetzt morgens auf dem Wettiner Bahnhof ankomme, gehe ich um drei Ecken — schon bin ich da. War das Zuhause der »Dresdner Nachrichten« einer abgedankten Villa ähnlich, so ähnelt der Ort, an dem die Parteizeitung entsteht, einem Lungensanatorium. Das hohe, fünfstöckige Gebäude ist ganz und gar weiß gekachelt. Schwarz springt der Schriftzug »Der Freiheitskampf« ins Auge. Gleich empfinde ich, daß der langgezogene, obere Balken des F wie ein Brett auf den nachfolgenden Buchstaben lastet und dem Titel etwas Enges und Eingeschränktes verleiht.
Jeden, der das Haus durch den Vordereingang betritt, empfängt im Großraum-Anzeigenschalter ein überdimensionales Gemälde, darauf abgebildet trommelnde SA-Männer. Die schwarzen Kinnriemen ihrer braunen Käppis sind gut, um die verbissenen Münder hochzuhalten. Der Maler hätte ihnen auch noch Augenriemchen geben sollen, denn so weit aufgerissen, wie die Augen gemalt sind, fallen sie fast aus den Köpfen.

Ein anderer Blickfang gleich am Eingang sind zwei große Pappkartonflächen. Dort werden zur genauen Betrachtung Fotos der Kriegsberichterstatter ausgehängt. Ich stehe da oft und versuche zu fühlen, was die Soldaten gerade veranlaßt, so anders dreinzuschaun als alle Menschen, von denen ich umgeben bin: »Stoßtruppführer bereitet die Sicherung des Sturmangriffs vor«, »Panzer mit aufgesessener Infanterie rollt ins Kampfgebiet«, »Infanteristen beobachten die Wirkung der Stukas«, »Vierlings-Flugabwehrkanone geht in Stellung«, »Tigerpanzer gehen in Richtung Prochorowka vor«, »Pioniereinheiten am Narwa-Brückenkopf«, »Unser Afrikakorps bei der Verteidigung von Bizerta und Tunis«. Keine Bildunterschrift erklärt mir den Ausdruck in den Gesichtern der Soldaten.

Ich bin als übernommener Lehrling nichts Besonderes, denn nicht nur die »Dresdner Nachrichten«, auch der »Dresdner Anzeiger« und die »Dresdner Neuesten Nachrichten« mußten ihr Erscheinen einstellen. Nach einem mir nicht durchschaubaren System sind einzelne Personen aus den Belegschaften der geschlossenen Verlage in den »Freiheitskampf« geraten. Dabei fällt der naheliegende Grund, das »Bonbon« am Revers, aus. Als wir Lehrlinge in der oberen Etage vorgestellt werden, kommt mir nämlich ein Mann im dunkelblauen Anzug freudig entgegen: »... Ja, jetzt erfahre ich doch, wer immer mit glücklichem Gesicht und Blumenstrauß durch die Stadt läuft ...« Ich bin verlegen. Herr Mager, dieser Mann ohne Bonbon und trotzdem Prokurist, war im »Anzeiger«. Der befand sich in der Breiten Gasse. Wenn ich morgens vom Bahnhof — mit Blumenstrauß — zu meiner »alten Tante« in der Marienstraße lief, muß er zur gleichen Zeit auf fast dem gleichen Weg auch in seine Zeitung geeilt sein. Das ist ein tröstlicher Gedanke, daß ein Mann, der an meinem neuen Arbeitsplatz etwas zu sagen hat, mich schon seit

langer Zeit im Auge hat — meiner Blumensträuße wegen.
Dann gibt es im »Freiheitskampf« einen Grafiker namens Kopf, der die Betriebsjugend betreut. Er ähnelt meinem Zeichenlehrer auf der Dorfschule und erzählt während der Schulung stets von weit zurückliegenden Dingen. Zum Beispiel von der Entstehung der Druckkunst. Muß er keine Rechenschaft ablegen, was er mit uns treibt?
Selbst unter den Lehrlingen ist einer, der absolut aus dem Bild der deutschen Jugend herausbricht: Manfred kommt in langen Hosen und trägt sein Haar von der Stirn her bis tief in den Nacken gesträhnt. Er tänzelt mehr, als er geht. Auch für ihn ist der Arbeitsplatz »Freiheitskampf« neu, er kommt vom »Dresdner Anzeiger« und war dort in der Druckerei. Eines Tages begegne ich auch Herrn Doktor Frank. Er ist wieder Schriftleiter, wie in der Marienstraße. Wir treffen uns auf der Treppe und er spricht mich an, gibt mir die Hand, fragt, wo ich jetzt sei — sind wir uns nun näher, weil wir beide unfreiwillig wandern mußten?
Selbstverständlich laufen auch schwarze Stiefel durch das Gebäude. Herr Krumm, mein Abteilungsleiter, — wieder bin ich in der Anzeigenabteilung gelandet — hat ein winziges, zusammengedrücktes Gesicht. Deshalb behält er immerfort die braune Mütze auf dem Kopf, sie ist steif und macht ihn etwas höher. Wenn er nach seinem Rundgang am Morgen das Bureau wieder verläßt, bricht die kesse, junge Frau mir gegenüber in Lachen aus. Fräulein Gast, ebenfalls Lehrling wie ich, aber von Anfang an im »Freiheitskampf«, lacht mit.
Meine Mittagspause verbringe ich hier in der Kantine oder im begrünten Innenhof. Im »Freiheitskampf« gibt es Essen ohne Marken. Die Betriebsjugend ist eine größere Gruppe und wie mir scheint fröhlicher. Oder soll ich sagen: ungehorsamer? Ich selbst laufe ungehemmt durch den Betrieb und spreche eine junge Schriftleiterin an,

gleich als ich erfahre, daß es eine ist — aus meinem Erstaunen heraus — so jung und schon ... Obendrein freut sie sich. Auch sie ist »hereingeschneit« vom »Anzeiger«. Wir sitzen einmal nebeneinander in der Kantine und kauen emsig Trockengemüse aus überschüssigen Heeresbeständen. Da lacht sie plötzlich laut, ihr ist ein Gedanke gekommen: »Wir sollen wahrscheinlich merken, wie schwer es ist, etwas Störriges herunterzuwürgen und Mitleid haben mit dem Gauverlag — wir stecken ihm noch im Halse!« Fröhlich lache ich mit, aber nicht alle lassen sich anstecken.
Damit die Betriebsjugend besser zusammenfindet, befiehlt man einen Betriebsausflug. Wir fahren mit der Straßenbahn nach Cossebaude und wandern dann im Elbtal. Den ganzen Tag über laufe ich neben Manfred, der mir erzählt, in welchen Lokalen der Dresdner Altstadt Jazz zu hören ist. Und zwar echter. Er bläst mir laut mit geblähten Backen rhythmisch unterschiedliche Stücke vor. Bis jetzt wußte ich vom Jazz nur, daß er verboten ist.
Es gibt selbstverständlich auch Abteilungen mit überwiegend streng frisierten, sportlichen, blauäugigen Frauen, die es als Ehrverletzung ansehn, wenn ich die Zeitung, die jeden Tag für jede Abteilung zur Lektüre bereit liegt, ein bißchen knittere. Als ich in der Buchhaltung lande, ist es mein Schicksal, jeden Tag die im überlegenen Ton geführten Andeutungen zweier Frauen zu entschlüsseln. »Großartig« ist ein oft benutztes Wort. Aber wie nun ist etwas großartig: großartig gut oder großartig schlecht? Sie sprechen auch von bedeutenden Menschen. Einmal von Herrn Hanns Johst. Dieser sogenannte Dichter versetzt sie in Entzücken. Ich verrate nicht, daß ich einen »Münchner Lesebogen« mit einer seiner Novellen gelesen, aber dann liegengelassen, verloren oder regelrecht vergessen habe. Wie es so geht, wenn ich etwas nicht mag.

Nach und nach werden alle Zugewanderten dem obersten Chef vorgestellt. Er heißt Hornauer und ist Träger des Blutordens. Das ist eine goldene sonnenähnliche Medaille am roten Band für die Männer, die im Jahre 1923 den Marsch auf die Feldherrenhalle veranstaltet haben. So viel hat man mir schon von ihm erzählt. Und nun sehe ich diesen Menschen: Er hält sich in einem riesigen Raum mit großen, schweren Teppichen und einem übergroßen Schreibtisch auf. Die Ledermappen, die vor ihm liegen, gleichen Ausstellungsstücken oder Als-ob-Arbeitsmappen (so wie mein Striesener Großvater ein Buch hat, das in Wirklichkeit eine Schnapsflasche ist). Es sieht so aus, als sei der Blutordensträger Hornauer im Verlag zu Gast. Er kann nicht sitzen bleiben und kommt mit dem Kopf nickend auf mich zu. Er begrüßt mich. Ich müßte ihn ja eigentlich mit erhobenem Arm grüßen. Hab ich das schon getan? Es ist wie in einem ungeprobten Theaterstück — was soll ich sagen? Er sagt auch nicht viel: »Ich habe von Ihnen gehört ...« Mein Abteilungsleiter führt mich wieder raus.

Mutter setzt sich auch jetzt noch jeden Abend neben mich, wenn ich — als Nachzügler — Abendbrot esse. Sie möchte gern teilhaben an dem, was in der Welt geschieht, und fragt freundlich-wißbegierig: »Na, Jule, was ist? Wie war es heute?« Ich sage nur noch: »... schön ...« oder »... ganz gut ...«

Am liebsten bin ich in dem riesigen Verlagsgebäude allein. Das ist möglich. Jede Nacht müssen zwei Menschen Luftschutzwache halten. Bei einem Angriff müßte man ins Dachgeschoß stürzen. Dort stehen einige Eimer Wasser und Sand in kleinen Säcken. Damit soll man — wer weiß, wie es in Wirklichkeit wäre. Jedenfalls bekommt man als Luftschutzwache die Schlüssel auch von abgelegenen Räumen und kann sich in Ruhe umsehn und sich Gedanken machen.

Oftmals verabrede ich mich mit der jungen Schriftleiterin. Dann nimmt sie mich mit zum Fernschreiber und wir reden von ihrem Mann, der an der Ostfront kämpft — bis der Schreiber zu ticken beginnt. Sofort beugen wir uns über das papierne Band. Im Schneckentempo kriecht es aus dem Schreiber. Wir sind die ersten, die dieses freigegebene Nachrichtenmaterial lesen! Und setzen uns meist wieder auf unsere Stühle. »Flakbatterien, Luftwaffenhelferinnen und Flakhelfer unterstützten auch heute im solidarischen Einsatz unsere erfolgreichen Nachtjagdgeschwader bei der Abwehr anglo-amerikanischer Terror-Bomber.« Diese Papierschlange wird der Morgenredakteur auswerten, wir schauen nur, daß der Apparat funktioniert.

Aber manchmal — was war das? Es hieß doch eben: »Im erfolgreichen Gegenangriff schlugen unsere Truppen bei Noworossisk den Feind zurück.« Ein G e g e n angriff ist die Antwort auf einen A n g r i f f. Die junge Schriftleiterin sagt, im »Dresdner Anzeiger« habe noch eine Karte von Europa neben dem Fernschreiber gehangen, da hätte man sofort gewußt, wo sich die Kämpfe abspielen. Hier spiegelt sich oftmals ein zweiter Inhalt der vom Fernschreiber getickten Sätze im Gesicht der jungen Frau. Zum Beispiel das Wort h e l d e n h a f t bringt unverhüllte Trauer in ihre Züge. »Heldenhafte Kämpfe unserer Truppen im Raum Orel.« Ich bin dann still, bis sie von selbst wieder irgend etwas sagt. Manchmal macht sie mich auf etwas aufmerksam, was eigentlich f e h l t: »Es kommen keine Meldungen mehr von unseren U-Booten.« Ja, sie wird recht haben. Ich nicke bestätigend, obwohl ich nicht im Kopf habe, wann zuletzt die Rede von versenkten Bruttoregistertonnen war.

Manchmal bleiben wir bis in die tiefe Nacht neben dem Fernschreiber. Nach ein Uhr gibt er kaum noch etwas von sich. Wir sitzen da zu zweit in der unausgesprochenen,

unbestimmten Hoffnung auf ein besonderes Wort oder einen Satz, der diese Spannung, in der wir nun schon Jahre leben, auflöst. Das Besondere kommt nicht. Statt dessen erzählen wir uns persönliche Geschichten. Immer bleibt ein Rest gegenseitiger Vorsicht. Oder ist es Rücksicht?
Ein anderes Luftschutzwachenteam bilde ich mit dem Druckerlehrling Manfred. Er steckt den großen Schlüsselbund in die Hosentasche, geht tänzelnd voraus — und führt mich ins Archiv. Dort liegen riesige Stöße noch nicht sortierten Materials, das von den geschluckten Zeitungen stammt. Manfred interessiert sich vor allem für »seine« alte Zeitung, den »Dresdner Anzeiger«. Es war eine wirklich alte Zeitung, die erste, die es in Dresden gab. Er sucht so lange, bis er eine Nummer Eins findet: ein fast quadratisches Format, handgeschöpftes Papier, und da — Manfred weist mit fast zärtlicher Geste auf die beiden lorbeerbekränzten, füllhorntragenden Gestalten, die den Titel bilden. Vielleicht ist diese Nummer Eins nur ein Nachdruck. Wir finden achtzehn Exemplare. Allein schon die Frakturschrift begeistert: Freitags, den 1. September Anno 1730. Nummero I der Königli. Pohln. churfl. Sächsischen Residenz-Stadt Dresden wöchentlicher Anzeiger oder Nachricht, zu finden auf der Schloß-Gasse in der Hilscherischen Buchhandlung. ... Zu verkauffen: Herr D. Johann Benjamin Pomsels, Med. Pract. Balsamum Cordiale, das Loth a 5 Gr. nebst gehörigem Unterricht ... Capitalia zu erborgen: Ein gewisser von Adel suchet auf sein allhier im Sächsischen liegendes Gut gegen Consens 3600. Thlr.
Manfred und ich lachen über den Inhalt, mein Luftschutzwachen-Partner fängt sich aber rasch und verteidigt das kleine, doppel gefaltete Blättchen: »... wenigstens genau. Wie ein Kirchenregister.« Er hat recht. Mit Schrecken fällt mir ein, wie neuerdings die Todes-

anzeigen gefallener Soldaten auszusehen haben. Niemand darf daraus lesen, wo genau ein Soldat sein Leben ließ. Da bleiben nur die Floskeln: »Auf dem Feld der Ehre ...« und »Für Führer und Volk ...« Das gestehe ich Manfred. Und der entschuldigt sich, daß ihm diese Veränderung in den Todesanzeigen noch nicht einmal aufgefallen ist. Manfred und ich stehlen uns beide eine erste Nummer vom »Dresdner Anzeiger«.
Jeden Tag geh ich zur Arbeit. Aber wenn meine Lehrzeit zu Ende ist und wenn ich die Prüfung bestanden habe — ich wäre lieber anderswo. Vielleicht dort, wo Bücher gemacht werden. Die sind nicht nur für einen Tag gedacht. Zuallermindest enthält jedes Buch längere Gedankengänge. Bei einem Buch gibt es nicht die Ausrede, daß die Nachrichten von da oder dort kommen und eben nicht anders sind, als sie sind. Ich bin mehr für überlegte Äußerungen. Trotz meiner sogenannten raschen Auffassungsgabe bin ich ein langsamer Mensch. Ich überrasche die anderen oft mit meinen Einfällen. Für mich sind die Einfälle dann aber alt und durchdacht. Ich muß also jetzt, bevor die Lehre zu Ende ist, etwas dazulernen, was mir später helfen wird. Wie zum Beispiel Manfred: Der geht abends in die Stadt und weiß am nächsten Tag etwas über Jazz. Dazulernen wäre, wenn ich von etwas, was ich ganz gut kann, das Nächste, Nachbarliche erreiche.
Entschlossen trenne ich mein letztbemaltes Blatt aus dem Schulzeichenblock, rolle es zusammen und trage es ein paar Tage lang in meiner Tasche. Das Blatt zeigt die aus Lust und Liebe gemalte kleine Wiese auf unserem Berg. Ich saß da, die Grillen zirpten, hinter dem Silberberg ging die Sonne unter und hauchte ein bißchen Rosa auf die Zaunslatten. Die kleine Eiche inmitten der Wiese trug ihre belaubten Äste wie ein flott übergeworfenes Cape, und die große Eiche am Rand der Wiese neben dem Zaun stand schon im Schattenschauer. Die Wiesenblumen

hatten plötzlich noch einmal leuchtende Farben, — ich weiß nicht, wie es gelungen ist, aber etwas von diesem Sommerabend übergibt dies bemalte Blatt an den Betrachter.

Nach einer Woche täglicher Tuchfühlung mit meinem Wiesenporträt habe ich Mut genug und laufe nach der Arbeit durch die ganze Altstadt bis in die Günzstraße zur ehemaligen Kunstgewerbeakademie. Die heißt jetzt Staatliche Meisterschule für das gestaltende Handwerk. Herr Professor Megerlein, ein winziger Mensch, lächelt — und sagt mir, wo ich mich anmelden soll. Die Sekretärin fragt: »Zweites Fach?« Meine Blicke rasen von Anfang bis Ende der Lehrfächeraufstellung. Kein Wort, das geschrieben steht, setzt sich in irgendeinen Gedanken um. Erleichtert entdecke ich nur: »Prof. Megerlein — Zeichnen und malerisches Darstellen«. Da bin ich also. Warum noch anderswo? Die Sekretärin fragt zwischendrin: »Bei welcher Zeitung arbeiten Sie?« »Im Freiheitskampf«, und während ich — nicht zu laut — dieses Wort ausspreche, sehe ich den Schriftzug vor mir, dieses F mit dem übertriebenen Balken. In der Lehrfächerliste gibt es auch »Prof. Haferkern — Schriftgrafik«. Ich halte meinen Finger unter diese Zeile, und die Sekretärin tippt es flott auf den Anmeldebogen. Alles geschafft! Ich zahle noch die ersten vierundzwanzig Mark und renne mit der Quittung und dem wieder in meiner Tasche verborgenen Wasserfarbengemälde auf die Straße. Es ist Frühling! Ich fange etwas Neues an! Wenn auch nur teilweise, am Abend.

Jetzt muß ich der Mutter sagen, was ich vorhabe. Sie erschrickt: »Jule, du bist doch so schon den ganzen Tag auf den Beinen! Wenn der Unterricht erst abends beginnt, — du mußt morgens um halb sechs mit dem Fahrrad los. Denk an den Winter, dann fährt dein Bus zehn nach fünf ...« Alles habe ich mir schon zurechtgelegt: »Vielleicht kann ich bei den Cottaer Großeltern schlafen. Oder beim Striesener Großvater. Bei der jungen Schriftleiterin kann ich auch schlafen, die freut sich, wenn sie nicht allein ist, ihr Mann ist doch im Feld. Es ist auch nur montags, mittwochs und freitags.« Die Mutter wird es dem Vater klarmachen.

Unser Grafiker im »Freiheitskampf« nimmt direkt die Pfeife aus dem Mund: »Wer hat Sie denn auf die Idee gebracht?«

Wie wunderbar ist erst die Wirklichkeit! Professor Megerlein dirigiert uns, einen kleinen Trupp von acht jungen Leuten, zum Seiteneingang der Akademie. Dort betritt man durch ein altes Tor von der Marschnerstraße her zuerst den Garten. Ich habe mir wie die anderen die merkwürdige, wie eine Semmel geformte Sitzbank geschnappt und sehe, wie sich ein jeder gegenüber dem glyzinienüberwachsenen Gemäuer einen Standort sucht. Man setzt sich rittlings auf das Bänkchen und stellt den Block vor sich in eine Rinne, klappt zwei hölzerne Stützen hinter den Block, — ähnlich funktioniert ein Notenständer. Und nun — wie die anderen — nur mit dem Bleistift ...

Nach einer Stunde kommt der Professor. Er stellt sich, in der Reihenfolge, wie die Leute sitzen, hinter jedes Bänkchen und schaut auf den Block. Er greift nicht nur bei meiner Zeichnung zum eigenen Bleistift! Und wie eine Art Entschuldigung habe ich schon herausgefunden, daß ich hier »die Kleine«, sozusagen noch das Kind bin. Der Professor hat auch nicht allzuviel nachgeholfen. Gleich als er weg ist, beginnen die anderen untereinander zu reden. Es ist eine Art Entspannungspause, ohne daß irgendwer aufsteht oder aufhört zu zeichnen. Die Zeit bis zur Dämmerung muß genutzt werden. Im Halbdunkel, wenn man die Holzbänkchen wieder in den fünften Stock ins Dachatelier bringt, zeigen sich manche gegenseitig

ihre Skizzen. Wie anders hat die junge Frau neben mir das Tor gesehn! Wie gleichmäßig hat der Einbeinige schraffiert! Und wenn nun wer auf mein Blatt schaute?
Ich werde niemals ausgelacht. Der eine oder andere macht mit dem Bleistift eins-zwei — fast im Vorübergehn — etwas dazu oder deutlicher, und jedes Mal danach kann ich ermutigt weiterzeichnen.
Spät, gegen halb zehn Uhr abends, ruckle ich mit der Straßenbahn raus in die Vorstadt. Meist nach Cotta. Die Großeltern wohnen im dritten Stockwerk des Reichsbahn-Wohnblocks Hamburger Straße 63. Sie freuen sich über den Besuch ihrer Enkelin. Meinen Zeichenblock lasse ich mitsamt der alten Schulmappe unter dem Spiegel stehn. Der hängt — wie bei uns zu Hause — neben der Eingangstür, damit jeder, der auf die Straße geht, sich noch vergewissert, ob er anständig aussieht. Nun kämmt sich manchmal der Großvater vorm Zubettgehn das Haar und stellt meine Tasche und meinen Block etwas gerader. Ein bißchen schiebt er das Deckblatt beiseite und läßt es unter zustimmendem Kopfnicken wieder über die Zeichnung gleiten. Großmutter unterstützt mich mit sauren Bohnen und einer Butterschnitte. Sie hat ein Deckbett vom Dachboden geholt und frisch bezogen — das ist nun mein. Und ich genieße die Fürsorglichkeit. Als die Eltern mich in die Oberschule gebracht hatten, bescherte mir Mutters Rücksichtnahme bei meinen Schularbeiten große Pein. Jetzt besuche ich entgegen Mutters Bedenken die Abendakademie und bin — vielleicht — manchmal müde, aber niemals gequält und gedankenleer.
In der Schriftgrafik gelingt mir alles ein bißchen besser. Professor Haferkern verlangt zunächst höchste Kunst im Bleistiftspitzen. Dann das Linienziehn: Sie müssen so fein und so genau sein, daß sie beim Schreiben hilfreich sind, in der fertigen Schrift aber einfach untergehn. Die Stellung der Feder, der Druck oder die Zurücknahme

der Hand, die Wahl eines Textes und entsprechend seinem Inhalt endlich die Entscheidung, welche Schriftzeichen die richtigen sind — diese Schritte gehe ich bald zuversichtlich allein. Einmal in der Woche trage ich den großen Zeichenblock durch die Stadt und zweimal den kleineren für die Schrift. Ich spreche in der Akademie niemanden an, aber ich lasse mich gern ansprechen. Ein schwarzhaariges Mädchen aus Prag, das eigentlich bildhauert und die Schriften aus bildnerischen Gründen erlernt, zeigt mir den Gipssaal. Ein anderes Mädchen mit rundlichem Gesicht und krausen Locken sitzt tagsüber in der Textilklasse und löst alte Gewebe auf, um die Bindungen und Musterbildungen zu erforschen. Sie spricht mich einmal an, weil mir die Mutter aus dem leinenen, mit Lochstickerei verzierten Unterrock der wendischen Urgroßmutter eine Bluse genäht hat, und darüber kommen wir uns näher. Die meisten aber kommen wie ich, wenn sie halb sieben Uhr abends eintrudeln, aus einer anderen Welt.

Alle männlichen Studenten haben ein körperliches Leiden. Wie sonst wären sie in der Heimat? Manchen sieht man an, was ihnen fehlt, anderen nicht. Aber dann kann sich der eine nicht bücken, wenn ihm etwas herunterfällt, und der andere verschwindet nur deshalb lange vor Schluß, weil er die Treppen rückwärts mehr herunterkriecht als geht. Und dann sitzt da einer mit geöltem Gesicht. Auch seine Hände glänzen. Mit diesen Händen malt er glänzend. Professor Megerlein steht gern hinter seinem Bänkchen. Einmal sagt er lobend: »Wie ein alter Meister!«

Dank der doppelten Sommerzeit herrscht viele Monate lang nach der Akademiestunde noch Tageslicht. Ein Stück meines Weges gehe ich immer zu Fuß. Einmal geknickt, weil der Professor heftig mit seinem Bleistift in meiner Zeichnung herumgefuhrwerkt hat. Der junge

Mann mit den geölten Händen hat keine Professorenstriche auf seinem Blatt, aber er will zum Elbufer wie ich. Wir gehn nebeneinander über die Carolabrücke und weil die Rosen blühn ein Stück am Königsufer entlang. Da kann man nicht stumm bleiben. Ich erfahre, er ist »abkommandiert«. Das klingt böse. Abkommandiert werden Leute zu etwas, was sie freiwillig nicht tun. Beruhigt entnehme ich seinen Erzählungen, daß er viel und schwer arbeiten muß im Bahnbetriebswerk Coswig. Er trägt auch keine Stiefel — heimlich vergewissere ich mich —, es sind schwere, geschnürte Arbeitsschuhe. Eigentlich ist er Maschinenschlosser. Bei seinem Einsatz geht es um irgendwelche Tieflader, die schwere Lasten bewegen. Er spricht von fettem Dreck, den ein Mensch nur wieder mit Fett und Öl entfernen kann. Uneigentlich aber — ich weiß es: Er malt wie ein alter Meister.

Wir gehn nun nach jedem der drei Akademieabende miteinander durch die schöne Stadt. Manchmal bemogle ich die Eltern und Großeltern und trage den Block als reine Ausrede mit mir herum. Ich renne nämlich, nachdem Volker sich in seinem möblierten Zimmer halbstundenlang mit einer harten Bürste geschrubbt hat, mit ihm zum Serenadenkonzert in den Zwinger. Volker hält mich an der Hand, er sitzt neben mir.

Vieles wird mir leicht, was bislang schwer war. Ich kann pünktlich sein. Ich achte auf meine Kleidung. Ich habe keine Angst, daß das kleine, harte Stück Fleisch vom Teller hüpfen könnte, wenn ich ihm im »Narrenhäusel« an der Elbbrücke mit Messer und Gabel zu Leibe rücke. Volker braucht ab und zu ein schönes Essen. Das ist dann in der Hauptsache ein schöner, gastlicher Raum und ein weiß gedeckter Tisch.

Ein bißchen Angst habe ich schon, als Volker mich nach Hause zu meinen Eltern begleitet. Es könnte ja sein, daß der Vater gerade mit der Maische seines Beerenweins

herumpanscht, daß Mutter gerade in diesem Augenblick Rindertalg ausläßt und der beißende Dunst die Küche verpestet. Frieder, der kleine Bruder, könnte am Wohnzimmertisch sitzen und einen Elektromotor auseinandernehmen. Aber mein Freund holt schon unten am Tor tief Luft und betrachtet beglückt den nahen Wald: »Was für eine göttliche Ruhe!«
Er kommt aus Berlin. Meine Schwester Hanna war bis vor kurzem auch noch dort. Sie war Kindergartenleiterin in Berlin-Niederschönhausen. Die Fliegerangriffe begannen oft so früh, daß die Mütter ihre Kinder nicht mehr nach Hause holen konnten. Hanna schlief mitsamt den Kleinen schließlich nur noch im Keller. Sie bekam eine Nierenbeckenentzündung. Vater hat sie heimgeholt. Jetzt arbeitet sie wieder, in der Oberlausitz. Ich leiste ihr heimlich Abbitte, denn ich hatte den Verdacht, ihre Berichte aus Berlin wären übertrieben.
Volker läuft mitunter neben mir auf der Straße und über sein Gesicht rinnen Tränen. Was ist mit meinem Freund? Von seinem Bruder kamen, wie seine Mutter telegrafisch mitteilte, eine Uhr und der Wehrpaß zurück — er liegt bei Kursk. Und sein Freund war auf Heimaturlaub in Berlin, und gerade, als er aus dem Luftschutzbunker trat, fiel eine letzte Stabbrandbombe vom Himmel genau in seinen Nacken. Beides ist Grund genug, zu weinen, — aber daß es nun einer wirklich tut, auch noch auf der Straße ...
Wie leidenschaftlich stürzt Volker sich auf »das andere Leben«. So nennt er die Zeit, die ihm in Dresden für sich selbst bleibt. Ich arbeite bei der Zeitung, aber er weiß zuerst, wann das nächste Konzert im Zwinger stattfindet. In meinem Betrieb wundern sich dann alle, daß ich meine einzige, wunderschöne, wenn auch etwas gestopfte rosa Georgettebluse trage. Volker kommt im letzten Augenblick über die Kronentorbrücke gerannt. Er trägt den dunkelblauen Anzug seines toten Freundes. Man sammelt

sich vor dem Wallpavillon. Die Menschen verharren in begierigem Schweigen. Und dann — die Notenpulte sind von Taschenlampen, Kerzen oder Carbidfunzeln beleuchtet, über den Zuschauern und Zuhörern auf Stühlen und Höckerchen geistern Fledermäuse, der Wallpavillon und das Halbrund der anhängenden Galerien schützen die Töne vorm Davonfliegen: Mozart, Haydn, Schubert. In Dresden kommt der Alarm meist erst nach 10 Uhr abends. Es sind auch stets kleine Feindformationen, die in großer Höhe wieder zurückfliegen. Wenn die Sirenen während des Konzertes losheulen, löschen die Musiker die Lichter und das Publikum tritt einfach still in den Pavillon oder unter die Torbögen.

Volker und ich sitzen nebeneinander in der Frauenkirche und Walther Collum spielt auf der Orgel die »Kunst der Fuge«. Ich fühle mich in dem mächtigen, zugleich graziösen Rundbau mit den Rundumemporen an jeder Stelle in der Mitte. Mitten auch in einer Menge von Leuten, die sich gegenseitig und uns leise nickend grüßen, als sagte einer dem andern: Wir also — ich und du — wir sind hier. Wir haben keinen Einsatz und uns auch nicht freiwillig gemeldet zu irgend etwas. Wir sind Dresdner. Und dann Musik von Johann Sebastian Bach. Ich lehne mich an meinen Freund und wehre mich nicht gegen dieses Gefühl, einer lebendigen, wortlosen, brausenden Macht anheimgegeben zu sein.

Für Volker wird es schwer, solche Konzerte oder die Akademiestunden zu besuchen. Sein »Kommando« erlaubt ihm nicht, auch nur einen halben Tag im vorhinein zu planen. Mir geht es besser. Ich wandere noch immer regelmäßig mit dem Block durch die Stadt. Auch am 26. November 1943. Es ist ein Freitag. Ich soll — wenn ich mag — nach dem Schriftzeichnen bei Professor Haferkern zu Volkers Zimmerwirtin kommen. Das ist eine liebenswerte, alte Dame. Wenn ich Glück habe, hat

Volker zwischen neun und elf Uhr abends Pause. Dann kommt er auf einen Sprung. Anschließend kann ich in seinem Bett schlafen, bis er gegen sechs Uhr früh vom Nachteinsatz zurückkehrt. Mutter hat mir am Morgen einen kleinen Kuchen aus gleichen Teilen Birnenmehl und Weizenmehl überreicht: Ich habe meinen achtzehnten Geburtstag. Ah, der Kuchen riecht so gut! Ein bißchen schon weihnachtlich. Weihnachtskuchen wird geteilt — der Geburtstagskuchen gehört mir allein!
Ich bin — zugegeben — auch schon müde, als ich in der Coswiger Straße eintreffe. Und werde schon erwartet. Achtzehn Lichter hat er aufgetrieben und auf einem Tablett festgewachst. Die Flammen grüßen zitternd. Irgendwoher hat er eine Laute bekommen. Wanderlieder kann ich leidlich begleiten, und wir sind den Sommer über bei jeder nur möglichen Gelegenheit im Elbsandsteingebirge oder in den nahen Regionen des Erzgebirges gewandert. Er sagt: »Vielleicht kannst du auch mit Handschuhen spielen, auf den nächsten Sommer warten wir nicht!« Dann hat er mir noch ein Gedicht von Michelangelo an Vittoria Colonna abgeschrieben: »Dies sehn wir, Herrin, zeit- und leiderfahren ...« Nein. Es ist keine Anspielung. Aber es ist ein schönes Gedicht. Und wir küssen und umarmen uns. Es geht uns gut. Ich bin, wie man sagt, im »blühenden Alter«, obwohl draußen der Novemberwind weht und in mir ewig und immer dieses verfluchte Gefühl von Gunst des Schicksals und unverdienter Begünstigung wach bleibt. »Freust du dich?« Ich muß mich freuen, sonst bin ich verrückt.
Volkers Zimmerwirtin hat Kartoffelklöße gekocht. Während wir essen, schaut sie freundlich zur Tür hinein. Ihre Augenbrauen sind bedeutsam in die Höhe gehoben — sie soll Volker rechtzeitig auf die Uhr aufmerksam machen. Ich bitte ihn, mitgehn zu dürfen, wenigstens ein Stück. Eile tut not. Ich wickle den kleinen Kuchen, der so

gut riecht, in Papier ein und drücke ihn in Volkers ausgeleierte Manteltasche. Schal um, Mütze auf, — unterwegs können wir vor lauter Eile kaum noch sprechen. Volker hält meine Hand sehr, sehr fest. Jetzt biegen wir in eine Nebenstraße und laufen entlang einer hohen Mauer. Sie umschließt einen Fabrikhof. Es ist sehr dunkel. Die Straßenlaterne wirft einen düstergelben, fußballgroßen Schein auf den Fußweg. Kein Mensch weit und breit. Wir stehn in einer Sackgasse. Volker läßt meine Hand los, zerrt meinen Geburtstagskuchen aus seiner Manteltasche und schaut mich prüfend an. Dann pfeift er. Einen einzigen, kurzen Ton. Ein Steinchen kommt von jenseits der Mauer geflogen. Volker holt aus — und mein Kuchen landet irgendwo weich und lautlos. Danach noch ein halbes Brot aus Volkers zweiter Manteltasche. Und immer noch schaut er mich an, und seine Augen fragen: »Ja? Ja?« Ich nicke unmißverständlich und weiß doch gar nicht, was vor sich geht. Von jenseits der Mauer wieder ein Steinchen. Volker küßt mich plötzlich und flüstert dabei: »Ukrainerinnen — bei uns im Bahnbetriebswerk — sie sind unsere Rangierlokomotive ...« Und nun küssen wir uns erst recht. Müssen davonrennen, was die Beine hergeben. Über die Hauptstraße durch die Schrebergärten — wie ein drohendes rotes Auge leuchtet eine Signallampe von Volkers Dienststellenbereich.

Januar 1944. Der »Freiheitskampf« wird immer dünner. Es gibt keine weitschweifigen Berichte mehr von siegreich abgeschlossenen Unternehmungen. Der Rückzug spielt sich kommentarlos ab. Ab und zu gibt es eine Rede vom Gauleiter oder von Reichsminister Doktor Josef Goebbels, die beanspruchen dann einen gewissen Platz. Aber nicht nur der erste Teil der Zeitung ist kleiner geworden, auch der Rest. Seit einem Jahr steht das deutsche Volk im »totalen Krieg«, und nach und nach wird es auch in Dresden unmöglich, etwas anderes zu

wollen außer dem »Endsieg«. Das Wort »kulturell« oder »für die Kultur« ist kein Zauberwort mehr, man wird deshalb nicht vom Kriegsdienst zurückgestellt und bekommt deshalb noch lange keinen beheizten Raum. So schrumpft in der Zeitung nicht nur die Rubrik Vorankündigungen, auch das Feuilleton wird mager.
Immer schon ist gesagt worden, dies ist »das letzte Konzert«. Das letzte vor den Ferien? Das letzte in einer Reihe von Orgelkonzerten? Das letzte unter freiem Himmel? Der Kulturbetrieb soll eingestellt werden. Er ist anderswo schon eingestellt worden. »Alle Kraft für den Sieg«. »Die Heimat reicht den Frontsoldaten unverbrüchlich die Hand«. »Der Führer erwartet dein Opfer«. »Sieg oder bolschewistisches Chaos«. »Deutschland, für dich ist kein Opfer zu groß«. Das sind die Transparente und Spruchbänder. Und dann doch immer wieder diese kleinen Programmzettel: »Dresdner Philharmonie im Gewerbehaus Ostraallee am 19. 1. 1944 Ludwig van Beethoven 9. Symphonie mit Schlußchor nach Schillers Ode an die Freude, Beginn 19 Uhr. Der Raum ist beheizt«.
Volker hat seit mehr als zwei Wochen Dienst auf Abruf. Das heißt, eigentlich immer. Er schläft, sobald er nach Hause kommt, mit weit von sich gestreckten Armen und auseinandergespreizten Fingern so wie er ist auf dem Bett ein.
Ich gehe allein. Es herrscht ein irrsinniges Gedrängel schon auf dem Fußweg. Liegt es daran, daß ich kritischer sehe, wenn ich allein bin oder finden sich hier tatsächlich andere Menschen ein als beispielsweise zu den Serenaden im Zwinger?
Selbst Stiefelträger schreiten platzheischend durch das Parkett. Frauen mit kleinen Hüten, wie Heli Finkenzeller sie trägt, und andere mit großgemalten Mündern gleich Zarah Leander. Man schiebt und stubbt, wedelt mit dem

Taschentuch und macht rufend auf sich aufmerksam. Die Dresdner Philharmoniker sind unser bekanntestes Orchester. Sie spielen zum letzten Mal. Das steht nicht auf dem Programm, aber der Dirigent sagt es — leise —, bevor er den Taktstock nimmt. Seine Geste schafft zunächst Ruhe, aber die Musiker und das dichtgepferchte Publikum sind hart aneinander, fast wie Gegner. Der Dirigent gleicht einem Kommandeur. Akkorde klingen auf, geben Versprechen auf Gewaltiges, verlanden dann in weniger pompösen, dafür annehmbaren Verlockungen, und ab und an fährt ein Klang wie ein Befehl dazwischen. Manche Zuhörer folgen zu deutlich, zu gewollt und schlagen schon mal kurz in die Hände, um die Arme in Brusthöhe erstarren zu lassen, wenn eine andere Instrumentengruppe wieder ausholt, das musikalische Thema zu variieren. Langsam verliert die Musik ihre beherrschende Kraft. Sie ist jetzt eher ein Despot, der sich stolz und feierlich bewegt. Das Zuhören fordert Mühe. Zwei Reihen vor mir knistert eine junge Frau ein Brötchen aus der Tüte und schaut sich, das Brötchen in der Hand, suchend um. Sie entdeckt ihre Freundin. Gleich nickt sie bedeutsam und schneidet Grimassen, besieht mit aufgerissenen Augen und breitem Mund ihr Labsal. Sie klappt das Brötchen auf und deutet mit dem Deckel auf den hellroten Belag: L-a-c-h-s lese ich von ihren stumm buchstabierenden Lippen. Und dann kommt ihr genüßlicher Biß in die Köstlichkeit. Tataa — Fanfaren! Der Herrscher besinnt sich wieder seiner Untertanen. Wieder lockende, schwingende Töne, eingegrenzt von einem Gatter gezielt gesetzter Paukenschläge. Wie ein Schwarm Fische können wir Zuhörer mitströmen, soweit wir uns wirklich ins fließende Etwas hineinbegeben haben. Ich kann das heute nicht so gut, weil so viele mir fremde Menschen das Sichhineinbegeben überdeutlich inszenieren. Neben mir sitzt eine Zarah-Leander-Frau mit hoch-

gerecktem Kinn und weit auseinandergebreiteten Armen. Sie benutzt die Hälfte meines Platzes. Ein schweres, süßliches Parfüm, vermutlich aus dem besetzten Frankreich, vergällt mir die Atemluft. Ich rücke meinem Nachbarn auf der anderen Seite näher. Den habe ich, wie mir scheint, schon gesehn. Er benimmt sich fast wie ein Freund, »ruhig, ruhig« predigt er mit sanft bewegten Fingerspitzen. Die Streicher schrubben jetzt tief unten eine liedhafte Melodie. Sie steigt an, von Bläsern unterstützt erhebt sie sich mehr und mehr. Als die Pauken dommen, steht nicht weit vor uns ein Uniformierter, Brauner auf, als käme jetzt die Nationalhymne auf uns zu. Mein Nachbar sagt nicht zu laut, aber unmißverständlich: »Rattenfängerlied«. Und wieder die Sänger: »Freude«, »Freude«, — das ist ein strenger Ruf. »Freude, schöner Götterfunken« —, die Töne schwingen und schlagen. Harte, schwere Freude. »Wir betreten feuertrunken, Himmlische, dein Heiligtum!« Es sind unsere Opernsänger. Mund auf, Mund auf, Mund auf — nie habe ich das Grobe, Schreierische am Gesang bemerkt. Auch die Streicher, die Holzbläser, das Blech — sie fuchteln und drücken und tatschen.
Noch einmal bricht der Gesang zusammen. Das Orchester spannt ein feines, aber festes Netz. Marschtempo. Ein Sänger macht sich wieder auf, um im Stakkato »wie ein Held zu siegen«. Und nun drängen sich alle nach vorn, sprechen zu wem? »Seid umschlungen, Millionen, diesen Kuß der ganzen Welt —« Mein Gott, warum immer sofort eine »ganze Welt«? Sie singen es noch einmal, sanfter, »alle Menschen werden Brüder«. Sie dürfen es so nicht singen! Jetzt bestimmt nicht. Es gibt keine Sondermeldungen mehr, keine Tatatata-Anordnung. »Seid umschlungen, Millionen!« — die Sänger bieten es noch einmal an und werden ungeduldig, weil sie eben allein hier stehn, in Dresden, bei einem letzten

Konzert. »Alle Menschen werden Brüder, wo dein sanfter Flügel weilt«. Nicht einmal wir Zuhörer sind brüderlich vereint, wir bilden verschiedene Wirs und sind einander böse. »Seid umschlungen, Millionen«, die Sänger und Musiker rennen sozusagen ins Ziel, Herr van Beethoven ermöglicht das. Wenigstens sie bilden eine Einheit. Aber warum muß das letzte Konzert so laut sein?
Zum Schluß hämmernder Beifall. Verbeugen. Immer wieder. Noch einmal den Kopf geneigt unter den prasselnden Schlägen. Dann plötzlich Gerenne zum Ausgang. Das Übereinanderstolpern von Frauenbeinen in französischen Strümpfen. Wohin mit meiner Traurigkeit?
Ich fahre zu den Großeltern nach Cotta. Tante Elsbeth ist gerade zu Besuch. »Warum hast du dich heute so hübsch gemacht?« »Ich war im Konzert.« »Im Konzert? Ja?« Sie ist erstaunt. »Was gab's denn?« »... die Neunte.« »Was, die Neunte? Dafür geb ich alles ...! Warum hast du mir nichts gesagt?« »Ich dachte nicht, daß du gegangen wärst.« Jetzt wird sie lange warten müssen, wenn ihr tatsächlich daran gelegen ist. Großvater war auf dem Sofa schon eingeschlafen und richtet sich etwas verlegen auf. Tante Elsbeth spricht rücksichtslos laut: »Jetzt will ich aber wissen, wie es war!« Ich bin mir dessen bewußt, daß ich jetzt genauso dumm lächle, wie es der Vater manchmal tut, wenn er irgend etwas nicht sagen will oder wenn er vorhat, jemand anderen eins auszuwischen. Dann mag ich den Vater nicht leiden. Was soll ich der Tante sagen? Sie redet schon weiter: »Seit wann interessierst du dich für Musik? Gehst du öfters? Was hast du denn schon gehört?« Ich sage leise: »... die Kunst der Fuge.« Und sie: »Ach so.« Das spricht sie wieder normal.
Am nächsten Tag noch habe ich meine schönen Sachen am Leib, ich war nicht zu Hause. Mir ist, als trüge ich eine Uniform, die mich kenntlich macht als Beteiligte dieser mit Gewalt herausgepreßten »Freude — Freude — Freude«.

Mein blauer Kittel

Februar 1944. Es ist dunkel, wenn ich mich von zu Hause auf den Weg in die Stadt mache, und es ist dunkel, wenn ich aus der Stadt nach Hause zurückkomme. In meinem Heimatdörfchen ist auch die Dunkelheit lebendig. Die Röder rauscht über das Wehr, über dem Wald stehen die hellen Sterne, manchmal seh ich den Marder, der seine Scheu im Winter überwindet und nahe dem Hause jagt.
Zu Hause wird noch immer eine sogenannte Abendstimmung angestrebt, das heißt, man verhält sich freundlich zueinander, bevor man zu Bett geht, gibt sich einer ruhigen Beschäftigung hin wie Nähen, Stopfen, Werkeln mit geringem Aufwand oder auch Lernen. Frieder, der kleine Bruder, ist immer noch das jüngste Familienmitglied, aber nicht mehr klein. Seit knapp einem Jahr erlernt er ein Handwerk. Er wird Elektrotechniker. »Ein fixer Kerl«, wie sein Meister sagt. Ich freue mich, wenn er mich »Bibsi« nennt und in der Küche einen meterlangen Hecht vorführt. Den hat er aus dem Bach gegriffen: »Halt, halt, Meister — halten Sie an ...!« Er hat den Fisch im halb vereisten Bach gesehn, ist aus dem Auto gesprungen, hat ihn gepackt. Die Mutter ist merklich aufgeblüht neben ihrem heranwachsenden, lebenslustigen Sohn. Hanna lebt in der Nähe, in Hinterhermsdorf, nahe der böhmischen Grenze. »Sie macht ihre Sache —«, darauf sind die Eltern sicher stolz.

Wenn meine Geschwister bemüht sind, den Eltern zu zeigen, wie tüchtig sie in irgendeiner Sache sind, so habe ich den Drang, nicht allzuviel von dem zu verraten, was mich beschäftigt. Mutter sagt oft: »Aus dir wird man nicht schlau.« Sie behauptet, ich sei nicht nur dickköpfig, auch meine Seele sei breit und quer wie eine Kommode. Dabei denke ich schon, daß sie sich heimlich freut über mein beharrliches Probieren. Gotische Schrift? Ich sitze sonnabendabends in der Küche, wenn alle gebadet haben, und lege noch ein paar Wurzelstrünke aufs Feuer. Der summende Wasserkessel macht die Wärme hörbar, in der Ofenröhre wartet ein Kartoffelplins. Zuerst aber schreibe ich in eng gezogene Zeilen mit schlanken, gitterartig verflochtenen Buchstaben, warum die Frauenhüte zwei Zoll niedriger sind als die Männerhüte. Mutter ist noch wach und freut sich darauf, das fertige Blatt zu entziffern. Ich könnte ihr, wenn wir so schön alleine sind, von dem Verbleib des kleinen Geburtstagskuchens erzählen, — aber was alles müßte ich dann erzählen und vorher selbst noch erfragen!
Vater hat für eine Garnspinnerei Steuervorteile errechnet, und zum Dank erhält er die zu Knoten geschlungenen Kettfädenreste. Ich fange an, aus diesen dünnen, kurzen Strippen ein Knäuel zu wickeln, sitze dabei auf der Fensterbank und schaue in den sogenannten Garten. Eigentlich habe ich absolut keine Zeit für eine so langwierige Fitzerei. Während meine Hände etwas tun, springen die Gedanken kreuz und quer: Was steckt dahinter, daß Tante Lotte antwortet, wenn ich Onkel Erhard schreibe? Was für ein Professor war das, dessen Lehrveranstaltungen die ordentlichen Studenten und Studentinnen in der Günzstraße vermissen? Was trage ich in den Erfassungsbogen unter der Rubrik »Zu welchem Verband der Hitlerjugend gehörig« jetzt ein? Mein Freund Volker sagt: »Laß uns verschwinden.« Solche Gedanken ähneln

dem Wetterleuchten vor einem großen Gewitter. Man weiß ja noch gar nicht, wohin das Wetter zieht. Warum verschwinden? Wohin und wie überhaupt? Wenn Volker zu uns nach Grona kommt, um mich zu besuchen, machen wir sofort »etwas Schönes«. Aus den greifbaren Lieder- und Gesangbüchern suchen wir die mehrstimmigen Sätze und üben summend jede Stimme. Das tut auch die Mutter. Manchmal dauert es bis zum Erfolg eine Stunde oder länger, Vater findet Arbeit außer Hörweite, Frieder auch — falls er nicht irgendwo zur Wehrertüchtigung zu erscheinen hat.

Nach meinen immer noch regelmäßigen Besuchen in der Akademie knüpfe ich neuerdings selbständig Beziehungen zu unserer Verwandtschaft in Dresden. Ich schlafe nicht nur bei Vaters Vater, Mutters Eltern und Mutters Schwester Elsbeth, ich entdecke auch Mutters sehr viel jüngere Ziehschwester für mich. Die wohnt in der Neustadt. Sie ist Direktrice in einem Bekleidungsgeschäft. Das ist aber nicht die Verlockung. Wir machen uns zu Hause seit langem das, was wir brauchen, aus alten Sachen. Ich suche in Wahrheit überall nach Menschen, die mir **mehr** sagen. Diese Rita nun freut sich über mein Auftauchen. Der Grund, weshalb ich über Nacht in der Stadt bleibe, gefällt ihr auch. Und sie tut ihrerseits etwas Besonderes: Sie drückt mir ein Buch in die Hand. Es ist Erich Maria Remarques »Im Westen nichts Neues«. Laut und lachend sagt sie: »Das ist verboten! Du weißt ja —« So genau weiß ich es nicht. Aber ich denke mir, daß wirklich niemand davon wissen darf, schon der Tante wegen. Vater schnappt merkwürdig geräuschvoll nach Luft, als er das Buch bei mir entdeckt. Mutter dagegen beschützt meine Lektüre. Sie hat in solchen Momenten einen strengen, fordernden Blick, der keine Diskussionen aufkommen läßt. Und ich bin erst enttäuscht über den Inhalt des Buches, ich erfahre das, was ich schon weiß:

daß der Krieg schrecklich, erbärmlich, würdelos und unmenschlich ist. Der Erste Weltkrieg ist beschrieben. Der Zweite, in dem wir stecken, muß soviel entsetzlicher sein, schon wegen des Schweigens, das ausgebrochen ist. Einzig Volker erzählt mitunter kleine, zeichenhafte Geschichten. Zum Beispiel von seinem nun schon toten Freund Klaus. Der kommt als Meldefahrer in ein ukrainisches Dorf, und gerade heben zwölf Menschen unter Bewachung Gräben aus, so lang und so breit, daß sie darin Platz haben. Volker ist aufrichtig genug, solche Geschichten nicht zu Ende zu dichten. Er war ja nicht selbst dabei. Aber er steht dafür ein, daß sein Freund ein ernster, bedachtsamer Mensch war.
Viele sperrige Gedanken habe ich »mitzuschleppen«, wenn ich so quer durchs Leben gehe, wie die Mutter behauptet.
Im Verlag rädert mich die unsinnige Arbeit. Was ich gerechnet habe, wird von jemand anderem noch einmal nachgerechnet. Wenn ich etwas eintrage, muß ich den Bleistift benutzen. Meine Lehrzeit ist bald zu Ende, aber es besteht keine Aussicht, daß ich danach in irgend welcher Weise das tue, was mich — dem Willen der Eltern entsprechend — zur Zeitung gebracht hat. »Die Jule schreibt so schön«, das ist noch immer von keinerlei Bedeutung. Für die Betriebsjugendzeitung darf ich einen kleinen Aufsatz verfassen, Herr Doktor Frank läßt mich sogar rufen und sagt, ich solle das weiter tun, aber wo denn weiter?
Ich fasse wieder einen einsamen Entschluß: Eines Tages frage ich den Grafiker Kopf, der auf seine Weise immer verläßlich redet (er spricht nur von handwerklichen, meßbaren, nachprüfbaren Dingen), ob ich im technischen Betrieb volontieren könnte. Ich möchte mein Wissen von den Schriften vertiefen. Mein Gott — er ist richtig entzückt. Er trägt meinen Wunsch sofort den Prokuristen vor, noch

ehe ich mit Vater und Mutter gesprochen habe. Mit fliegendem Kittel kommt er zurück in die Buchhaltung, in der ich zur Zeit hocke, und die beiden streng frisierten, sportlichen Buchhalterinnen sind brüskiert ob dieses spontanen Ausbruchs von Freude zwischen mir und dem Grafiker. Als er wieder zur Tür raus ist, schweige ich, aber mein Glück wird auf meinem Gesicht geschrieben stehn. Man schüttelt darüber den Kopf: »Sie wollen also den weißen Kittel mit einem blauen vertauschen?«
Vater hat eigentlich auch etwas dagegen: »Ich dachte immer, du würdest mal Fremdsprachensekretärin.« Er hat mir seine Träume aufgepackt. Selbst Volker, der gute Freund, ist ein bißchen verwundert: »Hast du denn überhaupt schon mal im Dreck gewühlt? Druckerschwärze ist auch Dreck...« Eigentlich lernen nur Männer Setzen und Drucken. Als der NS-Gauverlag die restlichen Dresdner Zeitungen schluckte, mußten auch die männlichen Lehrlinge im technischen Bereich übernommen werden. Aber im Gegensatz zum kaufmännischen Betrieb, in dem meist weibliche Lehrlinge ausgebildet werden, ist der technische Betrieb schon wieder von seinen zusätzlichen Verpflichtungen befreit. Die Jungen sind einberufen worden. Sie konnten sich auch freiwillig zum Militär melden, schon mit sechzehn Jahren. Ich darf deshalb sofort in den Handsatz umziehn. Meine kaufmännische Prüfung werde ich pünktlich ablegen, der Termin liegt schon fest. Die Betriebsleitung stellt mir eine Bestätigung über den Wechsel meiner Tätigkeit aus. Mutter geht für mich zum Gemeindeamt. Ich erhalte einen Bezugsschein für einen blauen Kittel.
Die erste neue Erfahrung heißt: Mein neuer Einfall raubt mir wieder Zeit. Ich beginne statt um acht Uhr schon um sieben. Außerdem muß ich den ganzen Tag stehn. Man braucht mich auch hier nicht unbedingt, um die Zeitung herzustellen, ich bekomme auch in der Setzerei unbedeu-

tende Arbeiten. Vor allem darf ich Ablegen. »Sie müssen ein Fingerspitzengefühl für die Spatien entwickeln.« Immerhin kommt es auf mein Gefühl an. Der Grafiker hat sich mit dem Meister im Handsatz in Verbindung gesetzt, ich darf mitunter etwas probieren. »Setzen Sie diesen Text in der Weiß-Fraktur halbfette Korpus.« Der Setzerhaken, die Pinzette. Alle Buchstaben in Spiegelschrift und grauschwarz glänzend. Ich habe trotzdem meine Freude daran, eine kleine Seite — ungefähr wie die Seite eines Buches — allein zu setzen, auf dem Schiffchen das Schriftmaterial zu sammeln, die Seite zu umschließen und einzuschwärzen, den Probeabzug zu nehmen, die Druckerfarbe wieder abzuwaschen und das Satzmaterial wieder abzulegen. Im Grunde kann ich mir selbst nur spärlich erklären, wieso ich das will. Ich erlebe meinen Grund erst, nachdem ich ihn vorgegeben habe.

Im Handsatz arbeiten die Männer vor den großen, schräggestellten Setzkästen und ab und an mit der Handpresse. Das ist ein überschaubarer Bereich. Ich sehe, wenn der Bote oder gar der Schriftleiter selbst ein oder zwei beschriebene DIN A4-Blätter zum Maschinensatz trägt. Erst macht er Halt im Handsatz und meldet die Überschrift an. Dann öffnet er die Tür zum Setzersaal. Einen Augenblick lang durchdringt das sirrende, grillenlautähnliche Geräusch der Linotypemaschinen den Handsatz. Und dann, wenn es etwas Wichtiges ist, verhält der Schriftleiter bei den Korrektoren. Die sitzen abgesondert in unserem stilleren Bereich. In einem schmalen Gang zwischen Hand- und Maschinensatz befinden sich auch die flachen Tische, auf denen die einzelnen Seiten der Zeitung wachsen. Die Metteure kommen meist, wenn ich schon Feierabend habe.

Wenn ich noch zur Akademie will, habe ich etwas Zeit zuzuschaun, denn nun geschieht das Spannungsvolle. Maschinensatz und Handsatz sind verhoben, und wie in einem Baukasten verschiebt sich etwas von links nach rechts oder von oben nach unten, auf einem besonderen Schiffchen werden die Autotypien unterlegt wie auch die Strichätzungen, und erst einmal paßt natürlich nichts. Oder alles nur ungefähr. Ein Satz weg — an einer anderen Stelle muß der ganze Artikel von Petit auf Kolonel umgesetzt werden. Da! Die Hauptschriftleiter stehn daneben. Herr Doktor Frank, Herr Doktor Feurich. Sie bewachen ihre Artikel. Doktor Frank sagt: »...das raus!« Doktor Feurich sagt: »Das bleibt drin.« Der Metteur sagt: »Es fehlt ja noch was ...« und weicht aus auf die nächste Seite. Die Schriftleiter stehn stumm, wie angewachsen. Und doch muß innerhalb der nächsten halben Stunde die erste Seite geschlossen werden. Der Metteur weiß das auch. Zwischendrin verhebt er etwas in die Seite, auf der auch das Feuilleton beginnt. Unter dem Strich befindet sich der weiche Platz, da kann immer etwas stehn oder nicht stehn. Was er verhebt, sind aber nicht die bewachten Texte. Wahrscheinlich sind sie gar nicht so platzraubend. Es geht mehr darum, daß nicht beide gemeinsam ins Auge fallen dürfen. Die beiden Schriftleiter weichen und wanken nicht. Aus dem Maschinensatz wird letztes Material gebracht, die Setzer bringen es eigenhändig, mein Handsatzmeister hält sich bereit für eventuelle typografische oder inhaltliche Änderungen der Überschriften.

Ich weiß nie, was da eigentlich geschrieben steht, denn ich kann meine Nase unmöglich dazwischenstecken. Einen Abzug kann ich aus dem Papierkorb fischen, später, wenn die Seiten endgültig geschlossen sind und die Matrizen für den Rotationsdruck geprägt werden. Aber dann ist nicht mehr erkennbar, was umkämpft war, warum und wer nachgegeben hat. Für diesmal. Ein langer, langanhaltender Streit um signifikante sprachliche Haltungen, das ist der überkommene Rest der ehemaligen

Vielfalt Dresdner Zeitungen. Und ich stehe einfach dabei, sehe zu, sehe und höre und fühle den Mut oder Mißmut der Männer. Sie bemerken mich nicht. Nicht in solchen Augenblicken.

März 1944. Ich arbeite jetzt in der Chemografie. Dahin schicken die Redakteure Fotos oder Zeichnungen, damit ein Druckstock hergestellt wird. Schon der chemische Vorgang ist verblüffend, wie zum Beispiel ein durch fotografische Belichtung erhärtetes Zinkblechteilchen der Säure trotzt, falls der Chemograf das aufgerasterte Stück nicht zu lange im Säurebad läßt. Dann nämlich werden die Sockel, auf denen das Pünktchen steht, von der Seite her angefressen und dünnfüßig, bei Druck von oben brechen sie weg — es wäre ein nicht mehr verwendbares Ergebnis. Neben dem Chemografen arbeitet auch eine junge Chemografin. Sie arbeitet viel. Deshalb stehe ich öfter neben ihr als neben ihm. Sie läßt mich auch probieren und wenn Not am Mann ist auch echt arbeiten. Wichtiger und eindrucksvoller als die echte Arbeit ist hier seltsamerweise das Betrachten. Die Schriftleiter sind angehalten, zwei oder drei verschiedene Fotos als Druckstock-Vorlage anzubieten — soweit das irgend möglich ist. Und nun halte ich selbst die Fotos in der Hand, die ein und dieselbe Sache sozusagen umkreisen. Bildunterschrift: »Endlose Gefangenenkolonnen«. Auf dem einen Foto ist es offenbar nur der Schwanz einer endlosen Kolonne. Das zweite Foto ist aus derart großer Entfernung aufgenommen, die Gefangenen laufen barhäuptig mit Händen auf dem Kopf, und die Uniformen geben nicht so klar her, welche Nationalität sie signalisieren. Eigentlich unterscheidet man Freund und Feind auf den ersten Blick nur anhand der unterschiedlich geformten Helme. Ich komme auf verrückte Gedanken: Wenn nun einer eine Gefangenen-

kolonne deutscher Soldaten aus dieser Entfernung fotografieren würde ...
Öfters gibt es Bildmaterial vom Bombenterror. Die Städte im Rheinland und die Küstenstädte wie auch Berlin sind besonders betroffen. Aber es ist stets ein Bildmodell: Eine dunkle Stadt, am Himmel Scheinwerferlichtkegel und darin aufblitzend ein Flugzeug. Damit ist der »heldenhafte Kampf der Bevölkerung« natürlich nicht bewiesen. Deshalb gibt es zweitens Nahaufnahmen: »Hamburger Hitlerjungen im selbstlosen Einsatz«. Trümmer, Trümmer überall. Der Redakteur hat einen Ausschnitt auf dem Foto vorgemerkt. Wir in der Chemografie sehn das ganze Bild — auch die Leichen von Zivilisten. Sobald ich irgendwo allein bin und nichts zu tun habe, in der Eisenbahn oder in der Straßenbahn, auch vor dem Einschlafen — die Bilder tauchen im Gedächtnis auf. Genauso verfolgt mich diese und jene Bemerkung von Volker. Zum Beispiel spricht er vom Ende des Krieges. »Wenn das Ende kommt ...« Er sagt nichts Genaues, weiß mit Gewißheit nicht, wie der Krieg ein Ende findet, — aber niemals kommt das Wort »Sieg« über seine Lippen.
Meine Prüfung als kaufmännische Gehilfin lege ich gemeinsam mit den anderen Lehrlingen in den Räumen der ehemaligen »Dresdner Neuesten Nachrichten« ab. Ein bißchen aufgeregt, ja, aber nicht viel. Gern wäre ich in dem villenähnlichen Gebäude meiner ersten Lehrherrin, der »alten Tante«, geprüft worden. Ich hätte gern den alten Chef, Herrn Doktor Schettler, von nahem gesehn. Jetzt weiß ich nicht einmal, ob er noch lebt.
Wenn ich eine Prüfungsaufgabe gelöst habe und es ist noch etwas Zeit, bevor die nächste gestellt wird, überkommt mich deutlich die Sehnsucht, das, was ich bislang in meinem Leben gemacht habe, als etwas Ganzes, Zusammenhängendes anzusehn: mein Zuhause, die

Dorfschule, die Oberschule, den alten Verlag. Unter uns Prüfungskandidaten bin ich die einzige, die schon etwas Neues angefangen hat. Zwei Jungen haben ihre Einberufung in der Tasche, — das bedeutet natürlich eine sehr viel größere Veränderung.
Während der Prüfung wächst in mir der Wunsch, die Klassenkameraden und Klassenkameradinnen wiederzusehen. Wenn ich die Aufgaben gelöst habe, kann ich sofort nach Hause. Ich entschließe mich, nach Tafelberg zu fahren, in die Kleinstadt, in der meine Oberschule war. Am besten überrasche ich Ingeborg. Ihre Mutter betreibt noch immer den Zeitschriftenhandel. Das weiß ich von Frieder. Was früher Ingeborg und ich getan haben, tun jetzt Ingeborgs und mein jüngerer Bruder. Ich habe Glück, die Schulfreundin anzutreffen, denn eigentlich war sie als Pflichtjahrmädchen im Erzgebirge. Nein, sie hat die Schule nicht viel länger besucht als ich. Mehrere Jungen sind bis zum Abitur in der Schule geblieben, das wurde freilich vorgezogen, die Prüfung war im vergangenen Herbst. Alfred Leipold, Roland Sauermann — der eine war klein und ging immer gebückt, der andere war ein großer, etwas großspuriger Kerl. Ich bin Ingeborg ins Wort gefallen, als sie mir die zwei Namen nannte. Sie ist verwirrt und fragt mich: »Weißt du nicht, daß sie gefallen sind?« »Leipold und Sauermann?« Das kann doch eigentlich nicht sein. »Ja, denke dir —«
Ich wandere über den Sommerweg nach Hause. Überall steht der Winterroggen wie ein gleichmäßig gekämmter, lichtgrüner Pelz auf der klebrigen, von Frühjahrsgerüchen überwölkten Erde. Der Wald, in dem der Sommerweg endet, steht ruhig auf dem felsigen Buckel gegenüber dem Haus, in dem meine Eltern, Frieder und ich wohnen. Alfred Leipold hat mich einmal nach dem Ernteeinsatz an einem warmen Sommerabend nach Hause begleitet. Über den Sommerweg. Etwa hier, wo ich jetzt

stehe, hat er mich gefragt, ob ich mit ihm »gehe«. Das wollte ich nicht. Zum ersten Mal habe ich Gewissensbisse um etwas, was ich doch mit gutem Gewissen entschieden habe. Zu Hause werden sie mich heute beglückwünschen, der Prüfung wegen.
»Jule, jetzt bist du groß und verdienst eine Menge Geld.«
Lieber setze ich mich noch eine Weile ans untere Tor.
Frieder, unser Kleiner, kommt auf dem Fahrrad den Serpentinenweg vom Berg heruntergefegt. Der weiche, nasse Lehm spritzt rechts und links im hohen Bogen. Frieder sieht mich sitzen. »Geh weg! Hau ab! Ich hab keine Zeit ...« Ich bin beiseite gesprungen. Frieder hat sich durch Tauschgeschäfte ein Paar alte Schaftstiefel besorgt. Die kommen nur noch nachts von seinen Beinen. »Ich darf heute reiten!« ruft er mir zu. Wenn er Zeit hat, striegelt er in der Kavalleriekaserne im übernächsten Ort die Pferde. Manchmal darf er die Tiere bewegen. Deshalb freut er sich auf seinen »Dienst«. Er fährt jetzt freihändig und streicht sein Haar glatt. Was weiß ich von ihm? Was wünscht er sich und was denkt er? Wir schlafen gemeinsam im Turmzimmer, aber wir haben unsere Heimlichkeiten vor uns selbst, geben uns meistens selbst nicht zu, daß der andere stört, und sind froh, wenn er freundlich schweigt. Unser »Kleiner« ist hübsch geworden, das sehe ich wohl. Er hat auch schon Haare unterm Arm und spricht besonders laut, seit seine Stimme in männliche Tiefen abstürzen will. Mutter sagt öfters: »Kannst du es denn nicht abwarten?« Ich beruhige sie dann und sage: »Erst holen sie mich.«
Vorläufig ist noch keine Aufforderung da. Ich gehe weiter zur Arbeit. Mutter sagt: »Du bist überanstrengt, du siehst schlecht aus.« Wenn ich irgend Zeit habe und Volker auch, dann wandern wir gemeinsam in die Umgebung. Das ist unsagbar schön. Nicht nur, weil wir ineinander verliebt sind, eher deshalb, weil diese Wanderwege durch

Wälder und Dörfer mit Fachwerkhäusern, Schindel- oder Schieferdächern und eben uns darin überhaupt existieren. Wenn ich jetzt im Verlag Luftschutzwache halte, vergrößere ich in der Chemografie Fotografien, die Volker bei unseren Wanderungen aufnimmt. Lange betrachte ich halb zerfallene Gartenzäune, Schneereste in Ackerfurchen oder auch mich selbst, wie ich vornübergebeugt im Gegenlicht mein langes Haar bürste. Jedes Mal, wenn ich die chemografische Werkstatt so genutzt habe, sortiere ich die Chemikalien sorgfältig zurück in das Schränkchen, suche jeden Papierschnipsel vom Boden auf und wickle die fertigen Bilder in schwarzes Papier. Ich habe vom Chemografen nichts zu fürchten, er gibt mir manchmal noch besondere Lösungen, wenn er weiß, daß ich Luftschutzwache halte, aber ich könnte es nicht ertragen, wenn am Morgen die Bilder aus der Schriftleitung sich mit meinen Bildern mischen.

Anfang April stiefelt der Leiter der Anzeigenabteilung, Herr Krumm, mit dem kümmerlichen, zusammengedrückten Kopf durch den ganzen Betrieb. Er spricht mit jedem Setzer und mit jedem Drucker. Der Reichsarbeitsminister, Herr Doktor Robert Ley, kommt nach Dresden. Er wird zur arbeitenden Bevölkerung sprechen. Alle im blauen Kittel werden verpflichtet, sich pünktlich in der Halle der Maschinenfabrik Seidel und Naumann einzufinden. Das ist die einzige große Fabrikationshalle innerhalb der Stadt. Früher wurden bei Seidel und Naumann Schreibmaschinen und Fahrräder hergestellt. Jetzt — selbst allerkleinste Handwerksbetriebe haben Teillieferungen für die Rüstung auszuführen.

Im NS-Gauverlag wird wie überall mit knapper Mannschaft gearbeitet. Alle Männer können daher belegen, daß sie in der Zeit der Ansprache unabkömmlich sind. Herr Krumm hält sich nun an die Hausboten und sogar an die alten Zeitungsträger. Die Betriebsjugend kann sich auch

nicht drücken. Ich gehe mit der jungen Chemografin und Manfred. Der hat förmlich Wut: »Ab morgen bleib ich zu Hause, ich habe meine Einberufung in der Tasche!«
Angeblich ist die gesamte arbeitende Bevölkerung Dresdens aufgeboten. Viele Uniformierte laufen durch die Halle. Wir sollten unsere Hitlerjugenduniformen anziehn, aber meine Bluse hängt schon eine Handbreit über dem Rockbund, ich habe sie zu Hause gelassen und statt dessen den cremefarbenen, aus Spinnereiresten gestrickten Pullover an. Der Rock reicht mir gerade noch übers Knie, die Ärmel der Jacke gehen bis zum Ellenbogen. Jetzt trage ich eine Windjacke. Viele Jugendliche hatten vermutlich das gleiche Problem, denn jetzt sind die uniformierten Ordner dabei, Karrees zu bilden aus Jugendlichen — innen die zivil gekleideten, außen jeweils solche, die noch Uniformstücke tragen. Die älteren Männer und Frauen stehen wie durch einen Graben von uns getrennt im hinteren Hallenteil. Auf dem aus Brettern gezimmerten Podium läuft allerlei höheres Braun auf und ab. Ein Mikrofon ist da. Jetzt kommt einer von der Singgruppe und bläst in die Stimmpfeife. Ich höre keinen Ton. Aber er nimmt seine beiden Hände hoch und bewegt sie im Takt:

Auf hebt unsre Fahnen in den frischen Morgenwind
laßt sie wehn und mahnen, die die müßig sind ...
Ein Chor auf dem Podium reagiert auf das Gefuchtel des Singgruppenleiters. Gleich darauf noch ein Lied:

Nur der Freiheit gehört unser Leben ...
Es sind Lieder, die ich kenne. Halb und halb singe ich mit und höre zwischendrin auch wieder auf. Es ist wie mit Kinderliedern, die in lang zurückliegender Zeit gesungen wurden und da sind, sobald einer den Ton anschlägt. Neben mir stehen Jungen, etwa so alt wie mein kleiner Bruder. Sie kaupeln um einen Fahrtendolch, der keiner

ist. Jemand hat ein Seitengewehr zurechtgeschliffen. Das Ding wird hoch eingeschätzt.
Vom Podium noch ein Lied:
> Wo wir stehen, steht die Treue,
> unser Schritt ist ihr Befehl ...

und dann der krähende Ruf eines SA-Mannes: »Volksgenossen und Volksgenossinnen, deutsche Jugend! Wir sind zusammengekommen, um in dieser Stunde zu beweisen, wie einig und stark das deutsche Volk hinter dem Führer steht. Wie unbesiegbar unser Mut ist, wie treu wir unseren tapferen Soldaten Hand und Herz reichen. Es gibt nur noch ein Ziel — den siegreichen Endkampf aller!« Der Redner macht hinter jedem Satz eine Pause, als warte er auf eine Antwort. Aber die Menschen in der Halle sind weiter eine unter sich wispernde Gruppe, die auf dem Podium reichen schwer zu uns herunter. Oben geht es weiter: »Unsere Feinde glauben, uns mit Bombenterror in die Knie zwingen zu können, aber wir rufen ihnen entgegen: Niemals! Niemals werden wir nachgeben!« Er hat sich etwas überschrien. Der Chorleiter tritt rasch vor und winkt seinem Gefolge:
> Die roten Fahnen brennen im Wind
> und mit ihnen brennt unser Herz ...

Eine ganze Weile Singen. Als ob es eine große Anstrengung sei, das dürftige »Niemals« aus dem Raum zu jagen.
Die Kaupelei um das Seitengewehr in unserem Karree ist noch nicht zu Ende. Jetzt hat einer einen Aschenbecher aus einem Granatring ins Spiel gebracht. Der unserem Karree zugeordnete SA-Mann fordert die Halbuniformierten aus der ersten Reihe auf, für Ordnung zu sorgen. Nacheinander Rufe wie: »Ausrichten!«, »Stillgestanden!«, »Aufschließen!« und »Achtung!«. Jedes Kommando aber unter der Hand, zischend, damit nicht

so deutlich wird, wie ungeordnet wir stehn. Ein Hitlerjugendführer greift nach dem ummodellierten Granatring und reißt ihn an sich. Der Besitzer boxt zurück. Er wird am Schlafittchen gepackt und aus dem Karree geführt. Laut wehrt er sich: »Das ist von einem englischen Blindgänger aus Italien, mein Bruder hat das mitgebracht ...«
Lauteres Singen auf dem Podium. Aber die Halle ist riesig. Hier und da werden andere Lieder angestimmt. Man wird auch steif vom Stehen. Wann eigentlich sollte Robert Ley erscheinen? Er müßte längst dasein. Und ich müßte zur Toilette. Wenn ich jetzt gehe, bricht wieder Unruhe aus in unserem Karree. Ich sehe mich um: Die Erwachsenen stehn in Haufen. Eine laufende Kette von SA-Männern umschlingt einen Trupp Arbeiter und eine andere Kette einen anderen Trupp. Die meisten Männer sind älter, wie bei uns in der Setzerei und der Druckerei. Bei den Erwachsenen überwiegen die Frauen. Im ganzen hinteren Hallenteil stehen die Menschen zueinandergekehrt und scheren sich nicht um das Podium. Ein Mann kommt vom Eingang her durch die mittlere Gasse, lüpft seine Jacke, zieht eine Flasche Bier heraus und hält sie winkend hoch. Aus dem Gebälk erschallt ansteigendes Gejohle. Jetzt erst sehe ich die Männer und Frauen, die sich auf den Eisenverstrebungen im Hallendach niedergelassen haben. Ein Rufen und Zeigen kommt in Gang, es handelt sich wohl um die Bierquelle.
Vom Podium her unerbittlich weiter Gesang:
Wir bauen und tragen das Reich,
nie wollen wir es verraten ...
aber da — es kommt von oben, alle recken die Köpfe hoch: Die Leute im Gebälk singen ein Soldatenlied: »Oh, du schöner Westerwald, über deinen Höhen pfeift der Wind so kalt ...«, und mit einem Mal singen alle Menschen mit. Der Singgruppenleiter wirkt wie ein Geisterbeschwörer, er dirigiert und winkt dann ärgerlich ab. Laut dröhnt es: »... dringt tief ins Herz hinein!«

Die hintere Halle hat die Führung übernommen. Jetzt kommt: »Auf der Heide blüht ein kleines Blümelein, und das heißt — Eeerikaaa!« Die Uniformierten schreiten stumm im Mittelgang auf und ab. Wieder ist ein höheres Braun aufs Podium gestiegen und angelt nach dem Mikro: »Volksgenossen und Volksgenossinnen —« Wieder irgend etwas von Fleiß, Treue und Ehre. Ich verstehe nichts mehr.
Es hat sich — nach »auf der Heide blüht ein kleines Blümelein« — ein anhaltender Summton eingeschlichen. Der Singgruppenleiter hätte sich das so gewünscht, als er zu Anfang die Stimmgabel schlug. Nein, die vielen, vielen Menschen in der Fabrikationshalle beginnen aus eigenem Antrieb und in rätselhafter Übereinkunft ihre Melodie. Im wiegenden, fast melancholischen Rhythmus entsteht dieses Soldatenlied, das jeder kennt, das jedes Herz bewegt: »... drauss vor der Kaserne, vor dem großen Tor, stand eine Laterne und steht sie noch davor ...« Alle singen mit. Aber nicht laut. Mehr jeder für sich selbst. Trotzdem ist plötzlich etwas Gemeinsames da. Jetzt erst wird deutlich, daß wir mehr als zweitausend Menschen sind. Der Singgruppenleiter dreht sich der Halle zu und beginnt, hilflos mit den Armen rudernd, diesen riesigen, ungefügen, ungeübten Chor, der gar keiner ist, zu dirigieren. Die eigentliche Führung liegt in den Händen oder Füßen derjenigen, die im Gebälk sitzen. Im Takt baumeln ihre Beine: »... deine Schritte kennt sie, deinen leisen Gang. Jeden Abend brennt sie, doch mich vergaß sie lang ...« Niemand stört. Mir ist irgendwie feierlich. Die Traurigkeit, die in der Melodie und im Takt steckt, ist übermächtig. Als das letzte »wie einst, Lilli-Marlen« verhallt ist, können die Menschen nicht mehr an sich halten. Ein jammerndes Gejohle beginnt, wird zu einer Art Geschrei und manche klatschen in die Hände. Vom Gebälk her wird der Versuch unternommen, das Lied

noch einmal zu singen. Heftiges Summen wieder. Und wirklich beginnt noch einmal dieses »Drauss vor der Kaserne ...«
Meine Müdigkeit und mein Unmut sind verflogen. Ich muß auch nicht mehr zur Toilette. Die Jungen in unserem Karree haben sich gegenseitig untergehakt. Wir sind mitten in der dritten Wiederholung. Da kommt über den Lautsprecher die »Einzugsmusik«: Tataa-tataa-tataaa, tataa, tataaa, tataaaa — ein großer Trupp SA schreitet voraus, mit Standarten. Dann, flankiert von zwei schwarz Uniformierten, der Reichsarbeitsminister. Er muß es wohl sein: klein, rundlich. Nein: fett. Und wie er die Hand am Koppel hält. Er nickt immerfort. Vom Podium her wird eine Heil-Heil-Rufkampagne organisiert, aber es gelingt nur ein zager Empfang. Die begleitenden SA-Männer schreien am lautesten. Als der kleine Dicke an unserem Karree vorbeigeht, sehe ich sein verquollenes, aschgraues Gesicht. Vorn angelangt, hat er Schwierigkeiten, aufs Podium zu steigen. Man führt ihn regelrecht. Fanfarenstöße. Die flankierenden Männer stehen ganz dicht neben Herrn Doktor Robert Ley. Damit er nicht umfällt. Er wankt. Und nun werden wir zum dritten Mal angeredet: »Volksgenossen, Volksgenossinnen, deutsche Jugend!« Pause. »Ich komme — heute — — an diesem Tag — —« Er ist betrunken. Noch richtig besoffen. Und fängt noch einmal an: »Volksgenossen, liebe Volksgenossen —« Der Nebenmann springt ein. Wir hören wieder dieselbe Rede von Fleiß, Treue und Ehre. Und sind tatsächlich still. Richtig stumm. Kein Echo auch. Der Dicke hat u n s e r e Feier unterbrochen, es wäre aber geplant gewesen, daß wir seine Gegenwart feiern. Eisiges Schweigen in der gesamten Halle. Es ist, als hätten wir uns mit »Lilli-Marlen« stillschweigend geeinigt, den Vormitttag ohne Panne zu überstehn.
Die Rede des Ersatzmannes hält an. Jeweils die uniformierten Flügelmänner der verschiedenen Karrees leisten

Vorschub für einen Zuruf wie »Niemals« oder »Heil, Heil«. Die Menschen, die auf dem Podium stehn, auch der Chor, klatschen nach der Rede in die Hände.
Der Reichsarbeitsminister wird vom Podium geführt. Man leitet ihn durch den Mittelgang zum Ausgang. Ihm tönt vom Podium ein Lied nach:

Deutschland, heiliges Wort,
du voll Unendlichkeit ...

Scheppernd schließt sich das Hallentor hinter den Standarten.
Jetzt meutern die, die dem Tor am nächsten stehn. Unruhe überall. Ich werde plötzlich gedrückt und geschoben — wohin?
Ein scharfer Pfiff aus dem Gebälk. Laute Schreie: »Tor drei und vier!« Irgendwohin entsteht ein neuer Sog. Gleichzeitig öffnet sich wieder das vordere Hallentor. Ehe ich auf der Straße stehe, sind die schwarzen Limousinen verschwunden. Auf dem Rückweg zum Verlag entdecke ich dieses und jenes mir bekannte Gesicht aus der Druckerei oder der Setzerei. Es sind Männer, die vorher laut verkündet haben, sie wären unabkömmlich. In der Schäferstraße verschwinden sie in Kneipen. Manfred kommt aus der entgegengesetzten Richtung, vom Postplatz, winkend auf mich zu: »Guck, ich hab Glück gehabt ...!« Er wickelt ein Paar alte Lackschuhe aus Zeitungspapier. Er hat sich also doch geschickt verdrückt. Ich muß richtig lachen: »Was willst du denn mit den Dingern? Meinst du, die passen zur Uniform?« Er dreht sich einmal im Kreis und macht dann lange Tangoschritte: »Darf ich bitten, mein Fräulein, darf ich bitten —«, und dabei hat er in jeder Hand einen Lackschuh und agiert damit, als sei es eine Blume. Am Haupteingang zum »Freiheitskampf« steht Herr Krumm. Heute in voller Uniform. Er hat uns gesehn und droht Manfred: »Paß auf, dir werden sie die Hammelbeine lang ziehn!«

Tag- und Nachtgedanken

Seit ich mit Volker befreundet bin, finde ich zu Hause keine Ruhe mehr. Es kommt mir so vor, als verstünden die Eltern etwas nicht oder falsch. Wenn zum Beispiel zur Sprache kommt, daß die Russen in Rumänien stehn, sagt die Mutter »Ja« und nickt obendrein mit dem Kopf. Der Vater sagt nichts und beginnt hastig eine Arbeit, kippt seine Bienenhaus-Gerätekiste um und sucht und sortiert darin, findet nicht, was er sucht, geht raus und rein, packt den verstreuten Inhalt der Kiste wieder zusammen — ich weiß genau, wie ihm dabei zumute ist, denn ich mache es auch so, sobald ich unglücklich bin.
Pausenlose Bombenangriffe auf Berlin. Leipzig ist bombardiert worden. Braunschweig. Halle. Nürnberg. Hamburg — zum wievielten Male? Dresden nicht. Es ist ein stiller Glaube, daß Dresden verschont bleibt. Deshalb höre ich weg, wenn Volker mir rät: »Geh fort!« Er selbst ist ja hier. Freilich abkommandiert. Es droht ihm eine Rückbeorderung nach Berlin. Die furchterregenden, unerklärlichen oder doch unklaren Sachen — wieso verschont der Feind Dresden, wozu wird Volker beordert, wenn er zurückbeordert wird — beschäftigen mich. Als wäre die mir angetragene Angst ein Vergrößerungsglas, fällt mir manches ins Auge: Ist das junge Mädchen, das im »Freiheitskampf« als eine Art Volontärin untergebracht ist, verrückt? Sie verhält sich wie ein zwölfjähriges Kind, kichert, spricht mit gestelzter Stimme, trägt kleine Haar-

schleifchen und ist doch so alt wie ich. Die Geschäftsleitung hat mir diese Eva ans Herz gelegt. Sie soll sich an mich halten. Ihre Mutter ist noch in Prag oder war in Prag oder möchte nach Prag. Jedenfalls ist Eva allein. Jetzt möchte sie Schauspielerin werden. Warum arbeitet sie dann in unserer Zeitung? Eva ist blond und bewegt sich, wie ein Engel fliegt. Immer huschen ihre Hände über irgend etwas hin.

Von meiner Arbeit und dem Hin und Her zwischen meinem Zuhause und den verschiedenen Dresdner Schlafstellen bin ich sehr müde. Ich könnte tagelang nur schlafen. Andererseits kann ich abends kein Ende finden. Mir passieren alberne Irrtümer. Ich habe den Schlüssel von der Wohnung der Großeltern in Cotta. Die sind jetzt oft in Overdingen. Tante Meta und Onkel Herbert haben zwei kleine Jungen bekommen. Die Großeltern spielen Kindermädchen. Einmal fahre ich nach dem Akademieunterricht mit der Straßenbahn raus auf die Hamburger Straße. Ich gelange noch ohne Schlüssel zur Haustür rein, freue mich auf die Äpfel, die immer in einer Blechschüssel auf Großmutters Küchentisch warten, und nehme mir vor, sofort ins Bett zu gehn — aber der Schlüssel, den Großvater mir gegeben hat, paßt nicht ins Schloß der Wohnungstür. Der Mond scheint durchs Fenster ins Treppenhaus, alle schlafen schon — ich heule. Das hilft nicht. Probieren. Probieren. Nein. Im Sturmschritt wieder zur Straßenbahnhaltestelle. Mit der letzten Bahn zurück in die Stadt. Die junge Schriftleiterin schläft jetzt oft bei ihren Eltern, weil ihr erstes Kindchen bald zur Welt kommt. Auch sie hat mir einen Schlüssel zu ihrer Wohnung gegeben. Ich muß noch ein gutes Stück von der Straßenbahnhaltestelle bis zur Marschallallee laufen. Die Straßenbeleuchtung ist so schwach, daß der Mond sie außer Kraft setzt. Alle Fenster in allen Häusern — wenn da noch einer wach sein sollte — sind nahtlos verdunkelt.

Ich höre meine Schritte. Auf der dem Mondlicht abgewandten Seite liegt tiefer Schatten. Ein vielfaches Klopfen plötzlich. Wie viele, emsige Hämmer. Es kommt näher. Menschen kommen anmarschiert. Sie tragen Holzschuhe. Neben der Kolonne läuft die Bewachung mit aufgepflanztem Seitengewehr. Ich stehe im Schatten. Sie ziehn gleichmäßig klappernd-klopfend an mir vorbei, bemerken mich nicht, sehn vor sich hin. Frauen und Männer. Fremdarbeiter. Sie werden also nachts zur Arbeit oder von der Arbeit zurück ins Lager geführt? Die Wachmannschaft trägt lange Mäntel, die Fremdarbeiter müssen sich mit Drillichjacken bescheiden. Eben habe ich mir noch gewünscht, es möge wenigstens wer auf der Straße sein, aber es liegt kein Trost in diesen vielen marschierenden Menschen. Der Großvater hat mir den falschen Schlüssel gegeben — oder habe ich vor der Wohnungstür in Cotta die Schlüssel von der Marschallallee benutzt? Noch viel verrückter ist, daß mich das Gefühl übermannt, ich hätte die Schlüssel vertauscht, um nachts auf der Straße einmal zuzusehn, mit eigenen Augen. Wieder kehrt. Ich will es jetzt wissen. Keine Straßenbahn mehr. Ich bin länger als eine Stunde unterwegs. Nicht allein: Frauenkolonnen, Männerkolonnen, gemischte Kolonnen, immer in Holzschuhen, aber niemals im Gleichschritt. Ich stehe nicht immer im Schatten, wenn ein Trupp anrückt. Sie biegen wie eine graue, fließende Masse aus den Nebenstraßen und verschwinden ebenso unvermittelt und stumm. Selbst die Wachsoldaten bedienen sich einer Trillerpfeife, wenn ein Kommando vermittelt werden muß. Die Hamburger Straße begrenzt die Friedrichstadt. Dort liegt der Hafen, die große Mühle und wer weiß noch was — ein menschenschluckendes Gebiet.

Großmutters Äpfel sind mein Frühstück. Ich überlege, ob ich in Zukunft die Akademiestunden aufgebe und nach

der Arbeit — so schnell als möglich — die Stadt verlasse.
Ein Brief an mich vom Arbeitsamt: Ich habe mich zum Pflichtjahr zu melden. Andernfalls Einsatz als Blitzmädel. Dann gehöre ich als Nachrichtenhelferin zum Heer. Genauso wie ich gern in der Schule geblieben wäre, statt die Verlagslehre zu beginnen, bliebe ich jetzt gern im Verlag anstelle von irgendwelchem Dienst. Meine Schwester war im Arbeitsdienst. Meine Schulkameraden sind oder waren beim Militär, sicher auch die, mit denen ich auf der Dorfschule war. Es ist klar, ich kann mich nicht drücken.
Während ich mich noch an den Gedanken gewöhne, wird mein Freund Volker aktiv: »Du hast das Recht, im gesamten Deutschen Reich eine Pflichtjahrstelle anzunehmen. Ich habe eine Freundin in Salzburg, hier ist die Fahrkarte. Laß dich drei oder vier Tage beurlauben, geh in Salzburg zum Arbeitsamt, laß dir Stellen nennen, suche dir eine aus!« Ich mache das tatsächlich. Ich bin uneins mit mir selbst, in letzter Zeit. Meine Eltern sind bedrückte Menschen, die zu vielem sagen: »Na, es wird schon gehn. Es muß eben!« In mir steckt noch ein Zipfel der alten Abenteuerlust.
Die Reise nimmt kein Ende: Angriff auf Hof, auf Nürnberg, auf Regensburg, auf Rosenheim. Der Zug wartet auf offener Strecke, wenn möglich im Wald. In den Abteilen Soldaten, die Fronturlaub haben oder hatten, aus Lazaretten entlassen sind, Frauen mit Kindern, die evakuiert waren oder werden, die einen Mann oder Vater im Lazarett besuchen oder besucht haben, die sich zu Großeltern flüchten oder Großeltern, die sich zu Kindern und Enkeln flüchten. Dazwischen merkwürdig selbstsichere Leute — ausgestattet mit vielen Papieren. Die kann man bewundern, wenn die »Kettenhunde« — meist Militärstreifen älteren Semesters — die Reisenden kon-

trollieren. Wenn die Leute erst spitzhaben, daß eine solche ausweisreiche Natur im Abteil sitzt, ersticken alle Gespräche. Jeder versucht, in ein anderes Abteil zu tauschen und weiß doch nicht, wer nun da sich niedergelassen hat. Wenn der Zug auf der Strecke stehn bleibt, sind automatisch alle still. Als lockte jede Bewegung, jeder Laut die hoch am Himmel dröhnenden Feinde an.
Volkers Freundin in Salzburg läßt mich erst ausschlafen. Auf dem Arbeitsamt notiere ich mir mehrere Anschriften. Die erste Stelle in der Stadt Salzburg nehme ich nicht, weil die Frau als Vorteil anpreist, daß der Eingang zum Bunker direkt neben ihrer Haustür liegt. Mit der Kleinbahn ins Salzkammergut. Ich scheue mich, einer alten Frau zu helfen, die mit ihren Enkeltöchtern, zwei winzigen Mädchen, allein geblieben ist. Die Mutter starb an einer Lungenentzündung, weil man sie direkt nach der Geburt der Zwillinge in Linz bei Fliegeralarm in den Keller geschleppt hat. Der Vater fiel »auf dem Felde der Ehre«. Wie mich die kleinen Mädchen anschaun!
Ich nehme eine Stelle, die eigentlich nichts verspricht. In einem Hotel. Ich soll ein vierjähriges Kind betreuen und die zwei zu erwartenden Babys. Hausherrin und Schwägerin laufen mit dicken Bäuchen. An diesem Platz erwartet mich immerhin ein eigenes Zimmer! Unterm Dach, neben dem Schornstein, ungefähr so groß wie eine Räucherkammer.
Ich reise zurück über Budweis und Prag. Das geht rasch. Alle sind gespannt, wohin ich nun gehe. Ich sage nur die Adresse. Nichts von den anderen Möglichkeiten. Auch Volker erzähle ich nichts. Es ist spät im Mai. Ich wandere noch einmal mit meinem Freund ins Polenztal. Wir liegen im Gras, die Insekten summen, schwirren und segeln, ein Fink setzt sich ins Gebüsch über unser Versteck und schmettert seine Strophen. Der süße, samtweiche Geruch von Honigklee und Ginster setzt sich in unsere Nasen.

Heute ist es irrsinnig schön. Heute — weiter läßt sich nicht denken.

Die Mutter ist selbst bestürzt, wie klein mein Reisegepäck ausfällt: ein Köfferchen, ein Rucksack. »... ich weiß nicht, woher ich noch was nehmen soll ...« Ich spüre ihre Unruhe, weil nun auch ich das Elternhaus verlasse. Hanna ist gegangen, schon vor sechs Jahren, aber das war irgendwie noch in Ordnung, mit Bewerbung und als Folge ihrer Ausbildung. Ich möchte meine kleine, rundliche Mutter dauernd berühren, damit sie mir nicht böse ist. Der Vater ist gefaßter. Er versucht im nachhinein der Sache sein Konzept zu geben: »Wir kommen dich besuchen, dann können wir mal die Berge sehn.«
Mutter, Frieder und Volker bringen mich zum Bahnhof nach Dresden-Neustadt. Der kleine Bruder springt wie ein Fohlen neben dem anfahrenden Zug im Galopp, schüttelt dabei seinen Kopf, bleibt zuletzt stehn und winkt mit beiden Armen. Das Abreisen ist leicht mit der übermütigen Abschiedsvorstellung des lieben, auch geliebten Bruders.

In Sankt Gilgen gehöre ich zu den »Madeln«. Madel sind Gesinde. Im Hotel zum Löwen gibt es eine Bedienerin, eine Servererin, ein Gemüsemädchen, zwei Ostarbeiterinnen für den Stall, die Wäsche und den groben Dreck — und das Pflichtjahrmädchen. Zum ersten Mal in meinem Leben esse ich nicht am Tisch. Madel hocken sich mit ihrem Teller an die Mehlspeisplatte oder die Salzlade oder neben die langen Bretter, auf denen das Gemüse geputzt wird. Wenn ich Walli, das vierjährige Mädchen, zu Bett gebracht habe, räume ich ihre Sachen auf, wasche ihre Strümpfchen, bügele Kindersachen, säume Windeln für die zukünftigen Babys oder stopfe. Und dann darf ich in mein Zimmer. Ein herrliches Gefühl: Mit nieman-

dem das Zimmer teilen. Das Dachzimmerfensterchen ist winzig, aber ich kann mir den Wecker frühzeitig stellen, aus dem Bett steigen, mich an die Fensteröffnung hocken und am rosigen Widerschein auf dem Waldgürtel des Zwölferhorns ablesen, wie hoch die Sonne steht. Ich kann so viele Luftsprünge und Verbeugungen machen, wie es mir gefällt.
Am 6. Juni 1944 habe ich zum ersten Mal meinen freien Tag. Schon allein der Wolfgangsee lockt, daß ich die Uferwege entlanggehe. Aber meine Nabelschnur läuft über Salzburg. Ich muß Volkers Freundin besuchen, damit ich auch gewiß bin, daß jemand da ist, der mich nicht für ein Madel hält. Leider ist das eine herbe, mir sehr fremde Frau. Spät komme ich zurück ins Hotel zum Löwen. Die drei Frauen, bei denen ich diene — Hausfrau, Schwägerin, Großmutter — sitzen noch am Küchentisch. Ich spüre, daß sie bedrückt sind. Ich will nur mein Abendessen holen. Die Großmutter mißachtet plötzlich die Schranke zwischen ihr und mir und ruft mir zu: »Die Amerikaner sind gelandet!« Die Invasion. Ich erschrecke. Vor allem darüber, daß ich in Salzburg nichts davon gehört habe. Die zwei Frauen mit den dicken Bäuchen und die Oma mit den Tränensäcken unter den Augen gehören also doch zu mir — oder ich zu ihnen.

Im Hotel wohnen Leute, die ihre Wohnung irgendwo im Reich verloren haben. Eine Frau mit Kind aus Bielefeld. Eine andere mit zwei Kindern aus Dortmund. Die Oma seufzt: »Richtige Gäst' wären mir lieber.« Richtige Gäste sind dankbar für die schöne Zeit in der schönen Landschaft. Die evakuierten Frauen sind traurig, weil sie wie Gäste leben müssen.
Manchmal kommen »alte Gäste«. Sie werden von der Hausfrau persönlich empfangen. Immer heißt es: »So kurz nur? Wie schade!« Es sind Eltern mit einem

beurlaubten Sohn oder es ist ein Pärchen, das die kostbare Zeit des Beisammenseins ganz auskosten will. Beurlaubt dürfen die Soldaten zivile Kleidung tragen. An der Art, wie sie an ihren Sachen zupfen und ziehn, erkenne ich ihr Soldatsein.
Auch Feste werden im »Löwen« gefeiert. Ich werde losgeschickt, Blumen zu suchen, damit eine Hochzeitstafel geschmückt werden kann. Wie dicht und dunkelfarbig bilden sich hier die Blüten! Der blonde Geruch des Jelängerjelieber und der braune der Wiesenbrunelle. Es ist eine blütenschwere Tafel. Wallis Mutter lobt mich. Ich sehe für einen Augenblick auch das Brautpaar: Er ein Marineunteroffizier, sie eine junge Frau aus Bremen, die gewöhnlich im Dorf gleich neben dem Bäcker wohnt. Wahrscheinlich kann sie dort nicht kochen, denn sie kommt mit ihrer alten Mutter regelmäßig in den »Löwen« zum Mittagessen. Oma sagt, als sie das Brautpaar sieht: »A schöns Fest — aber wenn man nit weiß, wo man z'haus ist?«

Immer am »Sperrtag«, wenn das Hotel geschlossen ist, habe ich frei. Einen halben Tag. Ich spare mir die halben Tage zu einem ganzen zusammen und laufe dann im ersten Morgenlicht los. Mein Löwen-Kummer vergeht. Ich bin bereits in der Klamm, als die Sonne ihre ersten Strahlen über das reine, wilde Wasser schickt. Ein vermooster Weg bergan durch alte Haselbüsche. Auf halber Höhe inmitten einer Lichtung ein Holzhaus. Brennesseln vor der Tür, ein Holunderstrauch wächst durch die Treppe. Das Menschliche und das Wilde haben sich miteinander verhäkelt. Eine Rast lang bewohne ich den morschen Balkon, esse eine Scheibe von meinem Brot-Striezel und ein paar Walderdbeeren. Der Tannenhäher meldet meine Ankunft schon weiter bergauf. An den steilen Hängen Gießbäche von rotem Fingerhut. Am Ende eines großen

Holzschlages eine Holzhackerhütte, davor ein fort und fort rinnender Brunnen. Himbeeren, Himbeeren! Ich halte nur meine Hände unter die Zweige — ein leichtes Rütteln — schon fällt das süße, saftige Fruchtfleisch. Ich trinke förmlich aus beiden Händen Beeren. Mittagshitze und die Wiedergeburt eines Kindheitsgefühls: unbedacht in der berauschenden Welt schwimmen. Es ist nichts als schön. Ich bin allein. Eins mit allem. Auch wenn die Mücken stechen und hier und da eine Sandviper beiseite schlängelt. Nur für mich flechte ich einen Kranz aus Blüten, drücke ihn behutsam ins Haar.
Urplötzlich steht zwischen den lichter gewordenen Bäumen ein Soldat. Er trägt Lazarettkleidung. Wir bleiben beide stumm und still. Fernes Rufen von der baumlosen Bergkuppe. Ich stehe noch immer wie angenagelt. Der Soldat wendet sich um und geht bergan den Rufen nach. Er trägt eine Ledermanschette um seinen Hals. Sobald er verschwunden ist, laufe ich weiter. Auch mein Weg führt ins Freie. Ich sehe von weitem einige größere Hütten, einen Kübelwagen, mehrere Soldaten in Lazarettkleidung, eine Krankenschwester. Jetzt nehme ich den Blumenkranz vom Kopf und besehe suchend den Waldrand. Der Weg abwärts ist wie ein Einschlupfloch gut zu sehn. Die Soldaten winken von oben mit Händen, Jacken und Decken. Ein Trupp löst sich von der Hütte und kommt rasch auf mich zu. Ein Soldat schwingt sich auf Krücken vornweg, einer hält seinen Arm abgespreizt, wie einen Flügel. Mir ist noch immer warm und wohl von der Sonne, der Luft und den Himbeeren. Es schmeichelt mich, daß die Soldaten winken. Gleich wird es ein Geschwätz und Gekalber geben, mein Herz pocht deutlich. Ich werde einen finden, der mir besonders gefällt, und eine Weile wird mir sein Gesicht im Kopf bleiben. Aber das Gefühl vorher, als ich allein war, wie finde ich das wieder? Ich hatte den Krieg ganz vergessen.

August 1944. Das erste, neue Löwen-Dirndel ist geboren.
Die Schwägerin hat ihr Kind. Eine frisch gebackene
Großmutter aus Wien mit stechenden grünen Augen reist
an. Ich spüre, daß der Krieg auch Probleme verdeckt:
Wenn die Männer erst wieder zurück sind aus dem Feld
— wem eigentlich steht die Führung des Hotels zu?
Meine große Schwester kommt mit einer Freundin auf
Urlaub nach Sankt Gilgen. Ich habe die Hausfrau
rechtzeitig gebettelt, sie können sich ein Zimmerchen im
Löwen mieten. Sind bezaubert von der Landschaft — und
von den vielen, in die Berge verstreuten Reserve-Lazaretten
mit halbgenesenen Soldaten. Ich sehe die beiden ab
und an des Morgens. Hanna erzählt mir, daß mein Freund
Volker sich in eine Ostarbeiterin verliebt hat. Manchmal
wundert es mich, daß Hanna mich so gern verletzt.
Natürlich weiß ich, ihr Verlobter ist seit mehr als zwei
Jahren in amerikanischer Gefangenschaft, und ich, vielleicht
für sie immer noch die »grüne Gurke«, hatte dieses
wunderschöne, gemeinsame Jahr mit meinem Freund. Er
wird mich auch hier besuchen, sofern er nicht abkommandiert
wird wieder irgendwohin. Bislang sind seine Briefe
vier, fünf Tage unterwegs, sie riechen, wenn sie ankommen,
noch ein bißchen nach Maschinenöl wie der Volker
selbst.

September 1944. Wieder ein »Sperrtag«. Ich wandere auf
den Schafberg. Am Ende des Dorfes sitzt ein Fink im
Gebüsch und schlägt herzzerreißend. Auf der anderen
Seeseite eine Wiese voller Türkenbundlilien. Weiter oben
eine Trollblumenwiese. Dann im Schutz der Fichten und
Tannen bergan. Sparsame Pflanzen, die mit dem Licht
haushalten: der Sauerklee mit seinen gläsern dünnen
Blütenblättern und den fädigen, roten Stengeln. Die
menschenhautfarbene Schuppenwurz. Engelsüß — ein
kleiner, harter Farn. Der Wald hält auch mich fest umfangen,

schluckt jeden Schritt und Tritt. Das Licht des Tages fließt vom Himmel zuerst auf die Bergspitzen, dann rinnt es bis zur Waldgrenze und sickert zwischen die Bäume. Ich freue mich so sehr über den steinigen, blanken, leuchtenden Weg, der mich ins Helle führt. Immer noch derselbe Weg, aber plötzlich frei und nackt, wie eine gehäutete Schlange. Jetzt halten sich die Blumen mit kurzen Stengeln an der Erde fest. Rote, weiße, violette Kissen. Wenn ich auf einen Berg steige, leiht mir die Schwägerin ihre Goisserer. Das sind schwere, benagelte Schuhe, die mich festhalten. Denn wie weit kann ich sehn! Wie leichtsinnig hüpfe ich mit den Augen über die Gebirgsketten und die dazugehörigen Täler. Rasch hat sich wer neben mich gestellt und beginnt, die Berge beim Namen zu nennen: Dachsteinmassiv, Hochkönig, Watzmann ... Und plötzlich Flakschüsse! Der Untersberg wird eingenebelt. Salzburg. Flugzeuge. Mehrere einander folgende Formationen. Wir sehn, wie sie tiefer stürzen, die Bombenlast ausklinken und wieder ansteigen. Wir — es ist ein junger, sehr schöner Mensch neben mir. Rasch abwärts. Wir bleiben ab und zu stehn und bringen im Hin und Her einen Gedanken zu Ende: Woher wir kommen, was wir hier tun. Der Soldat hat keine Eltern mehr, sie sind beim Bombenangriff auf Mannheim ums Leben gekommen. Er ist nach einem Lazarettaufenthalt in Bad Ischl für eine Woche noch beurlaubt. Wir stehn auf dem hölzernen Steg überm Wildbach. Mein Zufalls-Wanderkamerad entschuldigt sich: »Ich bin so roh —« Was meint er? »Ich bin seit fünf Jahren Soldat.« Eigentlich bin ich ungefüge und grob, weil ich auf dem Weg stehenbleibe und ins Wasser starre. Rauschen und Schäumen. Er läuft den Steilhang runter ins felsige Bachbett, schöpft Wasser in einen flachen Becher und trinkt. An einem ähnlich schönen Tag hat die Liebe zwischen mir und meinem Freund Volker begonnen. Jetzt schöpft der junge Mann noch einmal Wasser, steigt vorsichtig den Steilhang wieder hoch, balanciert, damit er nichts verschüttet — es ist für mich. Es schmeckt süß.

Ich weiß nicht mehr als seinen Vornamen. Karl heißt er. Wir setzen uns in Sankt Wolfgang nebeneinander in die Kirchenbank und bestaunen den Pacher-Altar. Ich habe noch nie ein so wunderbares Schnitzwerk gesehn. Vieles möchte ich erfragen: Ob es da, wo Karl zu Hause ist, Schnitzaltäre gibt, was die Familie Pacher für eine Familie war und was wohl das Wunder ausmacht — die Haltung der Figuren insgesamt oder die ihrer Hände oder die Kopfneigung oder sind es die Gesichtszüge ... Alles, alles müßte in die Seele sickern dürfen und sich dort vermischen mit dem Eindruck der Gipfel-Welt wie auch der schattigen Wege abwärts und einzelnen Vogelrufe. Karl sieht mich an, nicht den Altar. Gemeinsam noch über den See, zwei Bahnstationen weit gemeinsam in der Kleinbahn, inmitten von lachenden Leuten. Immer wieder eine Minute weg, nur gelächelt. Wäre heute wenigstens der Beginn seiner Erholungs-Urlaubswoche! So schön ist es hier! Karl hat einen schriftlichen Befehl erhalten: Dienstag, Kreiswehrersatzamt, 6.30 Uhr abmarschbereit.

Sankt Gilgen. Ich tue so, als müßte ich gar nicht aussteigen. Das geht nur ein paar Sekunden lang. Mit beiden Händen schüttelt und drückt Karl meine. Ich springe vom Trittbrett, löse mit einer Hand den Knoten der Bänder meiner blauweiß karierten Dirndlschürze, wickle sie rasch um meinen Wanderstock und schwenke diese kleine, kindische Fahne. Nicht einmal eine Adresse, ich nicht seine, er nicht meine.

Die junge Hausfrau des »Löwen«, meine eigentliche Herrin, mag nicht mehr nach Salzburg fahren. Ihr Bauch ist nun schon sehr dick. Allwöchentlich müssen die von den Gästen eingenommenen Lebensmittelmarken auf

Packpapierbögen geklebt, berechnet und in Salzburg auf dem Amt in Lebensmittelgutscheine umgetauscht werden. Man braucht allein für die kleine Reise einen ganzen Tag, will man die Gutscheine auch noch zu den verschiedenen Lieferanten tragen. Einmal gehe ich mit Frau J. gemeinsam, das nächste Mal vertraut sie mir die Unterlagen an.

Von der Lebensmittelabrechnungsstelle auf dem Ernährungsamt gehe ich meist sofort in den Dom. Es gibt mir Ruhe und Mut, wenn ich mich der vielfarbigen Helle und Größe dieses doch auch von Menschen gemachten Bauwerks vergewissere. Wie lange ich bleibe — manchmal, bis die Sirenen losheulen! Dann renne ich in den nächsten Stollen, ströme mit Hunderten von Menschen in den Berg hinein. Feuchtigkeit, Dunkelheit, schwer hängende Decken, die Wände grob gesplittertes Gestein. Weiter, tiefer hinein. Eine träger werdende Strömung. Ich wundere mich über die Stille so vieler, lebender Wesen. Und bin selbst angespannt still: Was geschieht draußen? Manchmal geht das ohnehin zage elektrische Licht im Stollen aus. Ehe das Notaggregat arbeitet, in der vollkommenen Dunkelheit, verdickt auch — meinem Empfinden nach — die dumpfe Luft. Taschenlampen hier und da, manche Leute strecken ihre Arme aus und Beine vor, tasten mit Fingern und Füßen. Kleine Bewegungen nur. Und ganz langsam beginnt ein Zurückdrängen zum Ausgang.

Der Stollenwart beschreibt mit seiner Taschenlampe einen Bogen, sobald Entwarnung gilt. Dann stülpen sich einige halbuniformierte Männer Gasmasken über und öffnen die Tür. Schlägt Rauch direkt in den Stollen, wird die große Tür noch einmal geschlossen. Und wieder sitzen die Menschen geduldig. Einige wenige, die türnah gestanden haben, verraten, was sie gehört haben, was gesagt worden ist, wohin die Bomben trafen. Schreie nun

auch, Jammern. Wenn endlich die Tür weit geöffnet wird, beginnt die umgekehrte Panik, als sei nun drinnen die Gefahr und die Rettung draußen.
Den Weg zum Kleinbahnhof fände ich mit geschlossenen Augen. Ich rede mir ein, daß der Rauch noch Nebel sei, von der versuchten Tarnung. Trümmer kann ich immer auch für alte Trümmer halten, wenn sie nicht gerade vor meinen Augen zusammensacken. Einmal ist der Weg zu unseren Hauptlieferanten verschüttet. Ich kann die Berechtigungsscheine für Zucker und Teigwaren nicht abgeben. Seltsamerweise macht mich die Entscheidung, nur halbverrichteterdinge heimzufahren, stolz. Ich habe niemanden gefragt, was ich tun soll — es war auch niemand da.
In den Waggons der Kleinbahn sammeln sich die Dörfler, die Glücklichen. Irgendwann fährt der Zug ab. Nach Thalgau spricht einer wieder mit dem anderen. »Das Hauptpostamt ist zerstört.« »... die Post?« »Ja, die Hauptpost!« »Und die Briefe?« »... es wird halt länger dauern, daß Post kommt ...« Wenn auch nur ein Brief verlorengegangen ist, einer von der Mutter, einer von Volker, einer vom kleinen Bruder ... Ich stelle mir genau vor, welchen langen Weg die Briefe für mich im Postsack reisen, so und so — ich bete richtig darum, daß die Züge bei Alarm immer rechtzeitig vor den Städten gehalten haben. Lieber Gott, ohne Briefe von zu Hause, das geht nicht. Als der Zug in den langen Tunnel einfährt, hinter Mondsee, vergrabe ich mein Gesicht in den Händen. Scham ist auch dabei: Woher kommen die Feldpostbriefe, auf die man im »Löwen« meist nur hofft? Ich habe noch nie danach gefragt, wo die Männer im Feld stehn.

Noch ehe das dritte Löwen-Kind geboren wird, kommt gute Nachricht. Der Vater dieses Kindes, Wallis Vater auch, liegt verwundet im Lazarett in Grundelsee. Verwundet — das gilt schon fast als Rettung. Zumindest auf Zeit. Die aufgeregt-glückliche Frau J. wird ihn besuchen — und mich mitnehmen. Hochschwanger reist sie nicht gern allein.

Am Morgen der Abreise irren wir uns in der Zeit: Nicht fünf Uhr ist es, wie wir dachten, es ist erst vier. Ich freue mich über diese unnütze Stunde, wickle mich in mein Federbett, sitze vorm Fenster meiner Kammer und besehe den Mond und die Sterne. Es ist unser einer Mond, mein Mond und meine Cassiopeja. Jeden Tag um vier Uhr aufstehn und zu Hause sein, ehe die Fremde beginnt — so träume ich mit offenen Augen.

Frau J. hat in der Küche gewartet, wir gehn fast zu spät los. Ich trage einen Korb mit Wein, Schinken, Kuchen und wer weiß was noch. Die drei Frauen haben gestern den ganzen Tag über Schlüssel hervorgeholt und wieder weggesteckt, es war auch etwas wie Kampfstimmung zwischen Frau J. als Hausfrau und Frau S. als Schwägerin.

In der Kleinbahn sitze ich Frau J. gegenüber. Sie rückt unruhig hin und her und versucht, ihren dicken Bauch mit dem Cape zu verdecken. Oft schaut sie mich an und lächelt. »Jule — —« Wenn sie meinen Namen so spricht, will sie Nähe herbeizaubern. Sie ist mir auch von den drei Frauen die liebste. »Vielleicht ist er nicht so schlimm verwundet …« Das ist zu viel, zu nah — oder? Keine Abwehr, kein Einschnappen mir gegenüber. Sie hört nicht richtig zu und sieht niemanden. Sie weint und lacht in einem.

Ich sehe vom Zug aus gleich hinter der Haltestelle in Aign-Vogelhueb das Haus, in dem die Großmutter allein mit den kleinen Zwillings-Enkelinnen lebt. Ihr Kleinen — heh — ich bin, ich habe — Gewissensbisse habe ich. Im Vorüberfahren. Ich möchte gerecht, treu, lieb und gut sein. Helfen Sie mir, Frau J., sagen Sie etwas! Sie hält sich mit ihren Blicken und Gedanken an dem Freßkorb fest. »Ich war ja in England, da war ich so alt, wie Sie jetzt sind, Jule«, und dann erzählt sie vom englischen Essen: »Gemüse stets apart, nur apart ...« Sie sagt nicht einmal, ob es schmeckt. Diese Zeit im englischen Hotel war ihre Bildungszeit. Alleinsein — im nachhinein empfindet sie Sehnsucht. Ich empfinde es jetzt als leises Streicheln, wenn meine »Herrschaft« mit mir spricht.

Hinter Bad Ischl, nachdem wir umgestiegen sind, rücken die Berge näher aneinander. Der Hallstädter See breitet sich tiefblau und kalt kilometerweit. In höchsten Höhen des jenseitigen Ufers ein Stück Dachstein-Gletscher. Auf mein Fragen nennt Frau J. mir Namen. Dann plötzlich ruckt der Zug fort vom See, wir fahren durch ein enges Tal. Es kann nicht mehr weit sein. Und wieder zupft Frau J. am Cape und denkt an ihren dicken Bauch.

Der Grundelsee: Ein Stück Himmelblau schwimmt zwischen Tannen. Regellos fackeln die goldgelben Kegel von herbstlichen Lärchen und die rötlich-feurigen Kugeln von Ahornbäumen im Nadelholzpelz der Abhänge. In Sachsen erdenken sich die Sonntagsmaler solche Gemälde. Ich darf — ich soll — heute wandern. »Sie wandern doch so gern ...« Ja. Jetzt hole ich den Korb aus dem Gepäcknetz. Frau J. ist sehr blaß. Ich trage den Korb und soll mitgehn, bis wir Herrn J. gefunden haben. Die Zimmernummer wissen wir und laufen im ehemaligen Kurhaus den Flur entlang. Die junge Frau drückt heftig meine Hand und schaut mich, m i c h schaut sie an: »J u l e ...« Ich öffne langsam die Tür. Acht Betten stehen im Raum. Aber nur ein Mensch schaut so erstaunt und überrascht. Er trägt weiße Verbände um Oberkörper, Schulter und Oberarm. Sieht aber richtig mit zwei Augen und hat noch beide Hände ...

Rasch stelle ich den Korb neben das Bett. »Das ist unser Pflichtjahrmädchen«, und ich bekomme den ersten

Händedruck — damit ich schnell gehn kann, durch die Gemälde-Landschaft streifen, bergauf, bergab.

In meinem Kämmerchen in der Schublade des ausgedienten, wackeligen Nähtischchens, das sie mir überlassen haben, obwohl Madel bestenfalls einen Nachttisch brauchen, liegt ein Brief von Mutter. Sie hat mich gebeten, an ihrem Geburtstag nach Hause zu kommen. Längst haben sie zu Hause gefeiert mit einem Sträußchen Heidekraut und den späten, dünnstieligen, spitzblättrigen Glockenblumen, — ich weiß es. In dem Brief steht: »Wer weiß, wie oft wir noch beisammen sein können«, und natürlich steht mir Urlaub zu. Ich verwünsche die Angst vor der Diskussion mit meiner Dienstherrschaft: »Gerade jetzt, wo das Kind kommt ...« und: »Früher, da hat man auf keinen Urlaub gedacht ...«
Ich hatte mir vorgestellt, wenn ich zu Hause ankomme, ja nicht zu eilen! Ich hatte mir vorgestellt, daß die Entscheidung klar ausfällt, gegen das Kleine und Kleinliche unserer Dreizimmerwohnung auf dem Berg — aber jetzt will ich auf die Haustür zustürzen und ohne anzuklopfen oder zu klingeln die Wohnungstür öffnen, mich an den Tisch setzen, und — anders noch: Ich will durchs Küchenfenster kriechen, gleich in Mutters Arme.

Mein Kämmerchen ist ein Eispalast. Wenn ich über den Dachboden auf meine Kammertür zugehe, steht mir der schiefe, knorpelige, immer warme Schornstein im Wege. Er wärmt auch ein Bündel Fledermäuse. Sie hängen kopfüber dicht an dicht als Klumpen an einem Dachsparren — soweit die Schornsteinwärme strahlt. Ich wärme mich auch, bevor ich in meine Kammer gehe, an dem weißgetünchten, von sepiabraunen Laufnasen gestriften Gemäuer. Aber ich kann da nicht die ganze Nacht stehn. Erst recht kann ich dort, im Dunkeln, keine Strümpfe

stopfen oder Briefe schreiben. Die Oma im Haus habe ich schon auf meiner Seite, sie fängt an, mich zu mögen, weil ihre Enkelkinder mich mögen. Zwar hat in diesem Hotel noch kein Madel verlangt, in einer beheizten Kammer zu hausen, Mariandel und Luise, das Gemüsemädchen und die Kellnerin, haben in ihrer Stube einen kleinen Ofen, aber sie streiten sich nur, wer ihn anheizen soll. Tanja und Olga, unsere Ostarbeiterinnen, schleppen ein eisernes Öfchen die Bodentreppe hoch: für mich. Sie meutern viel in letzter Zeit. Tanja spricht gut deutsch und sagt: »Uns wird beim Tragen warm, du brauchst nun auch noch Holz und Kohlen.« Es fällt mir gar nichts ein, was ich antworten könnte. Tanja redet: »Für uns ist kein Ofen da. Frau sagt: Wärmt euch im Stall. Wenn Jule den Ofen braucht, ist d o c h ein Ofen!« Nehmt ihn mit, ich friere besser selbst — das sage ich nicht. Jedenfalls teile ich mit den beiden meinen Geburtstagskuchen. Die Schwägerin, Frau S., hat mir eine Dobosch-Torte gebacken. Sie sagt, daß es eine sei. Ich freue mich über das schokoladenfarbige Ding und lade Tanja und Olga ein. Sie wollen sich aber nicht auf mein Bett setzen und halten ihr Tortenstück in der Hand. Sie nehmen es mit.
Mariandel und Luise wollen nicht kommen, weil es zu spät sei. Sie behaupten, Tanja und Olga würden stinken. Zwei Tortenstücke wandern also auf Tellern in die andere Dachstube. Und nun nage ich allein an diesem Gebilde aus Milei Gelb und Milei Weiß, Schokobraun und Süßstoff und immerhin Mehl. Zwei Kerzen brennen, ich habe sie im Sommer bei einem Lebzelter in der Getreidegasse in Salzburg erwischt. Besser lösch ich sie aus. Mein Gott, und nun heule doch endlich, Jule, keine Post! Keine Zeile von der Mutter. Vom Vater. Keine Zeile vom Bruder, von der Schwester. Keine Zeile von Volker.

Anfang Dezember frieren die stillen Ecken des Wolfgangsees zu. Der Fischer in Fürberg ist bereit, dem Hotel

»Zum Löwen« Fische zu verkaufen, wenn wir sie selber holen. Gegen Abend werde ich losgeschickt mit einem Schlitten, darauf eine Tonne. Allein würde ich das nie schaffen. Man schickt mich zur Kunstschmiede. Dort regiert ein weiteres Familienmitglied, Omas älteste Tochter. Es ist schon lange her, daß ein Grabkreuz oder ein schönes Tor in dieser Werkstatt geschmiedet wurden. Frau T. gebietet einer Kolonne russischer Kriegsgefangener. Die fertigen unter Aufsicht Kleinteile für einen Rüstungsbetrieb. Ich hab ab und an mit Walli die zwei niedlichen Vettern besucht, sie laufen in winzigen Lederhosen und geblümten Westen als herzgewinnende Lauser durchs Haus. Aber wo eigentlich schlafen die Russen? Ein alter Hühnerhagen ist ihr Auslauf. Im Sommer habe ich oft gehört, wie sie singen. Mein Dachfenster öffnet sich in diese Richtung.
Zwei Gefangene ziehen den stabilen Schlitten mit dem Faß. Durchs Dorf gehen sie nebeneinander, ich laufe ihnen hinterher. Oma hat mich gefragt: »Hast keine Angst?« und der Metzger ruft mir hinterher: »Hast keine Flinte?« Als wir in Brunnwinkel den See durch die Bäume schimmern sehn und der Weg bergab führt, machen die Russen mir Zeichen, ich solle mich auf den Schlitten setzen. Der eine nimmt mit beiden Armen das Faß hoch und der andere streicht noch einmal einladend mit der Hand über die Sitzfläche. Er rennt ein Stück voraus, um mir zu zeigen, wie das Ding saust. Aber nun habe ich plötzlich Scheu, weil sie so freundlich und nett zu mir sind. Ein bißchen feige mache ich nur eine kleine Fingerbewegung, die so viel heißt wie: Fahrt los! Macht euch selber Spaß! Sie wollen allein nicht. Wie große, freudlos gehaltene Kinder tun sie beleidigt und lassen den abwärtsdrängenden Schlitten in ihre Waden stubben.
Der Fischer lädt die Fische erst in einen großen Leinenbeutel und dann in die nun mit Wasser gefüllte Tonne. Eine

zappelnde Ladung. Fisch an Fisch. Er hat sie in Reusen und Fischkästen gesammelt, sie kämpfen schon lange um Bewegungsfreiheit.
Wenn man die Bucht in Fürberg verläßt, geht der Weg über eine Felsnase und mündet dann wieder in eine kleine Wiese. Dort ist man dem Fischer aus den Augen. Der Weg ist vereist. Ich laufe hinten und halte die Tonne fest. Über die Felsnase geben die Russen dem Schlitten etwas Schwung, ich renne mit. Gleich am Anfang der Wiese stolpere ich und reiße, weil ich sie festhalte, die Tonne um. Eine Wasserflut ergießt sich in den Schnee. Die Beutelschnur hat sich gelockert. Plötzlich schnellen Fische rings um uns her hoch und hoch und hoch, sie springen verzweifelt, und die Russen springen auch. Fangen die Fische ein, richten die Tonne auf, ziehn die Schnur wieder fest. In Brunnwinkel können wir Wasser aus dem Brunnen ins Faß lassen. Ich bin glücklich, daß die beiden geholfen haben, und lache ihnen zu. Sie lachen verlegen zurück. Und dann — es geht blitzschnell — nehmen sie Fische aus ihren Manteltaschen, beugen sich vornüber, beißen mit den Zähnen die Fischköpfe ab, den Bauch auf, fahren mit dem Finger durch die Bauchhöhlung, werfen die Eingeweide fort — und essen. Sie essen, essen, knacken die Gräten, saugen daran. Alles könnte jetzt geschehn, ein Fels vom Berg rollen oder der See in einem Erdspalt verschwinden — die beiden russischen Soldaten stillen ihren Hunger. Als sie den letzten Fisch gegessen haben, wischen sie ihre Hände im Schnee, schieben Schnee auch über den Abfall — und sehn mich an. Wie tief liegen ihnen die Augen im Kopf. Was für strenge Falten haben diese jungen Männer in ihren Gesichtern. Ich hatte das nicht gesehn, ich hatte ihren Hunger übersehn. Wieder mit kleiner Handbewegung lade ich sie ein, sich Fisch aus dem noch immer gut gefüllten, verzappelten Beutel zu nehmen. Sie überlegen, wie mir scheint. Und

ziehn dann die Schultern hoch: »Frau nix gut, Frau sagen, Jule nix gut.« Sie haben Sorge, daß ich Ärger bekomme. Nein, das werde ich nicht! Ich zeige zurück nach Fürberg. Sie verstehn mich nicht sofort. Aber dann, — wir müssen rennen. Es ist dunkel geworden. Einer steuert hinten mit beiden Händen am Faß, der andere gibt Tempo voraus. Ich haste zum Fischer, klopfe ihn heraus, bitte um Wasser — und ziehe mein eigenes Portemonnaie. Ich bitte um einen kleinen Sack Fische, für mich. Der Fischer geht kopfschüttelnd wirklich zum See an den Fischkasten. Ich bekomme einen Beutel. »... den Sack zurück, nächste Woche ...« Ich verspreche alles. Der Fischer verschwindet in seinem Haus. Ich mache einen kleinen Luftsprung. Und nun liegt »mein« Beutel über dem großen im wieder wasserschweren Faß. Eilends, aber doch sorgsam geht es über die Felsnase, über die Wiese, weiter nach Brunnwinkel, und schließlich, in dem kleinen Wäldchen vorm Dorf, halten wir an. Sie packen ihre Hosentaschen, Jackentaschen und sogar die Hemden voll. Immer nicken sie dabei und schauen mich an. Ja! Macht! Macht zu! Sie ziehn die Schnürsenkel aus den Schuhen und binden sich die Hosenbeine zu. Ich muß laut lachen, weil die zappelnden Fische den jungen Männern wilde Zuckungen bescheren. Sie lachen auch und stellen sich mit ausgebreiteten Armen vor mich hin, damit ich sie richtig besichtige — oder wollen sie mich umarmen?

Weihnachten 1944. Ich bin nicht zu Hause. Die Oma hat mir versprochen: »Am Stephanietag!« Das ist der 27. Dezember. Herr J. ist aus dem Lazarett beurlaubt. Für die Kinder und die Frauen habe ich kleine Geschenke gebastelt. Von daheim keine Post, kein Päckchen. Sie dachten ja, ich stehe Heiligabend vor der Tür. Der letzte Brief, der zu mir kam, stammt von Frieder: »Liebe Jule! Seit 23. 11. bin ich noch einmal zum Wehrertüchtigungslager einberufen worden, und zwar nach Schöneck im Vogtland. Unser Gelände entspricht ungefähr dem des Erzgebirges, da geht es immer schön die Hänge rauf und runter. Es war hier bereits Schnee, der aber zur Zeit wegtaut, so daß man schön mistig wird. Wir haben hier Geländedienst, Schießdienst, Entfernungsschätzen und ›praktische Erdkunde‹. Aber wir haben ja eine Proletenuniform, da macht das nichts aus. Das Essen ist gut und reichlich, heute gab es zum Beispiel Sahnehering mit Kartoffel. Oho — wie da der Bibsi das Wasser aus dem Munde läuft! Eigentlich müßte unser Lager in Schillbach sein, aber da ist noch der RAD. So liegen wir, bis er verschwindet, in Schöneck. Was glaubst Du, wie es aussah, als wir hier ankamen? Ein Saal voll Stroh, sonst nichts. Ich schreibe andermal mehr. Gronau will auch noch Post haben. Dein Frieder.«

Wenn meine Herrschaft mir jetzt wieder verbieten würde zu reisen, würde ich mich davonschleichen. Geld, selbstverdientes Geld habe ich genug. Aus einer wollenen Decke habe ich mir einen Mantel genäht. Und schon im Sommer ein Kleid, aus dünnerem Stoff. Oma hatte mir den schwarzen Satin einer verklumpten Steppdecke überlassen. Den Stoff für das Mieder — in dem Hutfach meines Schrankes habe ich eine geknüllte Hakenkreuzfahne gefunden. Es ist ein hübsches Dirndl geworden und es muß mit. Am Abend vor der Abreise winkt mich die Oma in die Küche: zwei Flaschen ungarischen Wein, ein hausgemachtes Leberwürstchen, ein Streifchen Selchfleisch, eine Dose Milei, einen halben Striezen Brot. Könnt ich doch fliegen!

Wieder nehme ich den Frühzug nach Bad Ischl, als hätte ich einen Korb ins Lazarett nach Grundelsee zu bringen. Und erst auf der Strecke zwischen Ischl und Linz beginnt mein Reisegefühl. Ich möchte endlich laut jubeln, über irgend etwas lachen, — was sitzt mir nur im Hals, daß ich

stumm bleibe? Vor Atnang Puchheim steht der Zug lange im Wald. Fliegeralarm. Es ist uns verboten, den Zug zu verlassen. Wir hören von fern Heulen, Bersten, Explosionen. Wir — das ist vor allem auch eine kleine, schwarzhaarige, erregte Frau aus Preßburg auf der Suche nach ihren Kindern. »Landverschickt nach Ungarn ...« Keinem kommt ein tröstlicher Gedanke. »Die Ungarn werden auch Menschen sein.« Das ja, aber die Russen? Was will die Frau hier im Zug? Eine Postkarte von einer ehemaligen Freundin in der Steiermark und darauf die Vermutung, daß in einem eilends umquartierten Lager der jüngste Sohn der kleinen Frau dabeigewesen sei ... Zu Hause haben wir einen blöden Spruch: »Wenn das Wörtchen wenn nicht wär, wär mein Vater Millionär!« Ich begreife es nicht so ganz, daß diese junge Frau ein paar dürftigen Worten nachrennt. Gern würde sie wirklich rennen, ihre dunklen Augen sind immerzu weit geöffnet. Als wir endlich am Abend in Linz sind und in der NSV-Hilfsstelle nach einem Strohsack fragen, durchforscht sie, während wir abgewiesen werden, mit scharfem Blick den dunklen, mit Menschen überfüllten Raum.
Ein D-Zug macht sich auf den Weg über Budweis Richtung Prag. Er fährt durch ein Hügelland, auf dessen winterfahlen Hügelkuppen Höfe wie Burgen sitzen. Rauch steigt aus den Schornsteinen. Die Wölkchen — sind kleine, freundliche Wasserdampfansammlungen, keine Flakschuß-Spuren. Meiner Furcht fällt der Zügel wieder aus der Hand, ich habe einen Sitzplatz und schlafe. Bis der Zug wieder hält. Zwei Stimmen sind mir schon die ganze Zeit im Ohr: Berliner Mädchen. Wo haben sie das Lustige gesammelt, was sie in kleinen Lachanfällen gegenseitig erinnern? Ein alter Bauer nickt jeweils mit seinem runden, grauhaarigen Kopf, wenn sie wieder loslachen, dabei tasten seine Hände, unter einem Tuch,

vorsichtig entlang der Kante eines Brotes. Kleine Krümchen schiebt er sich in den Mund, freilich immerzu, vielleicht schon stundenlang. Draußen dämmert es wieder. Wir sind nun fast in Prag. Warum hält der Zug? Der Bauer macht eine ruhige Bewegung mit seiner brotkrümelgefüllten Hand und sagt: »Partisanen«. Partisanen. Partisanen? Wo? Vor uns? Sie haben die Gleise zerstört. Feste, rasche Schritte in den Gängen vorm Abteil, bewaffnetes Militär — nicht nur die »Kettenhunde«. Ein Unteroffizier geht von Abteil zu Abteil: »Es ist verboten, beim Halt in Prag den Zug zu verlassen!« So laut spricht er, daß wir es dreimal hören. Die Berlinerinnen schweigen jetzt, sie haben sogar ihre Köpfe voneinander weggedreht. Noch einmal sagt der Bauer bedeutsam: »Partisanen!«, während er den Rest des großen, runden Brotes unter dem Tuch vorzieht. Nachdem er das Tuch über die Knie gebreitet hat, zerbröckelt er weiter den Brotlaib, jetzt in größere Stücke. Jedem von uns reicht er einen Brocken. Es schmeckt nach Kümmel. Wir alle kauen und nicken nun auch: Solch ein Brot! Ich hole mein Köfferchen aus dem Gepäcknetz und gebe dem völlig stummen, graugekleideten Mann an der Tür eine von den zwei kostbaren Flaschen. Er wirtschaftet emsig mit einem Messer — und dann macht die Flasche erst die Runde, daß wir alle daran riechen. Der Mann hat auch eine Feldflasche mit Becher, und aus dem trinken wir, langsam. Immer weiter bröckelt der Bauer von seinem Brot. Als der Feldflaschenbecher wieder bei ihm ist, sagt er laut: »Das ist das Blut des Neuen Testamentes, das für euch vergossen ist —« Mir hängen die Brotbröckchen quer im Hals. Ich schäme mich ein bißchen, daß ich vom Wein ein erhitztes Gesicht habe. Der Bauer hat mit seinen Worten nichts auf den Kopf gestellt — wir lauschen, seit der Zug hält, mit ungeheurer Anspannung hinaus ins Dunkel. Schüsse? Rufe? Kommandos? Oder endlich

dieses befreiende Zischen, wenn der Lokführer die Bremsen löst, ehe die Räder träge anrollen. Nein, wir wünschen das nur. Der Zug steht, in vollkommener Dunkelheit. So lange schon, daß wir gut sehn, ohne Licht. Der dünne Graue an der Tür knittert eine Packpapiertüte, wirft jedem einen Apfel zu. Die Berlinerinnen wagen wieder einen ihrer flüsternd vorgetragenen Scherze. Der Bauer wirtschaftet mit Pfeife und Tabaksbeutel. Als er vornübergeneigt ein Zündholz anreißt und in der hohlen Hand dem Pfeifenkopf nahe bringt, faßt seine Sitznachbarin, eine ältere Dame mit fremdem Akzent, seine Hand und zieht sich die beleuchtete Handinnenfläche vor Augen. Der Bauer läßt es geschehn. Die Dame schaut prüfend, sagt: »... neunundfünfzig Jahre alt, verwitwet, drei Kinder ...« Erstaunlich gut liest sie einem jeden das einfache Wirkliche vor — um nach zwei Sätzen zu verstummen. Für keinen von uns eine Weisung in die Zukunft. Weil die Hölzchen rasch verlöschen? Weiter aus der Hand lesen, ja bitte! Die kleine, allernächste Zukunft hat währenddessen begonnen, gleichmäßig wieder das Klopfen der Räder auf den Schienen. Wir stellen uns erleichtert. Ich jedenfalls versuche zu hören, ob der Zug das Tempo hält oder wieder verliert. In Tetschen-Bodenbach verlassen wir das Protektorat Böhmen und Mähren. Die Berlinerinnen fallen in tiefen Schlaf. Ich darf das nicht. Jetzt endlich muß ich anfangen, mir das Heimkehren auszumalen ...
Ich stehe in Dresden auf dem Neustädter Bahnhof. Irgend etwas drückt mir die Hand, umarmt mich, küßt mich sogar — die Luft wird es sein: »Da bist du ja wieder!« Alter, verdreckter Schnee draußen. Die wenigen Reisenden haben sich zerstreut, nur ein holzgasbetriebener Lastwagen auf dem Bahnhofsvorplatz, dessen Fahrer den Bottich anheizt, und immer noch das beseligende Gefühl, empfangen zu sein. Ich haste, stürme durch die Unter-

führung Richtung Coswiger Straße. Die Eltern, die Großeltern — niemand außer meinem Freund Volker wird mich verstehn, heute. Das Köfferchen wird mir schwer. Vor der »Kanone« muß ich halten und ein freundliches Wort üben. In der »Kanone« habe ich mit Volker ab und zu Glühpunsch getrunken, eine rote, süße, heiße Flüssigkeit. Die Eingangstür öffnet und schließt sich wieder, ein Lichtstreifen fiel auf den Fußweg. Mit meinem Köfferchen in der Hand benötige ich einen breiteren Türspalt. »Rein!« rufen die Männer, die rittlings auf den Stühlen sitzen. Frühschichtmänner. Und die Frauen auf der langen Bank gleich neben der Tür sitzen nur auf einer Pobacke. Sie trinken die bittere, schwarze Lake eilig. »Nu mähr du ni so rum, ich hab keene Lust of en Anfiff ...« »... guck du lieber in dei Dippel!« Mein Bauch bewegt sich, als müßte ich lachen. Es ist noch nicht ganz halb vier Uhr morgens, geschlafen habe ich so gut wie gar nicht seit vorgestern früh. Meine Ohren sind heute empfindlich. »Partisanen«, »Partisanen«. Die weggesteckte und weggeflüsterte Angst kreist wieder in meinem Magen. Es ist ein Katzensprung von hier bis zu dieser Stelle, aber wie und warum soll ich erzählen? »Willste en Kaffee?« »Laß die Kleene ...«

29. Dezember 1944. In Dresden ist das die Zeit, Schlittschuhe vom Dachboden zu holen, anzutraucheln und dieses besondere, etwas gehobene Gefühl Bogen links, Bogen rechts auszukosten. »Woher kommste denn? Wie kommste denn so frihe in de ›Kanone‹?« Ich hätte ja auch in Leppersdorf oder Übigau mein Pflichtjahr leisten können. Jetzt bin ich eine, die über das Sächsisch innerlich lacht. Meine verlorene Unschuld: Das war nicht, als ich mit Volker geschlafen habe. Dank seiner Hilfe bin ich von zu Hause fort, und zwar gern. Das ist es.

Das Heimkehren findet genüßlich statt. Nachdem ich meinen Freund Volker gesucht und gefunden habe — zum Glück liegt er in seinem Bett und muß erst um sieben Uhr zum Dienst —, fahre ich mit der Eisenbahn bis nach Tafelberg. Dort kann ich Vater treffen und ihn bitten, ob er meinen Koffer auf sein Fahrrad nimmt bis aufs Dorf hinaus. Im Schalterraum des Finanzamtes sehe ich ihn nicht. »Er ist gerade mal weg.« Seine Kollegen und Kolleginnen flüstern sich zu: »... seine Tochter ...« »... seine Tochter?« »Die kleinere, ja —« Sie freuen sich darauf, daß Vater sich freuen wird. Ich warte auf der Bank, die den Steuerzahlern zugedacht ist. Der Vater schlüpft gleich durch die Pendeltür in den Büroraum — gerade erwisch ich ihn noch am Ärmel. Sein erstauntes Gesicht ist blaß: »Meine Jule ...« Mit beiden Händen drückt er meine. Aber warum küßt er mich nicht?
Danach, auf der Landstraße, kommt wer auf dem Fahrrad angeflogen. Er hält den Kopf nach unten geneigt, flitzt an mir vorbei. Die Fahrradbremse quietscht, klappernd wird das Fahrrad gewendet. Ich höre das natürlich, tu trotzdem nicht dergleichen. Ah, — wie wohl tut die warme Hand in meinem Nacken: »Bibsi! Mensch —« Ich kann nur staunen, wie lang und dünn der kleine Bruder geworden ist. »Halt! Zoll bezahlen!« Über seinem verschmitzten Mund stoppeln ein paar Härchen. Hat er inzwischen Mädchen geküßt? So verstohlen, wie er mich jetzt küßt? »Bist du nicht zur Arbeit?« »Weihnachtsurlaub, wie du. Warum kommst du überhaupt jetzt erst?« Er hat keine Zeit, mir zuzuhören, er hat eine Verabredung. Hübsch ist er und keck. Mutter hat es gewußt. Sie hatte es in der Nase, daß ich komme. Warum sonst stünde sie in Schürze und Filzpantoffeln im Hof? Sie allein kann so umarmen, daß die Welt ringsum verschwindet.
Zu Hause hat sich nichts verändert. Die Fensterscheibe gleich neben meinem Bett hat noch immer den feinen Riß.

Nur haben sie jetzt ein Klavier. Vorsichtige Menschen aus Dresden haben es zu uns aufs Land geschafft, wir dürfen es benutzen. Vaters Hände huschen suchend über die Tastatur. Mutter singt voran: »Oh, du fröhliche, oh, du selige gnadenbringende Weihnachtszeit!« Ich stehe im neuen Dirndlkleid neben dem Klavier. Man kann Weihnachten nicht zurückholen. Mutter grollt leise: »Warum nur konntest du nicht —« »Dafür bin ich jetzt, über Silvester —« »Das ist nicht Weihnachten. Hanna feiert Silvester für sich und der Frieder —« »Vielleicht am Neujahrstag.«
Silvesternachmittag, als es zu dämmern beginnt, putzt Frieder sich heraus. Nebenan im ehemaligen Kurhaus gibt es Schwesternschülerinnen. Er bindet sich einen weißen Seidenschal um den Hals. Ich rupfe ihm den Schal herunter: »... du bist wohl verrückt ...« »Volker hat ihn mir —« »Im Traum vielleicht, der jedenfalls gehört mir!« »Gib den Schal zurück!« »Ich feure dir eine!« Ein Stückchen weiße Fallschirmseide. Frieder wirft den Schal auf die Steinfliesen im Flur und spuckt drauf. Hinter ihm knallt die Tür.
Vater hat Punsch gebraut aus Holundersaft und Apfelwein. Mein Freund Volker hat es geschafft, zu kommen. Von der Eisenbahn zu Fuß, weil kein Bus mehr fuhr. Sein dunkelblauer Anzug wirkt wie eine Verkleidung, so müde sieht er aus. Ob er ein bißchen schlafen könnte ... Vater witzelt: »Das ist eine Jugend, verschläft die Zeit!« Heute stellt die Mutter Gurken und kleine Perlzwiebeln auf den Tisch. Es gibt auch noch Quarkkeulchen. »Die Korinthen darin müßt ihr euch denken.« Wir sind zwei Paare am Tisch. Nach dem Essen will Vater etwas Bedeutsames sagen und zielt auf die ernste, schwere Zeit: »Es ist eben ein Kampf, der durchgestanden werden muß.« Volker wird hitzig: »Verlieren müssen wir, haben wir schon, müssen wir aus tausend Gründen!« Mutter erschrickt:

»Aber die vielen Soldaten ...« Vater greift Volker an: »Du bist ja kein Soldat. Die deutschen Soldaten waren nie feige, so schnell wird das nicht gehn mit dem Verlieren.« Mein Freund fühlt sich nicht beleidigt. »Ungarn ist weg, die Amerikaner sind in Metz ...« Vater spricht lauter: »Hast du auch noch Freude dran, wenn du so was sagst?« »Ich mach mir nichts vor, ich laß mir auch nichts vormachen. Wir werden doch belogen.« Ich wiederhole Volkers Worte: »Wir werden belogen.« Wie da die Mutter mit den Augen funkelt: »Hört auf zu zanken!« Vater hat einen roten Kopf. Er beugt sich über den Tisch und redet auf Volker ein: »Zieh doch erst mal selbst die Uniform an und geh raus, in den Dreck. Und laß dir mal die Kugeln um die Nase fliegen — Drückeberger ...« Jetzt, jetzt wird Volker gehn und nie wiederkommen. Und was mache dann ich? Was mach ich dann? Er bleibt sitzen. Er ist nicht beleidigt, eher traurig. Plötzlich weiß ich, daß wir zwei, Volker und ich, von diesem Krieg mehr wissen als der Vater. Vati, hör mal — ich kann aber nicht wie eine Lehrerin zum eigenen Vater reden. Vati, hör mal — wenigstens dieses eine Wort: »... im Protektorat gibt es Partisanen ...« Er schüttelt nun heftig den Kopf: »Diese Dreckskerle, diese Verräter ...« Seine hilflose Wut hat nun dieses Ziel gefunden: »Die müßte man alle aufhängen oder an die Wand stellen.« Volker sagt ganz ruhig: »Das tut man auch. Und das tun die Partisanen auch mit denen, die sie erwischen. Sie foltern und verstümmeln die Leute.« Mutter steht auf und ruft: »Hört auf! Wir sitzen doch hier zu Hause am Tisch ...«

Wir ziehn uns Mäntel über und gehn an die Luft. Den Berg hoch bis an die Sandgrube. Mitternachtsstille. Schwaches Schneelicht unter dem bewölkten Himmel, feines, dünnes Geläut von daher und dorther. Aus dem Dorf unten ein dumpfer Knall — »Die Lümmel schießen

mit Karbidbüchsen.« Wir umarmen und küssen uns gegenseitig mitten auf dem kleinen Stoppelfeld. Wir wünschen uns Glück — und Frieden.
Frieder ist bei seinen Freunden geblieben, vielleicht stehn sie unter irgendwelchen Fenstern oder sind, klopfenden Herzens, irgendwo heimlich versteckt. Volker darf in Frieders Bett schlafen, im Turmzimmer, wie ich. Das Streicheln, Küssen und Ineinanderkriechen vergeht wie ein Rausch — und dann, schon gegen Morgen, denken wir wieder an das Schreckliche, Ungeheuerliche. Er preßt mich an sich und sagt mir ins Ohr, was er in Berlin gesehn hat: Mütter mit toten Kindern in ihren Koffern, bombardierte Lazarette, und dann auch: Wagenkolonnen von »Goldfasanen« und ihren Frauen und Kindern mitsamt Möbeln, Teppichen und sogar schlachtreifen Schweinen — aus Ostpreußen und dem Warthegau. Die wirklichen Ostpreußen und Schlesier warnt jeden Tag der Rundfunk vor feiger Aufgabe der Heimat. Den Männern zumindest droht ein Standgericht. Volker muß es wissen, er ist zurückbeordert in die Reichshauptstadt, »weil die Kuhlemeierfahrzeuge, die wir hier gebaut haben, gar nicht mehr in Einsatz kommen«. Gerade noch so haben wir uns getroffen, zwei Wochen später wird er in Berlin sein.
Ehe ich wieder zurückreise nach Sankt Gilgen, bittet mich der kleine Bruder: »Drück mir die Daumen, ich soll zum Arbeitsdienst.« »Wofür die Daumen drücken?« »Na, daß ich nicht so lange bei den Maulwürfen bleibe. Die nimmt doch keiner für voll.«
Ich sehe auch noch meine Schwester, aber was sollen wir uns in aller Eile anvertraun?
Die Abreise: Ich muß um drei Uhr morgens aufstehn. Mutter hat schnell noch die Glutfünkchen im Ofen zu neuem Feuer angeblasen. Sie riecht würzig nach Rauch und sie schmeckt salzig nach Tränen. Sie steht da im Barchentnachthemd und offenem Haar. Dieses Mal steige

ich einfach aufs Fahrrad, laß das alte Ding am Bahnhof stehn, Vater oder Frieder werden es zurückholen. Volker bugsiert mich in Dresden in den Zug. Daheim wissen sie nicht, daß nun ich gefährdet bin. Entweder auf der Bombenstrecke über Nürnberg—Regensburg—Rosenheim oder auf der Partisanenstrecke über Prag. Ich werde die Bombenstrecke fahren. Meine kleine, rundliche Mutter hat beim Abschied groß aufgerissene, runde Augen.

Rufe im Dunkel

Auf dem Treppenabsatz im Wirtschaftsgebäude des Hotels zum Löwen hängt das magische Ding: ein schwarzlackierter Wandapparat mit schwerem, unhandlichem Hörer in der vernickelten Gabel. Ende Januar hat Volker aus Berlin angerufen. Er arbeitet jetzt in einem Tiefbunker als Maschinist. Es gibt da eine Kette von Seltsamkeiten — daß mein Freund einen sympathischen zweiten Maschinisten als Arbeitspartner hat, daß der wiederum den Einsatzleiter des Bezirks persönlich kennt, der wiederum mit dem Maschinisten auf gutem Fuß stehen will, weil es einen Sondereingang in den Tiefbunker gibt — ich erlebe schließlich als Ergebnis all dessen, daß ein Anruf von Berlin durchdringt bis nach Sankt Gilgen.
Beim ersten Mal ist es Nacht. Die Schwägerin hat das Telefon gehört. Sie öffnet die Stiege zur Bodenkammer und ruft, nein: brüllt meinen Namen. Und mustert mich verärgert. Vor Aufregung höre ich Volkers Worte nur wie einen verlesenen Text: Endstimmung — Schanzarbeiten in den Straßen — Fliegeralarm fast pausenlos — Ausreiseverbot für alle Berliner — im parteieignen Trakt des Tiefbunkers eine Schlacht mit Nußtörtchen ... Zum Schluß nennt er mir eine Schlüsselnummer, über die unter Umständen Gespräche vermittelt werden. Ich schreibe diese Nummer mit dem Finger und Spucke an die Wand, sage immerzu »ja, ja, ja« — plötzlich ist die Leitung

unterbrochen. Ich stehe noch leicht vornübergebeugt mit dem Hörer am Ohr. Was hat mein Freund gesagt? Sachte verschwindet die Nummer auf der getünchten Wand. Ich renne ins Bauernzimmer, nehme vom Schreibtisch meiner Herrschaft einen Bleistift, ein Fetzchen Papier — wenn ich schräg von unten auf die Wand blicke, erkenne ich gerade noch die geheimen Zahlen. Vorläufig will ich lieber noch Briefe schreiben.

Eines Morgens im Februar komme ich mit links und rechts einem Baby im Arm und Walli am Rockzipfel ins Bauernzimmer. Frau J. sitzt am Schreibtisch und begrüßt mich seltsam freundlich: »Ja, die Jule, mit den Gauberln, die liebe Jule — wollens einen Milchkaffee?« Es muß etwas passiert sein. Ich wollte etwas fragen oder sagen, aber die Angst frißt alle Gedanken weg. Die kleine Walli spürt das merkwürdig Fremde im Benehmen der Mutter und wechselt zu ihr, zupft ihr an der Dirndlschürze. Frau J. zuckt nun mit den Schultern und versucht, es klein zu sagen: »Dresden ist zerstört. Zwei Luftangriffe — heute steht es in der Zeitung.« Ich nicke fleißig mit dem Kopf. Ja, alle Städte, bombardiert, ja. Dresden also jetzt. Sie hatten doch gesagt, diese Stadt... Frau J. hat Angst um die Babys auf meinem Arm. »Setzen Sie sich, Jule, setzen Sie sich nieder.« Dresden bombardiert. Was heißt das denn in Wirklichkeit? Frau J. schiebt mir die Zeitung zu und sagt selbst noch: »... diese Verbrecher...«

In der Zeitung steht etwas von systematischem Angriff: zuerst Brandbomben, und dann, als die Menschen beim Löschen waren, Sprengbomben und flüssiges Phosphor. Darauf wieder Brandbomben und Sprengbomben. Tiefflugverbände feuerten mit Bordwaffen.

Ich kann es mir nicht vorstellen. Als erstes stürze ich zum Telefon und versuche über die Schlüsselnummer den Vater im Finanzamt in Tafelberg zu erreichen. Die

Vermittlung nimmt den Auftrag nicht an. Dann also die Nummer von Volkers Mutter in Berlin. Den ganzen Tag über streiche ich im ersten Stock — in der Nähe des Telefons — durch Flur, Bauernzimmer, Schlafzimmer und wieder den Flur. Im Spiegel sehe ich mein blöde lächelndes Gesicht.

Wenn ich Walli zu Bett bringe, singe ich ihr gewöhnlich ein Lied, aber an diesem Abend löst sich in mir ein Knoten und ich weine. Volkers Mutter meldet sich noch vor Mitternacht. Volker ist auf Befehl zur Rettung irgendwelcher Unterlagen der alten Dienststelle nach Dresden beordert. Ich bettle die Mutter, er solle anrufen, wenn er zurück ist.

Jede Nacht breite ich jetzt eine alte Decke neben dem Schornstein auf den Boden aus, lege darauf mein Plumeau, mein Kopfkissen und mich selbst, decke mich mit all meiner Kleidung zu. Die Stiegentür bleibt offen. Ich höre jeden Mauseschritt und jeden Windwirbel auf dem dick verschneiten Dach. Einmal klingelt das Telefon, und ich reiße im Hinuntereilen einen Besen mit, der jede Stufe auspoltert. Am Telefon nur ein heftiges Rauschen. Die Schwägerin bemängelt anderntags meine Arbeit, ich hätte die Gedanken ganz woanders. Nun muß ich die Stiegentür nachts schließen und noch angestrengter lauschen.

Volker erreicht mich tatsächlich: »Jule — kein Mensch darf in die Stadt. Es stinkt bis nach Coswig. Ich war auf dem Altmarkt, trotzdem. Sie verbrennen auf Eisenträgern die Toten. Deine Eltern sind draußen, ja. Und deine Großeltern — ich habe mit deinem Vater nur kurz gesprochen. Ich glaube, viele sind tot, von euch — jeder geht alleine suchen. Es waren doch so viele Flüchtlinge in der Stadt! Sei froh, sei froh —« Ich weiß nicht, warum ich froh sein soll ... »Alles zerstört, der Zwinger und das Schloß und die Sophienkirche und die Frauenkirche und alles, alles — du findest die Straßen nicht mehr. Und überall der süßliche Gestank. Dagegen ist Berlin — ach, es ist kein Vergleich ...« Ich bin wieder versteint und sage nur »ja!«, »ja!« oder »ja?« »Jule!« schreit Volker am anderen Ende. Ich schreie zurück: »Volker!« Er sagt noch: »Dein kleiner Bruder ist verschwunden. Am 16. Januar zum Arbeitsdienst, aber von allen zweihundert Jungen keine Nachricht! Dein Vater sagt, sie haben sie ins Partisanengebiet ...« Der kleine Frieder. Die Leitung ist still. Ich könnte auch gar nicht mehr zuhören. Ich muß auch nichts mit Spucke an die Wand schreiben. Lange noch baumelt der Hörer an der Strippe einfach vom Apparat herunter. Ich habe ein Gefühl, als sei ich zusammengedörrt zu einem Fädchen. Das zuckt und blitzt: Nein! Nein!

Luftbriefe

Sankt Gilgen, den 29. März 1945

Liebste Mutti, lieber Vati, liebe Hanna,
warum schreibt Ihr mir nicht? Der letzte Brief von Mutti, den ich erhalten habe, stammt vom 3. März. Ich wußte schon aus der Zeitung von dem Angriff. Da stand schon zu lesen, wie schrecklich es war und daß die Stadt zerstört ist. Aber in meinem Kopf hieß es »die Stadt«, »die Frauenkirche«, »der Zwinger«, »die Hofkirche« und »130 000 Tote«. Und jetzt kann ich mir immer noch nicht vorstellen, daß es eben unsere Großeltern sind und unsere Tanten und Onkel und unsere Leute: tot, tot, tot. Sagt mir doch genau, schreibt mir doch wann und wo. Ich muß es doch wissen. Vielleicht komme ich auch nach Hause.
Volker hat aus Berlin angerufen und auch schon vom Frieder erzählt. Ist er denn immer noch verschwunden? Der Arbeitsdienst hat doch gar keine Waffen. Mutti, vielleicht stimmt alles nicht, was sie sagen, und er ist in Gefangenschaft? Ich habe ihm zu Silvester den weißen Schal weggenommen, daran muß ich nun immer denken. Ich bitte Euch sehr, schickt mir sofort ein Telegramm, wenn Ihr Nachricht von ihm habt.
Mir geht es gut, nur ist es jetzt schwer hier zu arbeiten, als wäre nichts geschehn. Mutti! Haben denn auch die vielen

anderen Eltern von Frieders Kameraden keine Nachricht?
Zweihundert Jungen können doch nicht verschwinden.
Jetzt bin ich unterwegs nach Salzburg und muß zum
Ernährungsamt. Ich sitze in der Kleinbahn. Deshalb die
wackelige Schrift. Hier ist noch viel Schnee, die Welt sieht
so schön aus — weiß, blau und golden von der Sonne. Mit
der kleinen Walli fahre ich öfters auf dem Schlitten. Sie
lacht dann laut und mir steckt das Weinen im Hals. Damit
bin ich hier ganz allein. Kann Hanna nicht mal schreiben?
Mutti, Dich küsse ich besonders lieb und alle anderen
auch. Ich hoffe, der Brief kommt bald an. Euere Jule.

Linz, den 14. April 1945

Liebe, liebe Eltern, ich bin in Linz! Ich hocke schon die
ganze Nacht vor dem Bahnhof. Verzeiht, daß nur dieser
Brief kommt — ich wollte ja zu Euch. Jetzt nimmt ein Soldat
nur einen Brief mit, nach Prag. I c h k o m m e n i c h t. Es geht
nicht. Vorgestern bin ich von Sankt Gilgen fort, morgens
um 5.30. Die zwei Frauen und die Oma haben mit dem Kopf
geschüttelt, aber sie haben mich nicht gehalten. Ich bin auch
ohne alle Sachen fort, damit sie keinen Verdacht schöpfen.
Bis Ischl ging es gut. Dann bin ich weiter Richtung Linz. Ich
sitze jetzt neben den Geleisen auf einem Berg alter Schwellen
und mir ist kotzelend, immer noch muß ich würgen, obwohl
nichts mehr in meinem Magen ist. Im Zug gestern, zwischen
Ischl und Linz, stand eine Frau neben mir und ihr kleiner
Junge. Das war ein sehr liebes Kind. Er verschenkte
getrocknete Birnen. Kurz vor Hörsching blieb der Zug
stehn. Die Sirenen heulten. Sofort waren Flieger da. Wir
hörten das Dröhnen und dann das Rauschen der fallenden

Bomben. Dann die Detonationen und das Tacktacktack der Abwehr — oder der Bordgeschütze. Unser Waggon wurde zum Glück nicht zerstört. Nach der ersten Angriffswelle sind wir raus und den Bahndamm runter. Überall schrien die Menschen. Am Fuße des Bahndamms lag eine zerfetzte Kuh. Ihr hingen die Augen aus dem Kopf. Der kleine Junge hat sich so davor entsetzt, daß er den Bahndamm wieder hochkroch. Die Mutter schrie und bettelte: »Bleib! Bleib hier!« Sofort waren die Flieger wieder da. Mit Sprengbomben. Der kleine Junge flog hoch in die Luft. Er hatte die Arme ausgebreitet, als wären es Flügel. Es wirbelte ihn in einen Akazienbaum. Er hat sich aufgespießt auf einen Aststumpf. Sein Bauch lief aus. Die Mutter klatschte mit den Händen an den Baumstamm und schrie wie verrückt. Da habe ich mitgeschrien. Soldaten haben mich mitgenommen bis zum Bahnhof in Linz. Einer hat mich in seine Decke gewickelt und war neben mir diese Nacht. Er ist jetzt fort und forscht nach Zügen. Wieder in Richtung Salzburg. Ich soll nicht nach Dresden — das wäre jetzt Wahnsinn. Vor allem über Budweis und Prag. Ihr könnt es Euch denken, wegen der Partisanen. Liebe Mutti und lieber Vati, was soll ich machen? Ich zittere mit den Händen und am ganzen Körper. Seid bitte nicht böse, daß ich nicht komme. Ich schreibe Euch sofort einen Brief, wenn ich wieder in Sankt Gilgen bin. Im »Löwen« sind jetzt Flüchtlinge aus Jugoslawien, Ungarn und Wien. Ich wollte unbedingt weg von dort und nach Hause. Vielleicht versuche ich es noch einmal über Salzburg—Rosenheim. Diese Strecke ist allerdings meist gesperrt.

Jetzt will der Soldat seine Decke haben und den Brief. Seine Einheit bewegt sich nordostwärts. Hoffentlich kommt der Brief an!

Liebe Mutti, lieber Vati, sagt, was ich machen soll. Schickt ein Telegramm. Ich grüße und küsse Euch und auch Hanna. Wo ist Frieder? Habt Ihr Nachricht?

Sankt Gilgen, den 18. April 1945

Liebe Eltern,
ich versuche seit Tagen, Vati auf seinem Amt anzurufen, aber ich komme nicht durch, auch nicht mit einer besonderen Vermittlungsnummer, die Volker mir gegeben hat. Die Vermittlung nimmt das Gespräch gar nicht erst an: »Es hat keine Aussicht.« Habt Ihr meinen Brief aus Linz erhalten? Ich bin seit meiner versuchten Heimreise krank. Heute steigt das Fieber und ich darf im Bett bleiben. Meine Mandeln sind vereitert und ich spucke braunen, stinkenden Schleim. Der Hals tut mir sehr weh. Oma hat nach dem Primas geschickt, aber nur, weil sie Angst hat, ich könnte die Kinder anstecken. Das Gemüsemädchen hat mir eben einen Topf voller Salzwasser gebracht, zum Gurgeln. Sie fährt heute abend zurück in die Steiermark, ihr Vater ist gekommen, er holt sie heim. Sie wird diesen Brief für mich in Salzburg einstecken. Jedes Mal, wenn ich an Euch denke, fange ich an zu weinen. Wäre ich doch weitergefahren, von Linz aus!
Mariandel hat jetzt gesehn, daß ich weine und will freundlich sein und lacht mir zu. Sie begreift mich nicht und ich begreife die anderen auch nicht mehr. Die beiden Frauen, deren Kinder ich doch hüte, tun neuerdings so, als sei ich Luft. Sie kommen in meine Kammer, öffnen eine Klappe in der Wand, von deren Existenz ich nichts wußte, und kriechen in die Dachschräge. Sie verstecken Lebensmittel. Ich sehe, was sie alles zu verstecken haben, aber das schert sie wenig. Wallis Mutter spricht noch am ehesten mit mir. Gestern sagte sie: »Am besten legen wir uns alle ins Bett und sterben.« Ich dachte erst, das sei eine Anspielung und sie wolle nicht, daß i c h im Bett liege. Dann habe ich mir aber überlegt, womöglich fürchten die beiden Frauen und die Oma das Ende des Krieges aus

besonderen Gründen. Wer ein Pflichtjahrmädchen hat, gehört meist zur Partei. Zumindest die Männer der Familien. Hier sind die Männer Soldaten und ich habe nie gesehn, ob sie das Bonbon tragen oder nicht. Wenn es so ist, dann bin ich natürlich ein Zeichen für die Vorteile, die solche Leute hatten, ich verrate sie in gewisser Weise.
Vielleicht denke ich auch verkehrt. Ich bin krank und habe Fieber und verrückte Gedanken. Unsere Ostarbeiterinnen sind dagegen sehr fröhlich. Sie singen und lachen beim Spülen und beim Stallausmisten. Früher hätte die Oma sofort dazwischengefunkt: »Ihr sollt's euere Arbeit tun — sonst nix!« Jetzt kommt sie hochgetappt in die Privaträume und hat einen roten Kopf. Sie beschwert sich bei mir, wenn die Mädchen singen: »Das fremde Geplärr, den ganzen Tag!« Ich höre gerade, wie Olga und Tanja unten auf der Wiese herumrennen und albern. Vielleicht bewerfen sie sich mit Seifenschaum — heute ist Waschtag. Wenn ich mich nur auch wieder so freuen könnte wie sie, aber sie freuen sich, weil unser Feind näherrückt. Wenn es richtig geht, wird er ihnen nichts tun.
Ach, Mutti, ich bin so verzagt. Seit ich in Linz in den Angriff gekommen bin, sehe und höre ich ganz andere Sachen als bisher. Wenn ich zum Beispiel dem Schuster meine Schuhe bringe — gewöhnlich hat es geholfen, daß ich sage: »Ich bin Pflichtjahrmädchen im ›Löwen‹.« Aber nun klopft der Schuster mit seinem Hammer auf einunddieselbe Stelle und schaut mich an und sagt: »Soooo?« Hinter jeder Bemerkung steckt eine andere, mit der die Leute vielleicht auch prüfen, was ich wohl weiß. Ich weiß nur, daß ich zu Euch gehöre. Mutti, Vati, Hanna und Frieder — versteht Ihr mich? Wenn ich wieder aufstehn kann, schicke ich ein Telegramm. Der Brief wird Euch wohl nicht erreichen. Ihr wißt gar nicht, wie traurig ich bin.
Viele liebe Küsse und Grüße von Euerer Jule.

Sankt Gilgen, den 4. Mai 1945

Liebe Eltern, es ist sicher totaler Unsinn, daß ich Euch den Brief schreibe, ich habe von Euch seit Ende März keine Zeile mehr. Meine Briefe werden auch nicht angekommen sein. Aber ich muß Euch schreiben. Ich kann mir dann vorstellen, daß auch Ihr mir schreibt und an mich denkt. Hier habe ich immer mehr das Empfinden, daß ich fremd bin und daß die Leute nur für sich überlegen und entscheiden. Gestern kamen zwei ältere Männer ins Haus. Sie holten mehrere Kisten ab, schleiften die schweren Dinger bis vor die Tür und machten dabei einen solchen Lärm, daß die Flüchtlinge aus dem Saal auf die Straße kamen. Der Schwägerin war das unangenehm. Sie beschwichtigte alle und sagte: »Wegen so ein bissel Lärm muß man nicht hysterisch werden!« Trotzdem blieben alle stehn und sahen zu, wie die Kisten auf einen Tafelwagen geladen wurden. Ich war mit den Kindern auf dem Balkon vor der Bauernstube. Aus dem Zimmer hörte ich dann Gezänk. Die zwei Frauen und Oma waren sich nicht einig. Die Schwägerin wollte, daß Oma, die Kinder und ich ins Laim fahren und dort bleiben. Oma und Wallis Mutter sagten dagegen: »Das ist unser Haus, wir bleiben hier und die Kinder auch.« Ich war entsetzt, daß sie über mich bestimmen wollten, ohne mit mir zu reden. Die Frauen riefen mich herein, verlangten aber nur, daß ich die Kinder ins Bauernzimmer bringe. Da bin ich an allen vorbeigegangen und raus aus dem Haus, fort, Richtung Lueg.
Die Straße war mit Soldaten bevölkert, es sah aber nicht so aus, als bewegten sich Einheiten. Höchstens zwei, drei hatten dieselbe Uniform an, außerdem bewegte sich ein Teil Richtung Ischl, der andere Richtung Salzburg. Auf einem Lastwagen Richtung Ischl saßen Soldaten in

Luftwaffenuniform und johlten. Zwei sprangen vom Wagen und kamen auf mich zu. Sie rochen nach Schnaps und grölten »Aaaaannnnemaariiiie!« Ich kletterte den Hang hoch und schlug mich im Wald durch bis Zinkenbach. Die Straße war dort fast leer. In Richtung Ischl keiner mehr unterwegs. Ich ging zurück. An der Straßenbiegung vor dem schönen, breiten Bauernhaus, das ich Euch auf dem Foto gezeigt habe, kam mir ein alter Mann entgegen und zeigte zum Wald: »Geh obi, Dirndl!« Ich lief aber automatisch weiter die Straße entlang. Da sah ich, daß im Ahornbaum zwischen Haus und Straße Menschen hingen. Genau vor meinen Augen hingen die spitz nach unten geneigten Füße mit den löchrigen, grauen Wollsocken. Ich bin gerannt — die Bauersfrau rief irgend etwas hinter mir her, ich habe es nicht verstanden. Ich hatte wahnsinnige Herzstiche und keine Luft mehr. Im »Löwen« angekommen, habe ich mich im Bauernzimmer auf die Bank gelegt. Wallis Mutter saß am Schreibtisch und tat, als sei alles in Ordnung. Walli aß Kuchen. Ich sagte: »In Gschwand haben sie Soldaten aufgehängt« und mußte entsetzlich weinen. Die Kinder weinten sofort mit. Da bin ich raus, auf den Balkon, damit sie mich nicht sehn. Und nun war die ganze Welt verrückt: ein merkwürdiges Geräusch, ein hohes, helles Klirren. Als ob die Berge ringsum aus Metallblättchen bestünden und emsig auf der Stelle träten. Es kam mir vor, als sei das in meinem Kopf, von der Krankheit, von der Aufregung — aber jetzt, viele Stunden danach, wenn ich in meiner Dachkammer das Fenster öffne, steht das Klirren noch rings ums Haus. Wahrscheinlich steht es über dem ganzen Dorf und im ganzen, hundert Kilometer langen Tal. Ich habe so etwas noch nie gehört und bin doch sicher, daß es die Panzer sind! Die Leute reden von der 6. amerikanischen Panzerarmee. Das Geräusch macht einen ganz elend. Ich kann außerdem seit heute morgen

nichts mehr schlucken. Als ich vorhin trinken wollte, kam mir der Tee zur Nase wieder heraus. Jetzt sagt der Primas, ich hätte ins Spital gehört, nach Salzburg, aber beizeiten geschickt hat er mich nicht. Ich weiß selbst nicht mehr, was gut ist oder gewesen wäre oder schlecht. Wer soll das noch wissen? Vor den Amerikanern habe ich Angst, aber eigentlich warte ich darauf, daß »es« endlich passiert. Die Frauen hier sagen plötzlich: »Machen Sie, was Sie wollen.« Ich bin zu schlapp wegzulaufen, und wohin auch? Nach Hause ist es viel zu weit. Immer mache ich mir Gedanken, wie es für Euch sein wird. Die Russen werden zu Euch kommen. Hier sind sie schon in Wien. Oh Gott, wie mag das für Euch sein!
Jetzt heulen draußen Sirenen. Und ich liege krank im Bett. Mutti, Vati, Hanna, Frieder — ich weiß nicht einmal, wie der Brief in den Kasten kommt, geschweige denn zu Euch. Denkt an mich! Behaltet mich lieb! Euere Jule.

Sankt Gilgen, den 9. Mai 1945

Liebe Mutti, lieber Vati! Der Feind ist da! Vorgestern kamen die Amerikaner. Und ich kann noch ruhig dastehn und atmen. Ich bin fast fröhlich. Die Angst hat mich verwandelt. In den letzten Stunden, bevor sie kamen, hörte man ihre Kampfsirenen, ein nervenaufreibendes, kurzatmiges Geheul. Und dazu immer lauter das Scheppern und Klirren der Panzerketten und der Widerhall in den Bergen. Es war ein Gefühl, als sollte ich zerquetscht und zerrieben werden von dem, was da kam. Es hieß, Sankt Gilgen ergibt sich kampflos. Wir sollten alle im Haus bleiben. Aber das näherkommende Heulen und

Klirren war nur zu ertragen, wenn ich selber auch irgend etwas tat. Im Hause gab es nichts zu tun, deshalb ging ich raus, durch die Gärten der Kirche zu. Da sah ich auf der Straße einen Trupp SS-Männer, sie beschossen mit Schnellfeuergewehren einen kleinen, gepanzerten Wagen — Amerikaner. Den Spähtrupp. Die SS brachte den amerikanischen Wagen zum Stehn, man holte die Amerikaner heraus und die großen Männer ließen sich ruhig die Waffen nehmen, auch die Fotoapparate. Die SS-Männer stülpten einfach die Säcke und Kanister um, wühlten in dem Häufchen, nahmen sich Seife und Konservenbüchsen. Mit mir standen noch andere Leute an der Kirche und sahen von weitem zu, wie die SS-Männer den Amerikanern mit Gewehrkolben an die Köpfe schlugen. Die sackten zusammen. Dann stiegen die »Sieger« in den erbeuteten Wagen und fuhren davon. Sie schossen noch über unsere Köpfe, der Mörtel spritzte von der Kirchturmwand. Aber da rannten schon welche und kümmerten sich um die Geschlagenen. Ja, Vati, es ist gar nicht der Krieg, der mordet, raubt und zerstört — es sind Menschen, die anderen Menschen das Leben nehmen. Ich habe mich so entsetzt, ich bin wieder zurückgerannt in den »Löwen«, weil nun die Kampfsirenen näher und näher kamen, vom Fenster aus sah ich den ersten Panzer, wie er mit dem Geschütz im gesamten Wendekreis drohte und um die Ecke bog. Die Familie rief nach mir, ich sollte mit in den Keller. Aber im Keller hörte sich das Rasseln und Klirren noch viel schlimmer an. Wie entsetzlich ist es, wenn man gar nicht weiß, was kommen wird! Es war auch lächerlich, mit der Familie im Keller zu sitzen, denn oben im Saal gab es mindest hundert Flüchtlinge, die nirgendwohin konnten als auf ihren Strohsack.

Eine Stunde lang rasselte und klirrte es ununterbrochen. Der Heulton verlor sich, den hatte nur die Sturmspitze. Kein Schuß war gefallen. Also gingen wir wieder hoch in die Wohnung. Dann kamen die amerikanischen Posten. Immer zu dritt. Sie durchstreiften die Häuser. Die Frauen hatten ihre Kinder auf den Arm genommen und bedeuteten mir, ich solle öffnen. Ich sah nur die schönen, halbhohen Schnürstiefel vor unserer Tür — in die Gesichter der Amerikaner konnte ich nicht sehn. Da faßte einer mich am Kinn und wollte »two german soldiers« finden. Ich mußte dem Amerikaner ins Gesicht sehn — und das war wirklich ganz unmenschlich und wild. Wenn ich alles richtig verstanden habe, was er sagte, dann hatten die Leute im Dorf gesagt, die SS-Männer wären im »Löwen«. Nun führte ich den Trupp durchs ganze Haus. Sie hielten ihre MPi im Anschlag. Als ich ganz zum Schluß die Kellertür hinter uns schloß und den Schlüssel umdrehte, vernahm ich aus der Kellertiefe ein Geräusch. Das war ein wahnsinniges Gefühl: Hielten sich wirklich Menschen hier versteckt? Nein, ich habe nicht noch einmal aufgeschlossen und auch später nicht allein nachgesehn. Ich habe auch keinem Menschen erzählt, was ich gehört habe. Aber Euch schreibe ich davon, weil es mich quält.

Gestern schickten die Frauen mich los, beim Bäcker um Brot zu fragen. Ich kam mit dem leeren Sack zurück über den Dorfplatz und erschrak sehr. Dort standen Schwarze. Sie hielten kleine Pfannen über die Flamme eines kniehohen Benzinkochers und lachten. Einer hielt in seiner Linken weißes, wirklich schneeweißes Brot. So etwas habt Ihr noch nie gesehn! Ich habe auch noch nie so schöne, schlanke Hände gesehn. Ja, Vati und Mutti, was hat man uns nur weisgemacht! Wie nach einem großen Knall, der mir andere Augen und Ohren gemacht hat, besah ich diese schönen, schwarzen Menschen.

Als ich zurück ins Hotel und in die Küche kam, bin ich erst recht fast versteinert: Da saßen zwei Männer — in Schlafanzügen! Jedenfalls sahen ihre Anzüge im ersten

Moment für mich so aus. Sie aßen. Die Oma hatte ihnen die Teller vollgepackt. Auf den Köpfen der Männer saßen runde Käppis. Der erste Gedanke war: Wieso laufen die so über die Straße? Und gleichzeitig sagte ich zu mir selber: Siehst du, siehst du — ich sah, daß alles wahr ist, worüber kein Mensch mit mir gesprochen hat! Wieso wußte ich nur, daß diese Männer aus einem Konzentrationslager kamen? Es hat keine Bilder davon gegeben, wer hätte sie mir auch zeigen sollen. Vater, Mutter, — was ist das für eine Verrücktheit mit diesem Wissen ohne Worte? Habt Ihr es denn, haben es denn alle wie ich »im Herzen« gewußt und nie, nie besprochen?

Alle Menschen sind wie ausgewechselt. Tanja und Olga, unsere Ostarbeiterinnen, sollen von den Amerikanern nach Wien gebracht werden. Sie sitzen jetzt mit anderen russischen Mädchen und Frauen auf dem Mäuerchen vorm Hotel und winken und singen. Oma richtet ihnen Eßpakete. Ich habe gehört, wie sie die Mädchen gebettelt hat, doch in den Stall zu gehn. Tanja hat ihr geantwortet: »Ich kann auch keine Kühe melken. Deine Tochter muß lernen — ich habe es auch gelernt!« Dann allerdings hat sie die zwei Tiere erlöst. Den Eimer mit der Milch hat sie weitergereicht an die Frauen und Mädchen auf der Mauer. Auch mir haben sie den Eimer hingehalten, als ich vorbeikam. Sie haben mir Zettel mit ihren Adressen gegeben, aber wieso dürfte ich ihnen nun schreiben, wo ich bislang nicht einmal gefragt habe, wie sie zu Hause leben? Es war nicht gern gesehn, daß ich mit ihnen spreche, und so hatte es immer etwas Plötzliches, Überraschendes an sich, wenn wir zusammentrafen. Im Winter habe ich Tanja Hautcreme geschenkt, weil sie ganz blutige, von der Kälte aufgesprungene Hände hatte. Wir »dienten« alle drei im »Löwen«, aber der Unterschied zwischen mir und den beiden Mädchen war groß. Ich konnte immer denken: das eine Jahr! Aber sie konnten

sich keinerlei Vorstellung machen, wann sie nach Hause kämen. Hundertmal hat Oma mich belehrt: »Das sind doch Ukrainerinnen!« Natürlich, ich wußte das. Ich war demgegenüber Reichsdeutsche. Und was ist das nun?
Am Gemeindeamt hängt ein großer Zettel, auf dem alle Befehle der amerikanischen Besatzungsmacht zu lesen sind: Man darf nicht aus dem Ort, nach acht Uhr abends nicht mehr auf die Straße, Waffen müssen abgegeben werden und so weiter. Ganz unten auf den Zettel hat wer mit Kohlestift dazugeschrieben: »Für Reichsdeutsche keine Lebensmittelmarken« und »Die Landplage soll sich davonmachen«. Bleiben kann und will ich nicht. Aber wohin ich soll und wann — ich habe noch keine Ahnung. Ich weiß nicht, ob Ihr noch lebt, weiß nicht, wann die Post wieder funktioniert, weiß nicht, wie die Frauen im »Löwen« sich weiter zu mir stellen. Ich habe vor, mit anderen Reichsdeutschen zusammen über die Grenze zu gehn. Aber gehen kann ich kaum. Es hat sich herausgestellt, daß ich Diphtherie hatte. Die Krankheit ist nicht behandelt worden und nun ist das Gift im Blut. Ich kann schlecht sehn und überhaupt wenig tun. Beim Laufen habe ich Herzschmerzen. Ich komme aber auch nicht zur Ruhe und habe keine Idee mehr. Plötzlich ist das Leben so schwer. So viel geht durch meinen Kopf, so viel möchte ich gewußt haben und nicht erst jetzt mich ducken unter dem Geprassel von Nachrichten über unsere Verbrechen. Mir ist so, als müßte ich einen anderen Teil meines Lebens nachholen, den ich bislang ausgespart habe. Ich schäme mich und bin gleichzeitig auch belogen und betrogen.
Mutti, Vati — wenn wir jetzt miteinander sprechen könnten! Aber dieser Brief wird Euch nie erreichen, auf der Briefmarke ist noch der Kopf des Führers. Seid umarmt von Euerer Jule.

Sankt Gilgen, den 29. Juni 1945

Liebe Mutti,
ich schreibe diesen Brief »in die Luft« nur an Dich, denn eigentlich denke ich, sooft ich an zu Hause denke, immer nur an Dich. Du hast da so dunkle, traurige Augen, Deine Mundwinkel hängen herunter — so warst du immer, wenn Du mir böse warst oder unzufrieden mit mir.
Mutti — ich versuche, Dir alles zu erklären: Mich erreicht seit Monaten keine Post. Weder von Euch noch von Volker. Ich muß hier ganz allein entscheiden, was ich tue. Ich gehe von hier fort, das ist mein fester Entschluß, aber nicht zu Euch. Darüber wirst Du sehr erstaunt sein. Es ist so: Alles, was ich über die Zustände im alten Reich erfahre, kommt aus der amerikanischen Besatzungszone. Oder auch aus der englischen. Zwischen den Amerikanern und den Engländern kann ich mir eine gewisse Ähnlichkeit im Verhalten gegenüber uns Deutschen denken. Meine Fluchtgedanken gehn entsprechend nach Süddeutschland oder ins Rheinland oder nach Westfalen. Westfalen besonders, weil ich ja einmal in Westfalen war. Ihr habt mir damals ermöglicht, Onkel Erhard und Tante Lotte zu besuchen. Jetzt kann ich mir etwas Wirkliches dort vorstellen. Das schöne Haus mit dem alten Garten. Aber mehr noch Onkel Erhards Geige und Tante Lottes Cembalo. Ich m u ß mir einfach etwas S c h ö n e s vorstellen, wenn ich mich auf den Weg machen soll! In Grona und Dresden denke ich mir nur traurige Gesichter von Großmutter und Dir. Ich traue mich kaum, in diesem »Luftbrief« zu schreiben, daß ich mich vor zu Hause auch fürchte.
Als sei der Krieg für unsere Familie noch lange nicht zu Ende.

Ob Onkel Erhard und Tante Lotte leben, weiß ich nicht. Aber Herford scheint erreichbarer. Hier gibt es Leute, die den Transport über die Grenze organisieren. Eigentlich müßte ich ins Lager nach Rosenheim. Dort sind Tausende Reichsdeutsche. Man sagt nun, daß es im nächsten Monat tatsächlich keine Lebensmittelmarken für Reichsdeutsche gibt. Jeden Tag schon sagen die Verkäuferinnen und die Geschäftsleute selbst: »Wir haben nix.« Sehr wohl haben sie etwas für Österreicher. Ich kann mir beim Metzger Pferdefleisch kaufen, das geht. Aber es ist schrecklich, wenn ich in der Schlange stehe und dann kommt das Pferd noch anmarschiert mit einem Stück Sackleinwand vor den Augen. Wie es dann schon unsicher trippelt, die Beine gegenstemmt und sich schüttelt. Aus dem Schlachthaus hört man dann den dumpfen Fall, wenn das Tier zusammenbricht.

Mutti, ich will nicht ins Lager, weil ich so krank war und es heißt, im Lager herrsche die Gelbsucht. Einmal habe ich schon Leuten, die angeblich Plätze auf einem LKW Richtung Bayern verkauften, alles Geld gegeben. Alles, was ich gespart hatte. Das waren Betrüger. Ich habe eine Nacht lang und einen ganzen Tag mit vielen anderen in der Nähe der Festung Salzburg gewartet — vergebens. Aber dabei habe ich andere kennengelernt, die auch über die Grenze wollen. Manchmal denke ich, daß all die Ratlosigkeit und die nachträglich größer gewordene Angst wie auch die geforderte Scham, eine Deutsche zu sein, niemanden ein ruhiges Leben erlauben. Ich jedenfalls bin schrecklich unruhig. Wenn ich nur über etwas ernsthaft nachdenke, gehe ich raus in den Wald oder auf die Wiese und laufe eine Stunde oder zwei. Ich wohne und arbeite nicht mehr im »Löwen«, sondern bei einem Holzhackerehepaar. Das sind freundliche Menschen, wiewohl auch Österreicher.

Gestern war ich wieder in Salzburg, um meine Sachen oder fast alle meine Sachen wegzugeben für wieder einen Platz auf solch einem Lastwagen. Ich war schon sehr traurig, daß nun irgendwer das Kleid hat, das Du mir genäht hast, Mutti. Deshalb bin ich ins »Fünfhaus« gegangen, habe mir einen Ersatzkaffee gekauft und wollte ihn auch trinken. Da waren so viele Menschen auf engem Raum, daß die Luft kaum zu atmen war. Und doch schien ein Mensch auf mich gewartet zu haben. Er trug Uniform aus dem olivfarbenen Tuch der Amerikaner, aber er war ein Pole. Dieser Mann hat mir ein Brot geschenkt. Er sagte, er wüßte, was Hunger ist. Und das war so überraschend für mich — wieso gab er denn mir das Brot? Gleichzeitig der Hunger und der Geruch des frischen Brotes und der Gedanke, vielleicht ein Stück als Reiseproviant aufzuheben ... Der Mann hat mich freundlich angeschaut, und trotzdem war es schwer zu glauben, er meinte es gut. Immer habe ich ein Gefühl, als ginge jeder Gedanke und jede Regung in meiner Umgebung nicht wirklich in mich hinein oder aus mir heraus. Als bestünde da eine harte Schale, die auch wieder Halt gibt. Ich lebe hier ohne Gesetze und Anleitungen. Entweder i s t alles verboten, was ich tue und denke, oder es w a r verboten. Und was wird in Zukunft verboten sein? Was verbietet sich mir selbst, was kann ich überhaupt wollen? Nur raus aus diesem Wirrwarr!
Das muß ich Dir noch sagen: Ich möchte nicht zurück. Als ob in meinem lieben Zuhause die Wurzeln lägen für diese elende Verwilderung.
Mutti — Du lebst gewiß! Du m u ß t leben! Du wirst mich liebbehalten. Ich denke an Dein Samtkleid mit den dunkelroten Schnörkeln und fühle, wie weich es ist, wenn ich meinen Kopf in Deinen Schoß lege und Du mir mit dem Zeigefinger ganz zärtlich die aus dem Zopf gesprungenen kurzen Haare zum Kringel drehst. So klein

und kleinlich ist die Insel, die ich betrete, wenn ich zurückdenke und Frieden finden will.
Lebe wohl. Ich werde wohl, wenn ich eine Zeitlang alleine gewesen bin, mich ausgezittert haben. Ich schicke Dir tausend Grüße und Küsse und hoffe, daß Du mich verstehst. Und nun hoffe ich doch, daß ein Wunder geschieht und dieser Brief Dich erreicht. Wie sonst soll ich Dir einmal alles erklären?

Nachwort

Man hat mich gefragt, ob die Leserin und der Leser eines Tages erfahren, wie sich die Figuren aus meinem Roman »hüben und drüben« im wiedervereinten Deutschland verhalten. Mein Interesse galt ganz anders schon nach Entstehen des Romans — als von Wiedervereinigung noch keine Rede war — der Herkunft der Figuren. Sie kommen aus einem geteilten Land. Der Teilung des deutschen Staates ging eine Periode anmaßender Ausuferung voraus. »Ein Volk, ein Reich, ein Führer« hat es auch mir persönlich ins Ohr geklungen. Und ich habe miterlebt, wie Machtanmaßung logisch zum Verlust jeder Macht führt.
Die Siegermächte installierten nach dem Zweiten Weltkrieg zwei deutsche Hälften. Das Staatsgebilde Deutschland wurde geteilt — nicht das Volk, die Nation. Hätten die Siegermächte weiter gemeinsame Interessen verfolgt, wäre der innerdeutschen Grenze nur eine geringe, verwaltungstechnische Bedeutung zugekommen. Es kam anders: Sehr bald berührten sich an dem mit der Feder auf die Landkarte gezogenen Strich zwei gegnerische Systeme. Die innerdeutsche Grenze wurde für die Bewohner westlich wie östlich ungemein bedeutsam. Keiner von hüben oder drüben war auf diese Ausschließlichkeit vorbereitet. Auch ich nicht.
Das Schreiben, als eine der ältesten Formen von Privatinitiative, hat mich dazu gebracht, ein Bewußtsein für

meine Individualität und auch Einsamkeit zu entwickeln. Was mich beeindruckt und worüber allein ich in der Folge mich auszudrücken vermag, wird subjektiv bleiben. In dieser Subjektivität freilich auch entschieden.

Ich kann sagen, daß ich auf das Verschwinden der Mauer genauso wenig vorbereitet war wie auf ihren Bau. Aber das Verschwinden traf in mir auf ein tiefes Gefühl der Berechtigung.

Ich erlebe die Wiedervereinigung als ein neues Sehn und Wiedersehn von Menschen, denen aus bekannten Gründen der selbstverständliche Umgang miteinander über vierzig Jahre hin versagt war. Es geht bei dieser Begegnung turbulent zu. Es wird gelacht, geweint, geprotzt, gejammert, gefordert, gebeten, gerechnet, vorgerechnet und aufgerechnet, versprochen, beteuert und vieles mehr. Aber nach einem gewissen, möglichen Maß der Aufregung, des Bemühens müde, lassen wir uns auf den Stuhl fallen. Auf den sicheren Platz, der uns zweierlei Menschen gemeinsam zusteht: das Fundament unserer Vergangenheit.

Stille ist angesagt. Unsere letzten, gemeinsam verbrachten, ungeteilten Jahre waren Zeiten extremer Lebensäußerungen und Handlungen. Fanatismus im Hochjubeln des Menschen, Fanatismus im Vernichten des Menschen. Wir haben heute Not, die Schrecken wie auch die genossenen Freuden der Jahre 1933 bis 1945 als die unseren anzusehn. Und mit allen Konsequenzen der Verantwortung als so geschehen auch zu bejahn.

Eine Kritikerin, Mechthild zum Egen, hat in einer Besprechung meines Romans »hüben und drüben« bemerkt: Die Autorin stellt Leserinnen und Lesern historisch unabhängig die Frage: Was wollen wir? Was können wir? Wie weit dürfen wir es zulassen, daß etwas mit uns im einzelnen geschieht, was wir im ganzen nur schwer wieder in Ordnung bringen können?

Diese Frage möchte ich mit dem vorliegenden Buch vertiefen, ganz besonders im Hinblick auf die heutigen, globalen Bedrohungen des Lebens überhaupt durch den Menschen. Was geschieht, wenn unsere Angst uns hindert, die wahrgenommenen Partikel zusammenzufügen zur zwingenden, zum Handeln zwingenden Erkenntnis? Aus dem Anspruch, uns zu entscheiden, sind wir zu keiner Stunde unseres Lebens entlassen. Keine Wiedervereinigung und keine europäische Einbindung leistet für uns die gesuchte Antwort.

Meine Lebenszeit im Nationalsozialismus umschließt Kindheit und Jugend. Kinder nehmen besonders klar wahr. Das gilt auch für heute. Und es hat für die jüngste Vergangenheit gegolten. Die Kinder und Enkel meiner Freunde und Freundinnen aus der Schul- und Lehrzeit sind in vom Staat zentral geführten Organisationen groß geworden. Meine Kinder und Enkel und die meiner Freunde und Freundinnen aus späteren Tagen haben bis heute ohne den Zwang der Zugehörigkeit zu einer staatlichen Organisation gelebt. Kinder und Enkel bedürfen im Osten wie im Westen nicht der Schiedsrichter, die Werturteile vergeben, sie benötigen die Akzeptanz ihrer Wahrnehmungen. Sie brauchen Ermutigung, persönliche Schlüsse daraus zu ziehn.

Meine Lebensumstände im Westen Deutschlands haben mir erlaubt, meine kindlichen und jugendlichen Wahrnehmungen aus dunkler Zeit früh ins Bewußtsein zu nehmen und, daraus folgend, mich kritisch zu betätigen. Wenn ich in der Vergangenheit in meinem alten Zuhause zu Besuch war, habe ich Situationen erlebt, die nahezu den alten, in der gemeinsamen Vergangenheit begrabenen Schrecken gleichkamen. In solchen Momenten ist mir deutlich gewesen, daß ich allein durch meinen Wohnsitz privilegiert war. Wollte ich mein Teil zur Befreiung aus politischen Zwängen beitragen, mußte ich mich an selbst erlittene Zwänge halten. Vergangenheitsbewältigung wie auch das Bestehen in der Gegenwart heißt, die persönliche Geschichte ins Spiel bringen. Das Gemeinsame zwischen Ost und West muß nicht beschworen werden. Es handelt sich um keine Geistererscheinung. Nur um eine Form der Mit-Menschlichkeit.

Köln, im März 1992 Anne Dorn